글래스

이와타니 나오후미

카자야마 키즈나

「1식, 2식, 유리 방패!」

마룡이 내뿜은 마법의 이동을 가로막듯이 기를 충분히 머금은 유리 방패를 출현시켰다.

목차

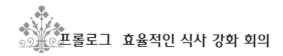

프롤로그 효율적인 식사 강화 회의

"자— 밥 나왔어—."

"우후……."

내가 만들어서 테이블에 늘어놓은 음식을 보고, 라르크가 입을 틀어막고 신음했다.

뭐냐, 그 반응은? 꼭 내가 못 먹을 음식이라도 만든 것 같잖아.

"저기…… 나오후미 님? 아침 식사치고는 너무 양이 많은 것 같은데요……."

"무슨 소리야. 든든하게 챙겨 먹어야 강해질 수 있다고."

현재 우리는 키즈나의 세계에 있는 라르크의 성 식당에서 아침 식사를 하는 중이다.

식당에 모인 멤버들의 안색은 일부를 제외하고 전체적으로 좋지 않았다.

"필로나 세인, 범고래 자매를 좀 본받아."

"밥~이다, 밥~이다!"

"맛있어."

"오늘 아침도 진수성찬이네. 아침부터 한잔하고 싶은걸—."

"어제 먹었던 간식도 먹고 싶어……."

내가 내 온 밥을 우걱우걱 먹어치우는 식욕 마인들을 좀 본받으란 말이다.

"어젯밤에 그렇게 뱃속에 쑤셔 넣었는데 아직도 더 먹으라는 건가요……."

글래스도 약간 안색이 창백해진 것처럼 보이기도 한다.

"제 생각에는 어제 그렇게 많이 먹고도 아직 식욕이 남아 있는 분들이 더 이상한 것 같은데요."

"라~프~."

심지어는 라프짱까지도 식욕이 없는 기색이었다.

끄응……. 전력 증강을 위해서라면 피할 수 없는 과정인데 말이지…….

"그럼 아침 연주로 소화 흡수와 식욕 증진에 공헌해 드릴게요."

이츠키가 자리에서 일어서서, 손에 들고 있던 악기로 곡을 연주하기 시작했다.

"후에에에에에에! 이츠키 님! 제발 그만해 주세요!"

"리시아, 힘에 욕심을 내지 않으면 앞으로 살아남을 수 없어."

"나오후미 님, 무슨 말씀인지는 이해하지만 조금만 더 시간을 주세요."

라프타리아까지 그렇게 애원하고 들었다.

이러면 꼭 내가 동료들을 학대하는 것처럼 보이잖아.

"으음……. 하는 수 없지. 다들 쉬는 동안에 더 만들어 두지."

내 말에 글래스가 어째선지 숨을 죽였다.

"처음 알았어요……. 독을 타는 것 말고도 음식으로 사람을 죽이는 방법이 있었다니."

"남이 들으면 오해할 소리 하지 마!"

글래스의 말에 나도 모르게 태클을 걸었다.

내가 이렇게 대량의 음식을 만든 데에는 이유가 있었다.

이런저런 사정이 있지만…… 요점만 간추려서 설명하자면, 타쿠토를 처치한 뒤 키즈나 쪽 세계의 에스노바르트가 우리에게 도움을 청하기 위해 찾아오는 일이 있었다.

키즈나 쪽 세계의 사성용사가 키즈나 이외에는 모조리 죽어버리는 바람에 상당히 궁지에 내몰려 있다는 것이었다.

마침 타쿠토 소동 때 라프타리아가 도의 권속기에 의해 키즈나 쪽 세계로 소환되었던 상황이기도 해서, 나는 라프타리아도 구조할 겸해서 이츠키 등의 동료들과 함께 이쪽 세계로 건너왔다.

그 후에, 파도의 첨병인 듯한 미야지라는 악기의 용사에게 빌붙은 윗치와, 이츠키의 부하였던 갑옷남, 세인 세계의 숙적에 해당하는 세력과의 전투가 벌어졌다.

그런데 키즈나 쪽 세계의 성무기들이 붙잡혀 버린 데다, 우리 세계의 성무기인 내 방패와 이츠키의 활, 그리고 마법이 정체불명의 힘에 의해 봉인되고 말았다.

그런 상황 속에서, 나는 거울의 권속기가 힘을 빌려준 덕분에 거울의 용사가 될 수 있었고, 그 힘을 이용해 최종적으로 미야지를 물리치고 키즈나 탈환에도 성공했다.

이츠키 쪽도 나와 마찬가지로, 미야지에게서 해방된 악기의 권속기로부터 선택을 받았지만.

다만, 윗치, 이츠키의 부하였던 갑옷남, 그리고 세인의 숙적 세력에 속한 세인의 언니는 놓치고 말았다.

키즈나 쪽 세계의 성무기 가운데 세 개를 적에게 빼앗긴 상태라는 점도 문제였다.

그리고 나는 다음 싸움에 대비해서 거울의 권속기에 내포되어 있는, 음식을 먹음으로써 상승하는 별개의 경험치에 의한 능력 상승법을 동료들에게 실시하고 있는 중이었다.

동료들 역시 내가 이러는 이유는 알고 있을 것이었다.

아무 음식이든 먹기만 하면 경험치가 들어오지만, 내가 만든 음식이 가장 효율이 뛰어났다.

보너스 경험치와 능력 부여······. 식사를 하면 마력이 영속적으로 +1이 되는 식이란 말이지.

그래서 나는 동료들에게 먹다 지칠 때까지 식사를 시키고 있는 것이다.

"오늘의 의제에 대한 이야기를 시작하죠."

글래스가 제법 진지한 표정으로 의자에 앉아서 동료들에게 말했다.

석화된 키즈나에 대한 치료가 오늘이나 내일 중에 끝날 거라는 이야기를 들었는데, 아마 그 일에 대한 이야기이리라.

"지금처럼 단순무식하게 쑤셔 넣지 않으면서, 나오후미 꼬마가 만든 음식을 효율적으로 먹을 수 있는 방법에 대한 이야기 말이지?"

라르크가 그 타이밍에 엉뚱한 소리를 지껄였다.

"지금 그게 무슨 헛소리야?"

지금 그게 파도의 첨병과 윗치, 세인의 숙적 세력에게 처참하게 당한 녀석이 할 소리냐!

그보다 더 우선시해야 할 게 있을 텐데.

"맞아요. 이대로 가면 우리 위장이 터지거나 뒤룩뒤룩 살이 찌거나, 둘 중 하나예요. 힘의 대가치고는 너무 커요."

글래스의 말에 그 자리에 있던 대부분의 멤버들이 고개를 끄덕였다.

"다들 지금 무슨 개그를 하는 거야?"

"지금 저희는 나오후미 님의 개그와는 다른, 제법 중대한 문제에 직면해 있다구요."

심지어는 라프타리아까지도 어째선지 글래스 일당의 말에 태클을 걸지 않았다.

"그러니까 제가 여러분의 위장을 위해 지원 연주를 해──."

"꼬마 파벌인 악기의 용사는 좀 닥치고 있어. 지금 그런 이야기를 하는 게 아니니까."

라르크가 날카로운 말투로 이츠키에게 쏘아붙였다.

이게 그렇게까지 고민할 안건인가?

뭐랄까…… 키즈나 쪽 녀석들은 여러모로 키즈나에게 오염돼서 그런지, 다들 지나치게 태평한 구석이 있단 말이지.

더 탐욕스럽게, 수단 방법 가리지 않고 강해지는 것에 대해서만 생각해 줬으면 좋겠는데.

"무기에 내포돼 있는 요리 레시피에, 각 음식을 섭취했을 때 들어오는 경험치가 적혀 있어요. 나오후미에게 요리를 맡기기에 적합해 보이는 음식을 찾아볼게요. 가능하면…… 소량만 먹어도 막대한 경험치를 얻을 수 있는 걸로."

"그렇게 효율 좋은 음식은 재료도 희귀한 거 아니야? 애초에 스피릿은 경험치가 곧 에너지잖아?"

한계를 초과할 정도로 경험치가 들어오면 넘친다고 들은 적이 있었다.

"나오후미, 음식을 이용한 강화는 스피릿에도 해당돼요. 다른 경로로 경험치를 얻을 수 있죠."

아아, 그런 건가? 그럼 글래스의 경우는 혜택이 상당히 클 것 같군.

"나도 글래스 아가씨의 의견에 찬성이야."

"주인님~, 더 줘~."

"그래, 그래."

나는 식사에 대해 불평하지 않는 녀석들에게 음식을 더 가져다주었다.

"위장 확장 효과가 있는 음식이라도 만들어 볼까……."

"나오후미 님, 이번에는 그렇게 신경 쓰실 필요 없으니까, 회의가 끝날 때까지 필로나 세인 씨, 사디나 언니 자매랑 같이 식사를 즐기도록 하세요."

끄응……. 그나저나 요리하는 사람은 나로 확정된 건가.

일단 남의 힘에만 기대는 녀석들의 회의를 지켜보기로 했다.

참 황당한 의제이건만, 다들 진지하기 그지없었다.

이런 설정의 법칙을 생각해 보면, 재료를 엄선하거나 조리 과정에 공을 들여서 만든 요리의 효율이 더 높을 가능성은 충분히 있다. 대량으로 먹는 게 싫다면 각 음식의 질을 끌어올리면 된다는 식이다.

귀찮아 죽겠군. 필로처럼 뭐든 다 잘 먹어 주는 게 내 입장에서는 편한데 말이지.

"주인님~! 어쩐지 말이야, 필로, 기운이 넘치는 것 같아!"

"그렇겠지."

하는 수 없이 필로가 있는 쪽 자리에 앉아서 밥을 먹었다.

대식가 패거리들은 정말이지 시원시원할 정도로 음식을 먹어치웠다.

그렇게 맛있게 먹어 주니, 비록 귀찮기는 해도 기분 자체는 나쁘지 않았다.

하지만 모든 사람들이 이 녀석들처럼 먹을 수 있는 건 아니다.

물론 능력치를 올리려면 최대한 많이 먹는 게 제일이지만……. 이걸 어쩐다?

나도 뭔가 방법을 생각해 둬야겠다.

"이번에는 절대 안 질 거야. 그러려면——."

세인은 자신의 언니에게 일방적으로 당한 것이 그렇게도 억울했는지, 쉴 새 없이 음식들을 먹고 있었다.

먹기만 해도 강해질 수 있다는 건 참 좋은 일이다. 더없이 편한 강화 방법이기도 했다.

그러나 스펙만 강해져도 내면의 힘이 동반되지 않으면, 위기 상황에서 전력에 보탬이 되지 않을 것 같아서 무섭다니까.

식사와는 별개로 단련도 병행해야만 비로소 효과를 거둘 수 있을 거라 생각한다.

"그나저나…… 범고래 자매도 참 잘 먹네."

필로만큼은 아니지만, 일정한 페이스로 우적우적 먹고 있었다.

마을 녀석들 중에도 대식가들이 많았지만, 이 녀석들도 그에 못지않은 대식가들일 것이다.

"어머나——? 나오후미는 잘 먹는 여자는 안 좋아하니?"

"그런 거야?"

"딱히 그렇진 않은데."

솔직히 그 점에 대해서는 딱히 연연하지 않았다. 잘 먹는 건 건강하다는 증거니까.

뭐, 그렇다고 너무 많이 먹으면 오히려 건강을 해치지만.

저쪽에서 저렇게 회의를 벌이는 것도 그것 때문일 테고.

"야아, 나오후미가 만든 음식 덕분인지 피부에 탄력이 넘치고 머리에 윤기가 도는 것 같다니까—."

하긴, 듣고 보니 예전보다 광택이 도는 것 같은 느낌도 좀 들기는 한다.

"뭐…… 수인일 때는 말 그대로 반들반들 매끈매끈한 피부지만."

수생 생물, 그것도 범고래니까.

"가슴도 커졌어."

실디나의 말과 동시에 어쩐지 힐끔거리는 시선이 느껴졌다.

시선이 오는 쪽을 돌아보니 글래스와 라프타리아가 이쪽을 쳐다보고 있었다.

왜들 저러지? 설마 러브 코미디 만화 같은 일이라도 벌어지나?

가슴 크기로 여자의 레벨을 비교하는 여자들의 견제라니……. 유치하다. 환상이 지나치다.

"나오후미는 여자의 가슴을 어떻게 생각하는지 몰라. 이 누나 한테만 가르쳐 주렴."

"엉?"

"이 누나의 가슴—."

사디나가 만져 보라는 듯 내게로 가슴을 내밀었다.

아트라 사건 때문에 좀 관대해지긴 했지만, 그렇다고 그런 화제를 좋아하는 건 아니다.

"유치한 소리를. 그런 데 신경 쓸 여유가 있으면 실용적인 근육이나 키우는 게 나아."

가슴 따위 개인차에 불과하다. 그런 걸 비교해서 어쩌게.

가슴 크기가 전투력에 영향을 준다면 몰라도, 그런 이야기는 들은 적 없단 말이다.

남자들의 평가 따위는 아무 가치도 없다. 필요한 건 오로지 실용성뿐이다.

"하아……."

"라프타리아 아가씨, 아가씨도 딱히 부족할 정도는 아니잖아."

"그런 이야기가 아니라……. 아아, 됐어요, 그만해요."

"그러고 보니 키즈나는 가슴에 상당히 연연했었죠. 빨리 알려 주고 싶네요."

회의 중인 멤버들의 분위기가 어째 좀 이상하게 돌아가는군. 요리 이야기는 어떻게 된 거야?

"아까부터 회의를 하고 있는 쪽은 살찌는 거나 과식에 의한 고통 같은 걸 걱정했었던 것 같은데, 세인이나 범고래 자매는 뭐 걱정되는 거 없어?"

필로? 필로는 논할 가치도 없다. 애초에 필로리알이건 허밍 페어리건, 살이 쪘다고 해도 외견상 차이는 별로 없고 말이지.

까놓고 말해 타조에서 모 게임 속 뚱뚱한 새로 변하는 것뿐이니, 살이 쪘다고 해 봤자 외모에 어울리는 체중을 갖게 되는 것에 지나지 않는다.

"아~! 주인님 필로에 대해 뭔가 너무한 생각하고 있어~!"

"그래, 알았어, 알았어. 그럼 필로도 뭐 걱정되는 거 있어? 살찌면 어떡하나 하는 걱정 같은 거."

"어~?"

필로는…… 마물 형태를 확인해 보면, 실은 살이 찐 게 아니라 근육질일 뿐이란 말이지.

마을 전체를 따져도 최상위에 군림하는 대식가 주제에.

뭐, 툭하면 뜀박질을 하고 다니니 신진대사가 활발해서 그런 거겠지만.

"필로, 잘 모르겠어."

"맞아— 이 누나도 살쪄 본 적이 없어서 잘 모르겠는걸—."

"나도."

"응———."

대식가 녀석들은 하나같이 체중에 대해서는 딱히 의식하지 않는 기색이었다.

세인은 그렇다 치고…… 범고래 자매는 원래 저항이 큰 수중에서 사는 생물이니만큼, 전신이 다 근육질인 거겠지. 칼로리 소비량도 클 것 같았다.

일부 여자들 입장에서는 부러운 일 아닐까?

뭐, 수인 형태일 때나 마물 형태일 때는 살쪄 보이는 녀석들이지만.

"나이를 먹으면 뒤룩뒤룩 살찔 것 같군."

외국 사람들은 그런 이야기를 믿고 비만을 걱정한다는 이야기를 들은 기억이 있었다.

웅? 사디나가 라프타리아를 보고 윙크하잖아. 뭐지?

"나오후미는 살찐 누나는 싫으니? 라프타리아라도?"

"흐음……. 상상이 안 가는데."

말은 그렇게 했지만, 라프타리아는 좀 상상이 될 것 같기도 하다.

예전에 라프타리아 어머니의 모습을 영상으로 본 적이 있었다.

라프타리아의 어머니는 굳이 따지자면 푸근한 체형이었기 때문이다.

지금은 아버지 쪽 체형에 가깝지만 나중에는 어머니 쪽으로 바뀔 가능성도 있을 것이다.

"옛날처럼 깡마른 것보다는 나은 거 아니야?"

대학에 다닐 때, 무작정 마르기만 하면 제일이라고 생각하는 해골녀를 본 적이 있었다.

그런 몸매를 좋아하는 녀석에게는 미안하지만, 그건 좀 아니다 싶었다.

그나저나…… 이렇게 되니 실은 나는 외모에 대한 취향 같은 건 별로 없는 게 아닐까 하는 생각이 들기 시작했다.

연애에 관해서는…… 생각해 보면 필로나 메르티 같은 애들은 아끼기는 해도 사귈 생각은 안 든다.

일본에 있던 시절에는 2차원 로리에 대해서도 제법 조예가 깊었다고 자부하지만, 실제의 로리는 수비 범위 밖이다.

아트라 역시 성적인 시선으로 보는 건…… 음, 어림없다. 라프타리아도 앳된 면모가 종종 엿보인다.

하지만 정신적으로…… 라프타리아와 아트라 이외의 어린 녀석들은 범위 밖이었다.

아니, 내가 지금 무슨 생각을 하는 거지. 다른 생각을 하자.

"라프짱은 오히려 통통한 편이 더 낫다고 생각하긴 해."

"라프~?"

라프타리아가 맥이 빠진 듯 어깨를 축 늘어뜨렸다.

"나오후미는 여자 마음을 이해하려면 한참 더 걸리겠는걸."

"응. 나오후미는 너무 초연해."

으에엑……. 귀찮은 대답이군. 어째선지 세인도 고개를 끄덕이고 있고.

솔직히 여자의 마음은 티끌만큼도 관심이 없다.

"살찌는 게 그렇게 싫으면 다이어트에 좋은 소재를 사용하면 될 텐데."

역시 이세계답게 체중을 줄일 수 있는 마법의 식재료 같은 것도 있다고 했다.

상당히 희소한 재료라는 것 같긴 하지만 말이지. 그리고 신진대사를 활발하게 만들어 주는 음식이나 레시피도 존재한다.

그런 문제는 이미 상정의 범위 안에 있었다는 이야기다.

"결국 그 이야기로 흘러가는 거냐."

"살찐다는 이유로 식사에서 도망칠 생각은 마."

회의 중이던 자들이 맥없이 고개를 푹 숙이는 모습이 인상적이었다.

최종적으로, 무식하게 마구잡이로 먹는 방법 대신 최대한 효율적인 음식을 먹자는 결론에 다다랐다.

조금이라도 더 강해지려면 반드시 필요한 일인데 말이지.

그리고 근사하게도, 이 강화 방법은 용사 이외의 동료들에게도 효과가 있다. 음식을 주기만 해도 아군의 전력을 강화할 수 있으니 해서 손해 볼 일은 없다.

나도 좋은 요리 연구…… 약초 등의 조합을 구사해서 만드는 요리법처럼, 지금까지 쌓아 온 경험을 살릴 수 있는 기회가 되기도 한다.

무기의 레시피에 나온 것 말고 다른 요리를 만들어서 시험해 보는 것도 괜찮겠지.

화 나태

이렇게 아침 식사를 마친 우리는, 그날의 활동을 시작하기로 했다.

참고로 아침 식사 자리에 없었던 녀석들은 이미 개별적으로 일이나 훈련을 시작한 상태였다고 했다.

에스노바르트나 테리스 등 말이다.

그리고 나는 글래스 · 라프타리아와 함께, 키즈나를 치료하고 있는 치료원으로 향했다.

이제 슬슬 석화 치료의 다음 단계인 전신 마비가 풀릴 것이라고 했다.

키즈나는 치료 시설인 마술적 치료용 방…… 벽 가득히 부적이 붙어 있는, 저주받은 공포의 방 같은 치료실에 낚싯대를 늘어뜨린 채 잠든 것 같은 모습으로 경직되어 있었다.

왜 저런 자세로 석화돼 있는 거지?

그렇게 생각하고 있으려니, 이 세계에서 주술사나 치료 술사라고 불리는 직종의 사람이 말했다.

"이제 곧 경직이 풀릴 겁니다."

우리가 묵묵히 지켜보고 있으려니, 키즈나를 둘러싸고 있는 부적들이 어렴풋이 빛나고…… 그 빛이 경직되어 있는 키즈나에게로 모여들었다. 이윽고 빛이 흩어지고, 경직이 풀린 듯 키즈나가 움찔 움직였다.

"키즈나……."

글래스가 걱정스러운 얼굴로 달려갔지만…… 직후, 키즈나의 온몸에서 보라색 아우라 같은 것이 뭉클 솟아올랐다.

이 기운은…… 나도 커스 시리즈를 사용한 적이 있었기에 알 수 있었다.

글래스도 그것을 느꼈는지 심각한 표정으로 부채를 들어 경계 태세를 취했다.

"아…… 나른해."

키즈나는 낚싯대를 드리운 채, 그대로 툭 쓰러져서 잠들었다.

"키, 키즈나?"

"으응……?"

살짝 눈을 뜬 키즈나가 우리 쪽으로 고개를 돌렸지만…… 어째 반응이 둔한데.

"괜찮으세요?"

"딱히 뭐……. 그런데 여긴 어디야?"

"너희 거점에 있는 치료원이야."

"헤에……."

어이, 먼저 내가 여기 있는 것에 대해 놀라라고.

뭐랄까, 내가 알던 키즈나와는 인상이 전혀 달라진 것처럼 보였다.

무기력해 보이는 것 같기도 하고, 귀찮아하는 것처럼 보이기도 하고.

"만사를 귀찮아할 때의 나오후미 님과 비슷하네요."

"내가 그런 느낌이야?"

"네. 그래도 이 정도까지 노골적으로 게을러 보이시는 건 아니지만……."

남의 모습을 거울삼아 자기를 돌아보라는 말도 있지만……
그래도 나는 할 일은 하면서 살고 있으니 괜찮은 것 아닐까.

"키즈나, 정신 차리세요! 이제야 간신히 당신을 구해냈는걸요!"

"그렇구나―."

키즈나는 계속 드러누워 있고 싶다는 듯, 글래스가 흔드는 대로 아무렇게나 뒹굴고 있었다.

"저주의 대가 같은 건가?"

키즈나는 타인을 공격할 수는 없지만, 나와 마찬가지로 비장의 카드로 저주의 무기를 사용하면 대인 전투도 가능한 상태가 된다고 했다.

단, 그 대가로 약화라는 역효과가 발생한다고 글래스에게 들은 바가 있었다.

"아뇨…… 그 무기에 의한 대가의 경우는 단순히 레벨이나 강화가 약해지는 것뿐이라…… 이렇게 무기력해지는 거랑은 상관이 없을 것 같아요."

"흐음……."

그리고 우리는 천천히 키즈나가 가진 무기의 상태를 확인해 보았다.

은근히 불길한 기운을 풍기는 낚싯대…… 어쩐지 곰처럼 생긴 릴이 마음에 걸린다.

그리고 어째 검은 빛이 도는 액세서리……. 키즈나와 무기를 묶어 놓은 것처럼 달려 있는 수갑이 이목을 끌었다.

"키즈나! 정신 차리세요!"

글래스가 가볍게 키즈나의 뺨을 때렸다.

"으응……."

키즈나를 중심으로 무언가가 연기처럼 왈칵 뿜어져 나왔다.

"아……."

비틀. 글래스가 키즈나를 안은 채 뒤쪽으로 휘청거렸다.

연기가 뭉게뭉게 방 안을 가득 채웠다.

"스타더스트 미러!"

나는 유성방패의 거울 판에 해당하는 결계 생성 스킬을 내쏘아서 연기를 차단하면서 글래스를 안아 일으켰다.

키즈나는…… 파티 멤버에 넣어 두지 않았기 때문에 결계에 짓눌리는 꼴이 되고 말았다.

"글래스, 괜찮아?"

쓰러진 글래스를 안아 일으키고, 라프타리아에게 뺨을 때리도록 시켜서 깨웠다.

"으……응……."

글래스가 고개를 저으며 일어났다.

"괜찮아?"

"네, 네……. 대체 무슨 일이……?"

"키즈나한테서 정체불명의 연기가 발생하고, 코앞에 있던 네가 쓰러졌어."

"우……. 대체 뭘까요, 몸에 엄청난 권태감이……."

글래스의 안색이 영 좋지 않았다.

"키즈나, 미안. 글래스와 할 이야기가 있어. 여기서 기다려."

"으……."

키즈나는 제대로 대답도 하기 힘든 듯 누워 있었기에, 나는 글래스를 데리고 연기가 충만한 방을 나섰다.

그리고 시설 안의 주술사를 불러서 글래스의 상태를 살피게 했다.

진찰 결과, 약한 저주에 걸렸다는 결론이 나왔다.

금방 치료할 수 있는 범위이니 문제는 없다는 모양이었지만.

시간이 지난 덕분인지 의식이 또렷해진 글래스는 병상에서 일어섰다.

"키즈나에게 대체 무슨 일이 생긴 걸까요?"

"동료인 글래스 양을 공격한 거죠?"

"아니…… 키즈나의 상태로 보아, 공격이랑은 좀 다른 것 같은데."

적어도 키즈나 본인이 뭔가를 한 것 같아 보이지는 않았다.

굳이 따지자면 무기가 뭔가를 한 것 같아 보였다.

나는 창문 너머로 키즈나에게 말을 걸었다.

"키즈나, 일단 그 무기부터 바꿔. 민폐야."

"어…… 뭐라고—?"

키즈나는 우리에게서 등을 돌리고 드러누운 채로 대답했다.

하지만, 채 몇 초도 되지 않아 다시 관심을 잃고 말았다.

"키즈나! 왜 빈둥대고 계신 거예요! 빨리 무기를 다른 걸로 바꾸세요!"

"우…… 귀찮아—."

키즈나는 여전히 뒹굴뒹굴하고 있을 뿐이었다.

그러는 동안에도 정체불명의 연기는 방 안을 가득 채우고 있었다.

일단…… 연기가 방 밖으로 빠져나오는 건 막은 것 같지만, 이번에는 기묘한 공기의 진동 혹은 파동 같은 것이 벽을 관통하기 시작했다.

"십중팔구, 저 무기 때문에 키즈나가 이상해진 거 아닐까?"

"제 생각도 그래요."

"키즈나는 파도의 첨병과 세인의 적 세력에게 붙잡혀 있었어. 탈환당할 때를 대비해서 성가신 조작을 해 둔 것 아닐까?"

정체를 알 수 없는 방법으로 사성무기에 침식해서 소유자를 조종하는 짓도 저지른 적이 있었다는 모양이니까.

이 세계의 사성용사 중에 살아남은 건 키즈나뿐이니…… 그 키즈나가 죽지 않도록, 더불어 키즈나가 도망치더라도 당장은

복귀할 수 없도록 성가신 장치를 심어 두었다 해도 이상할 건
없었다.

"석화 해제 전에 그 액세서리를 파괴하지 않은 게 문제였군."

"……파괴하지 못했던 거죠."

아아, 시도는 해 봤다는 거군.

"그런데…… 저건 무슨 커스일까요?"

우리는 다시 키즈나 쪽을 쳐다보았다.

오염이 점점 더 퍼지고 있는 것 같아서 은근히 불쾌한데.

주술사가 정화용 부적 같은 걸 벽에 붙여서 방을 폐쇄하고 있
었다.

"커스가 일곱 가지 대죄에 맞춰져 있다는 걸 생각하면……."

지금까지의 경향을 떠올려 보자.

나는 '분노'. 완전히 분노에 사로잡히면 어떻게 되는지는 모
르지만, 파괴 충동과 살의가 엄청났었다.

검의 용사인 렌은 '탐욕'과 '폭식'이었다.

활의 용사인 이츠키는 '오만' 같았지만, 변칙적인 저주인 모
양이라 정의감에 의한 세뇌 효과도 갖고 있는 것 같았다.

그리고 창의 용사인 모토야스는 '색욕'과 '질투'였다.

키즈나는 저렇게 만사가 귀찮은 듯 드러누워 있기만 하니, 그
모습에 합치되는 건…….

"'나태'의 커스 무기 아닐까?"

의욕이 감퇴된 것처럼 보이고, 주위까지 오염시키는 걸 보면
그게 가장 타당하리라.

"어찌 됐건 무기를 변화시켜야 할 텐데……."

"키즈나! 빨리 그 무기를 다른 무기로 바꾸세요! 그 무기는 당신의 마음까지 이상하게 만들어 버릴 거예요!"

"으응…… 알았어—."

오? 이제 좀 의욕이 난 건가?

키즈나가 낚싯대를 들어 올리고 형태를 변화시키려 시도했지만…… 아무 일도 일어나지 않은 채 귀찮다는 듯 드러누웠다.

"안 변해……. 아— 귀찮아."

우와, 키즈나와 눈이 마주쳤다. 죽은 생선 같은 눈이라 은근히 무서운데.

물고기가 그렇게까지 좋은 거냐.

밤중에 마주치면 까무러치게 놀라는 게 아닐까 싶을 만큼 생기 없는 눈이었다.

"아무래도 무기를 바꿀 수 없는 상태인 것 같군……. 게다가 무기력에 무관심 상태."

"기껏 구했는데, 키즈나는 아직 완전히 구해내지 못했다는 건가요?!"

"그런 셈이지. 꼼꼼한 폭탄을 심어 뒀군."

도대체 어떻게 강제로 성무기를 커스 무기로 바꾸는 짓을 한 거지?

생각해 보면 낚싯대를 드리운 기묘한 포즈로 석화돼 있었던 걸 보면, 그런 게 가능했을 가능성은 충분히 있는 셈이었다. 먼저 저주를 푸는 게 우선이었다는 건가.

"무슨 수로 저주를 풀어야 할지……. 저주를 푸는 온천이나 성수 같은 걸 찾아서 액세서리를 파괴하는 식으로 해야 하나?"

시험 삼아 액세서리에 마력을 부여하는 요령으로 파괴를 시도해 보았지만, 튕겨 나고 말았다.

권속기를 조종하는 액세서리보다도 훨씬 더 튼튼했다.

"아, 귀찮아……."

키즈나는 내가 주려고 가져왔던 찐빵으로 손을 뻗고, 누운 채로 먹기 시작했다.

먹는 것까지 귀찮아하지 않는 게 불행 중 다행이랄까.

"일단 여러분께 보고 드리겠습니다."

"알았어."

그리고 나는 동료들을 소집했다.

"칫! 사태가 성가셔졌잖아."

라르크가 혀를 차며 뇌까렸다.

"테리스, 어떻게 좀 치료해 볼 방법 없어?"

"시도는 해 보겠지만……."

테리스는 천천히 다가가서 마법 영창에 들어갔다.

이미아가 만들어 준 액세서리의 효과 덕분에 테리스는 상당히 강한 가호를 받고 있는 상태다.

라르크의 말에 따르면, 지난번에 용맹무쌍한 활약을 선보였던 것으로 보아 마법적인 문제라면 해결할 수 있을 거라고 했다.

"안 되겠는데요……. 성무기와 액세서리를 일체화시키는 동시에 무기의 형태를 강제로 변화시킨 상태인 것 같아요."

"그렇다면 키즈나 아가씨가 강해지면 어떻게든 해결할 수 있다는 거야?"

"그것도 장담할 수는 없어요. 이 액세서리는 키즈나 씨와 성무기의 힘을 매개체로 하고 있어요. 키즈나 씨가 강해지면 액세서리도 그만큼 단단해질지도 몰라요."

우와, 뭐가 이렇게 성가신 거냐.

하지만 그렇다고 키즈나를 이대로 방치할 수는 없는 일이고 말이지.

게다가 윗치나 세인의 숙적 세력…… 더불어 적의 나머지 권속기 소지자들이 언제 덮쳐들지 알 수 없는 상황이다. 시급히 키즈나를 회복시켜야만 한다.

"후에에에에……."

"정화 마법의 악보로 곡을 연주해 보는 건 어떨까요?"

"노래하는 거야?"

이츠키와 필로가 저주 해제 방법을 제안했다.

우리 쪽 세계에서는…… 저주받은 대지를 정화하는 데에 효과적인 방법이었다.

"키즈나 주위는 정화시킬 수 있을 거예요. 우리에게도 효과가 있겠지만 그래도 키즈나를 정화하기는 힘들 거예요. 병의 원인은 키즈나 자신에게 있으니……. 기껏해야 저주의 침식 속도를 늦추는 정도의 효과밖에 기대할 수 없어요."

으음……. 여러 가지 의미로 성가신 저주에 걸렸군.

에스노바르트가 손을 들고 제안했다.

"제 고향인 미궁 고대도서관에는 이 세계에 있는 대부분의 서적들이 소장돼 있어요. 거기 해결의 실마리가 있을지도 몰라요."

에스노바르트는 원래 배의 권속기 용사였지만, 미야지와의 전투 때 책의 권속기에게서 소유자로 인정받은 바 있었다.

원래 도서토(圖書兎)라는 종족이었으니만큼 배보다는 책 쪽이 더 어울린단 말이지.

"과거에 뜬구름 잡는 듯 난해한 문제의 해결방법을 미궁 고대도서관에서 찾아냈다는 전승이 남아 있어요."

약간 수상한 느낌도 들지만…… 아무것도 안 하는 것보단 낫겠지.

"그럼 저는 여기 남아서 저주의 침식을 억제할 수 있는 정화의 곡을 연주하고 있을게요. 그동안에 나오후미 씨와 여러분은 키즈나 씨를 구할 수 있는 방법을 찾으러 가시는 건 어떨까요?"

이츠키의 제안에…… 뭐, 고개를 끄덕이는 수밖에.

"이, 이츠키 님……."

"걱정 마세요, 리시아 씨. 지금은 할 수 있는 일을 해야죠."

"뭐, 이츠키가 여기서 키즈나를 감시하면서 보호해 준다면 우리도 마음 편하게 나갈 수 있겠지."

전원이 출격한 사이에 거점이 함락당하기라도 하면 웃어넘기기 힘든 사태가 되니까.

거점을 빼앗겨서 점거당하면 본전도 못 찾는 일인 건 물론이고, 키즈나를 다시 빼앗기기라도 하면 한심하기 짝이 없는 일이다.

치유의 노래도 필요할 테니, 이츠키의 보좌를 겸해 필로도 같이 남겨 두고 싶었다.

"그리고…… 미궁 고대도서관은 용각의 모래시계에서 좀 먼 곳에 있어서 말이지, 귀로의 용맥을 사용하더라도 시간이 좀 걸려. 거점 방어 인원을 잘 고려해야 할 거야."

"그나저나 미궁 고대도서관이라는 건 어떤 건물이지?"

예전에 지나간 적은 있지만 자세히 보지는 않았었다.

"나오후미 씨는 키즈나 씨와 같이 무한미궁에 떨어진 적이 있다고 하셨죠?"

"그래."

"미궁 고대도서관은 그 무한미궁과 비슷한…… 끝없이 이어진 거대한 미궁이에요. 이 세계의 지혜가 저절로 모여드는…… 책의 종착지라고도 해요."

뭐 그런 건물이 다 있나 싶은 생각도 들지만…… 게임 애호가 입장에서는 일종의 로망 같은 게 느껴졌다.

*아카식 레코드 같은 걸까?

"도서토는 거기에 서식하는 마물이라, 원하는 책이 있는 위치를 어렴풋이 알 수 있어요."

편리한 능력을 갖고 있군. 문제는 이동에 사용할 배의 권속기가 없다는 점인 것 같은데…… 설마 나를 잊은 건가?

"이동 문제는 거울 권속기에 있는 전송경(轉送鏡) 스킬로 해결할 수 있어. 내 기억에 문제가 있는 게 아니라면, 한 번 간 적이 있었던 곳이니까 충분히 갈 수 있을 거야."

거울의 권속기에는 거울을 매개체로 한 전송능력이 있는 모양이었다. 비슷한 전이 스킬이 여러 종류 존재했다.

거울은 배의 권속기나 포털 실드와 비슷한 스킬에 귀로의 사본 같은 것도 있으니, 이동 능력 면에서는 꽤 우수한 권속기인 셈이다.

---

* 아카식 레코드 : Akashic Records. 오컬트 용어. 태곳적부터 지금까지, 우주와 인류의 모든 기록을 담아 두었다는 세계 기억의 개념.

전에 한 번 가 본 적이 있다고는 해도 에스노바르트의 배로 잠깐 들른 게 전부라서 기억이 애매모호하긴 하지만, 그래도 실패하지는 않을 것이다.

"그러니까 이동 문제는 걱정할 것 없어. 지금 중요한 건 누가 따라가느냐 하는 거야."

"거기 미궁 구획에서는 마물이 출몰하니까……. 어느 정도 전투 능력이 있는 인재가 좋을 것 같아요."

"네."

그러자 세인이 기다렸다는 듯 손을 들었다.

"특수 던전——."

"심층계 미궁에 가장 적합한 스킬을 보유하고 있다고, 세인 님이 말씀하셨습니다."

뭐야, 너무 대충 통역하는 거 아니야? 특수 던전과 심층계를 같은 분류에 넣는 건 좀 지나친 것 같은데.

심층…… 깊이 파고들어 가야 하는 미궁이라는 건가?

"악기의 권속기 소지자가 있던 도시 밑에 있는 미궁에서는 아무 말도 안 했었잖아?"

"그 던전은——."

"그런 기운이 있는 곳이 아닌 것 같았다고, 세인 님이 말씀하셨습니다."

뭐야, 그 감각은……. 나도 훈련하면 알 수 있게 되는 건가?

"하긴, 지하 미궁과 미궁 고대도서관은 구조는 비슷해도 적용되는 규칙은 약간 다르죠. 깊이는…… 미궁 고대도서관이 더 깊을 거예요."

전송 스킬에 제한이 있거나 없거나 하는 차이. 생각해 보면 무한미궁도 그와 비슷하게 규칙이 달랐었다.

"그래서, 그 편리한 스킬이라는 게 뭐지?"

내 물음에 세인이 권속기를 실타래로 변형시켰다.

"미궁용 스킬, 아리아드네의 실──."

"이 스킬을 사용하면 자동으로 지형을 기록할 수 있게 됩니다. 더불어 전송 방해가 걸린 던전의 규칙을 무시하고 순식간에 던전 밖으로 전송할 수도 있다고 합니다."

오? 제법 편리한 스킬이 있군. RPG에서 흔히 나오는 귀환용 스킬 같은 건가?

"세인의 경우 많은 인원을 전송시키는 건 위험한 거 아니야?"

전에 핀을 매개체로 해서 단체로 스킬을 사용했을 때, 위험했다고 세인이 중얼거렸던 적이 있었다.

"괜찮아──."

"이 스킬은 탈출용이라 혼자서 전송하는 것과 비슷한 수준의 부담밖에 안 걸린다고 합니다."

"그럴 수가……. 이세계의 권속기에는 굉장한 힘이 있군요."

에스노바르트가 감탄한 듯 중얼거렸다.

원래 에스노바르트의 고향이 거기라는 모양이니, 항상 절대적인 위협으로 인식하고 있던 건물의 규칙을 무시할 수 있다는 게 대단하게 느껴진 건지도 모른다.

그나저나…… 아리아드네의 실이라.

미노타우로스의 미궁에서 사용된 탈출 수단으로 잘 알려진 그거군.

"그럼 세인은 무한미궁 같은 것에 처박히더라도 마음만 먹으면 나올 수 있다는 거지?"

"응."

그것 참 편리하군. 내가 지난번에 갇혔을 때 세인이 있었더라면 바이오플랜트 같은 걸 사용할 필요도 없었을 것이다.

"그럼 세인은 확실히 데려가기로 하고, 라프타리아와 에스노바르트…… 글래스는 어떻게 할 거지? 키즈나의 상태를 지켜보고 있을 거야?"

글래스는 키즈나가 있는 방 쪽을 슬쩍 쳐다보는가 싶더니, 이내 내게 시선을 옮겨서 대답했다.

"아뇨, 저는 키즈나를 치료할 수 있는 수단을 찾는 쪽을 우선시하고 싶어요."

"펭!"

크리스가 이츠키 쪽으로 다가가서, 침식하는 저주에 저항하는 듯한 자세를 보였다.

식신이라 그런 건지, 이런 것들에 대해서 강한 내성을 갖고 있는 모양이다.

글래스도 키즈나를 크리스에게 맡기고 치료 방법을 찾아볼 생각이라는 건가…….

"알았어……. 또 누가 갈 거지?"

범고래 자매는 동행하고 싶어 할 것 같군.

아니나 다를까, 손을 들고 자원했다.

"여기, 여기―. 이 누나들도 같이 가고 싶어―."

"응!"

뭐, 이 녀석들은 데려가도 문제 될 것 없겠지.

"라르크는 어쩔 거지?"

"가고 싶은 마음은 굴뚝같지만, 얼마 후에 이웃 나라에 파도가 발생할 테니까 작전 회의에 출석해야 해."

흐음……. 사성용사가 셋이나 빠진 탓에 파도의 발생 빈도가 높아졌다고 했었지.

키즈나 일파에 협조적인 나라는 우리의 활약 덕분에 기세가 붙어서, 파도에 대해 비교적 진지하게 대처하고 있다. 그 작전 회의에 출석하는 건 지극히 당연한 일이다.

"함정 같은 게 깔려 있을 위험성은?"

"그게 제일 무서운 일이야. 그렇다고 해서 사사건건 나오후미 꼬마에게 의지하고만 있을 수도 없잖아?"

하긴 그렇지.

"명공(名工)께서 만들어 주신 액세서리로 그 어떤 위험도 뛰어넘어 보이겠어요."

……테리스는 그냥 무시하고 넘어가기로 하자.

세인이 라르크의 소매에 작은 바늘을 꽂았다.

아아, 이렇게 하면 이동도 할 수 있고 상황을 훔쳐볼 수도 있다고 했었지.

"재밍이 걸리면——."

"방해 당하거나 예기치 못한 사태가 벌어지면, 곧바로 이와타니 씨에게 보고하라고 말씀하셨습니다."

"뭐, 그러는 게 좋겠지. 회의 장소는 내가 한 번이라도 가 본 적이 있는 곳으로 잡아 줬으면 좋겠는데."

31

"알았어. 이번에는 쿄가 지배하고 있던 곳에서 할 예정이야."

아아…… 거기 말이지? 전에 왔을 때, 돌아가기 전에 에스노바르트의 배를 타고 잠깐 들른 적이 있었다.

귀로의 용맥을 통해서도 달려갈 수 있을 법한 위치다.

"그럼, 다들 활동을 시작하도록 해."

"알았어!"

라르크가 어쩐지 기운차 보이는 목소리로 대답했다.

이렇게 해서 나, 라프타리아와 라프짱, 글래스, 에스노바르트, 세인, 사디나와 실디나가 일행이 되어 미궁 고대도서관으로 향하게 되었다.

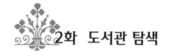

2화 도서관 탐색

미궁 고대도서관…… 입구 근처에 있는 거울이 반짝이고, 우리는 그곳을 통해 밖으로 나왔다.

"도착했군."

"임의로 사용하실 수 있게 된 것 같은데…… 전이 스킬과는 감각이 다른 것 같네요."

"그러게 말이야."

거울 권속기의 독자적인 스킬인 전송경을 이용해서 전이한 건데…… 확실히 미묘한 위화감이 느껴졌다.

지금 나는 귀로의 사본이나 귀로의 용맥은 사용할 수 있지만,

포털 실드는 쓸 수 없다.

방패를 쓸 수 있게 될 때까지는, 은근히 사용감이 떨어지는 이 스킬로 이것저것 해 나가는 수밖에 없다.

이 세계의 성무기를 빼앗겼다는 사실이 아무래도 불길한 느낌이 드는군.

성무기는 세계의 기둥에 해당하는 물건이기도 한데, 네 개 중에 세 개가 적의 수중에 떨어졌다는 건 결코 좋은 일일 수 없다.

게다가 타세계의 성무기는 봉인된 상태이기까지 하니까.

그 점으로 따지면 리시아는 칠성무기니까 데려왔어야 하는 건가?

이제 와서 고민해 봤자 소용없겠지.

"와…… 책이 참 많은걸."

"응. 쿠텐로의 서고와는 차원이 달라."

범고래 자매가 촌놈 티를 팍팍 내며 주위를 두리번거리고 있었다.

"저 왔어요."

에스노바르트가 그렇게 말하자, 근처에 있던 도서토들이 몰려들었다.

그리고 코를 쫑긋거리며 에스노바르트와 뭔가 이야기를 나누고 있는 것 같았다.

"네. 도서관을 지켜 주셔서 고마워요. 네, 알았어요."

"거기 당신들은…… 어―이."

미궁 고대도서관 탐색을 개시하려 했을 때, 누군가가 말을 걸어 왔기에 그쪽을 돌아보았다.

거기에는 알트레제가 있었다.

키즈나의 동료로, 상인 일을 하고 있다고 했었다. 정확히 말하자면 정보 판매업자라고나 할까.

중성적인 외모를 가진, 상인보다는 시인이 더 어울려 보이는 녀석이었다.

참고로, 그 내면은 내 쪽 세계의 노예상 같은 포지션이다.

"또 이세계에서 용사가 방문했다고 들었는데, 역시 나오후미 일행이었군."

"오랜만이네. 그나저나 우리가 키즈나 일당을 구했다는 정보는 입수 못 한 거냐?"

"물론 입수했고 연락도 했어. 좀 매정하다고 생각할지도 모르지만, 엄청 궁지에 내몰렸다는 소식을 듣고 말려들기 싫어서 연을 끊을지 말지 고민하기도 했고."

글래스가 떨떠름하기 짝이 없는 표정으로 알트를 노려보고 있었다.

상인이란 원래 돈의 편이니까. 상황이 불리해지면 그런 태도를 보일 법도 하지.

"그래도 적에게 정보를 팔 생각은 없지만 말이야."

"과연 그럴까?"

"후후……."

"어느 쪽이죠? 상황에 따라서는 그냥 화 좀 내는 정도로는 넘어갈 수 없어요."

글래스의 말에 라프타리아도 고개를 끄덕였다. 고지식한 이 둘에게는 상인의 농담이 안 통하는 모양이군.

"이 반응은 '안 팔았습니다.' 라는 태도야. 상인을 상대로 고지식하게 대해 봤자 비웃음만 살 뿐이라고."

"하긴 나오후미 님은 상인들을 많이 알고 계셨죠……."

라프타리아의 말에 이런저런 속뜻이 담겨 있는 것 같은 느낌이 들었지만 나는 개의치 않았다.

"그런데 알트, 너는 왜 여기에 있는 거지?"

"여기는 조사 때문에 정기적으로 오는 곳이거든. 키즈나 일행에게서 장기적인 조사를 의뢰받아서 말이지. 돈 주고 고용한 모험가들의 힘을 빌리고는 있지만."

아아, 여기서 알트가 스폰서가 되어 미궁에 조사대를 파견하고 있다는 건가.

그만큼 막대한 지식이 모여 있는 시설이라는 뜻이겠지.

"뭐 좀 찾아냈어?"

"애석하게도 전쟁이나 파도 소동 때문에 조사할 모험가들이 많이 줄어들어서 말이지─. 기껏해야 여기 들르는 모험가에게 물자를 비싼 값에 팔아 치우는 정도가 고작이야."

어련하시겠어.

"그럼, 은근히 음탕해 보이는 빨간 머리 여자랑, 거만 그 자체처럼 보이는 귀족풍 갑옷남이랑, 이 녀석을 확대해 놓은 것 같은 여자 못 봤어?"

세인을 가리키며 알트에게 물었다.

"나오후미 님, 그런 설명으로 알아듣기를 기대하는 건 좀 힘들지 않을까요?"

"아아, 국가적인 소동 이후에 라르크 쪽에서 현상금을 건 녀석들 말이지? 수배 전단이 돌아다니고 있어. 나도 아직 보지는 못했지만."

라프타리아가 글래스 쪽을 보고 고개를 끄덕였다.

아마도 뜻이 전해진 모양이다.

"아직 수배 전단이 여기까지는 안 왔을 줄 알았는데…… 역시 알트네요."

"나는 순풍이라면 끝까지 타고 보는 성격이니까."

득의양양하게 그런 소리를 했는데, 뭔가 좀 다른 거 아닌가?

"어머나?"

사디나가 알트를 빤히 쳐다보았다.

테리스가 없는 상황에서는 말을 이해 못 할 테니까 그냥 가만히 있는 게 좋을 텐데?

"어머나어머나."

사디나의 시선과 태도에서 뭔가를 느꼈는지, 알트가 어째선지 내게 도움을 청하는 시선을 보내 왔다.

실디나도 뭔가를 알아챈 듯 고개를 갸웃거리며 알트를 가리키고 있었다.

"키르 군이랑 같잖아?"

"엉? 키르?"

왜 알트가 키르와 같다고 그러는 거지?

"그런 먹보 강아지랑 알트 사이에 어떤 공통점이 있다는 거지?"

"키르 군에 대한 평가가 너무 무참해서 슬프네요. 그렇게 된 건 나오후미 님 때문이에요."

"실다나. 이럴 땐 모른 척 넘어가 주는 것도 일종의 배려심이라구."

응??? 모른 척 넘어간다고?

"저, 저 아가씨들은 나를 가리키면서 대체 무슨 이야기를 하는 거지? 어느 나라 말인지도 모르겠는데."

"이 범고래 자매가 말하길, 알트 네가 먹보에 남장 여자 강아지인 키르 녀석이랑 같다나 봐."

알트가 흠칫 놀라고, 그 미소가 약간 일그러진 것처럼 보였다.

"알트…… 설마 너 여자였어?"

그러고 보면 남자치고는 호리호리하고, 굳이 분류하자면 미소년 타입이긴 했다.

키르는 마을 주민들 전체로 따져도 행상 성적이 좋은 편이니, 알트가 남장 여자라면 그야말로 포지션이 겹치는 셈이다.

"뭐?"

글래스와 에스노바르트도 아연실색한 표정으로 알트에게 시선을 보냈다.

"무, 무슨 소리를 하는 거야? 내가 여자라니, 농담도 정도껏 해야지!"

상인 특유의 미소로 대충 넘기려 드니 한층 더 수상해지잖아. 그나저나 범고래 자매는 이 녀석이 여자라는 걸 어떻게 한눈에 알아본 거야?

"뭐, 알트가 남자건 여자건 알 바 아니야. 이 이야기는 대충 넘어가자."

"시원하게 넘어가 줘서 고맙긴 한데 뭔가 궁금한 거 없어?"

"아무리 알트라도 우리가 키즈나의 석화를 해제했더니 저주에 오염돼 있는 게 밝혀져서 치료 방법을 찾으러 여기에 왔다는 것까지는 몰랐겠지."

"엄청 성가신 문제 때문에 왔나 보네. 하긴…… 여기는 온 세계의 지식이 모여 있는…… 서적을 복제해서 생성된 곳이라는 소리도 있을 정도니까, 그런 정보를 찾기에는 딱 좋은 곳일 거야."

"알트도 같이 가는 게 어때?"

"나는 여기서 기다릴게. 애초에 싸울 생각도 없고."

하긴 녀석은 상인이니까. 전장이 다른 셈이다.

"그럼 미궁 고대도서관 쪽으로 가죠."

에스노바르트가 도서관 안쪽으로 우리를 안내했다.

가 보니 가설 포장마차나 술집 같은 가게들이 있었다.

그러고 보니 이 건물 밖에도 이런저런 가게들이 늘어서 있었지.

더 안쪽으로 들어가니…… 뭔가 거창한 문이 있었다. 이 문 너머에 지하로 내려가는 계단이 있는 모양이었다.

"이 너머에는 고대문명이 이룩한 미궁이 있어요. 나오후미 님도 알고 계시겠지만, 아주 위험한 곳이니까 조심하셔야 해요."

"그런 모두에게 선물을 하나 주지."

알트가 우리에게 CD처럼 생긴 원반을 건넸다.

예전에 키즈나가 무한미궁에서 썼던 도구군.

아아, 여기서도 쓸 수 있는 건가.

"이거 사용법은 알고 있어?"

"알아. 이걸 쓰면 미궁 내의 등록한 위치로 갈 수 있는 거지?"

"안다니 다행이네. 에스노바르트…… 찾는 자료가 어디 있는지 알겠어?"

"잠깐 기다려 주세요."

에스노바르트가 책의 권속기를 쥐고, 책장을 전개시킨 채 의식을 집중했다.

오? 책의 권속기도 뭔가 힘을 쓰고 있는 건가?

"책 덕분에 정확도가 향상된 것 같네요. 이거 잘됐는걸요. 그런데…… 엄청나게…… 깊은 곳에 있는 것 같아요."

"마침 잘된 거 아니야? 그 도구는 현재까지 인류가 도달한 최하층 지점까지 모두를 데려다줄 거야. 거기에 원래는 키즈나에게 열어 달라고 부탁하려던 문이 있으니까 한번 열어 봐 줘. 안 열리더라도, 다른 하나의 길로 가면 되니까."

오오, 꽤 유익한 도구인데.

"아, 그리고 나오후미 일행이 찾고 있는 인물들이나 거동이 수상한 자들에 대한 정보를 중점적으로 수집해 볼게. 뭐, 애초에…… 정보는 이미 거의 다 모았지만."

"그건…… 작살의 권속기 용사에 대한 정보 말인가요?"

글래스의 물음에, 알트는 고개를 끄덕여 대답했다.

정보를 지배하는 자가 세계를 지배한다는 말도 있지만…… 너는 대체 어디까지 정보를 모으고 있는 거냐.

위치를 안다고 해도, 우리의 지금 힘으로는 세인의 언니를 상대할 재주가 없었다.

조금이라도 더 강해질 수 있는 수단을 찾아야만 한다.

그 때문에라도 키즈나에 대한 치료를 우선시해야 할 것이다.

"한 가지 미리 말씀드릴게요. 화염 마법은 절대로 사용하시면 안 돼요. 이건 미궁 고대도서관의 규칙이니까요."

뭔가 이유가 있겠지.

애초에 나는 화염 마법 같은 건 쓸 줄도 모르지만.

"그럼 가 볼까."

내 말에 동료들이 고개를 끄덕였다.

원반을 던지자, 원반이 빙글빙글 돌고 빛기둥이 생성되었다.

그리고 에스노바르트가 빛기둥으로 들어가고, 우리도 그 뒤를 따랐다.

그나저나…… 이런 광경을 보면 정말이지 게임과 혼동할 지경이라니까.

빛기둥을 통해 나온 곳은…… 책장으로 가득 찬 복도 같은 곳이었다.

아, 책이 나비처럼 날고 있다. 데몬 매직북이라는 이름의 마물인 모양이었다.

징그러운 놈들이군, 하고 생각하고 있으려니, 녀석들은 느닷없이 이빨을 드러내고 덤벼들었다.

"우왓!"

재빨리 스타더스트 미러를 영창해서 결계를 만들어냈지만, 녀석들은 책장을 펼쳐서 얼음을 뿌려댔다.

"하앗!"

라프타리아가 칼집에서 도를 뽑아서 하이퀵 상태로 발도술을 사용했다.

그 공격을 통해 근처의 책 형태 마물은 처치할 수 있었지만,

다른 책들이 그 소란을 듣고 지원을 위해 몰려들었다.

"에에잇!"

이번에는 글래스가 부채로 책을 후려쳤다.

"1식 · 유리 방패!"

빈틈을 노리고 달려든 책에게 유리 방패를 들이대서 물게 하자, 깨진 유리 파편이 적을 약화시켰다.

"핫!"

세인은 가위로 책을 절단. 생각보다 쉽게 처치한 것 같은데?

"나오후미! 책이 날아다니다니…… 참 재미있는 마물인걸!"

사디나는 특이한 일이 생기면 사사건건 흥분해서 나에게 말을 걸곤 한다.

"촌놈처럼 설쳐 대지 좀 마."

그나마 실디나 쪽이 차분한 편이다.

"그럼, 수가 너무 많으니까 이 누나들도 싸워 줄게!"

"싸울게!"

"지치지 않을 정도로 해 둬."

사디나는 작살로 책을 꿰뚫고, 실디나는 부적에 마력을 불어넣어서 마법을 발동시켰다.

부적에서 물 덩어리가 튀어나와서 책을 푹 적시는 식으로 처치했다.

에스노바르트가 딱히 주의를 주지 않는 걸 보면, 기준은 잘 모르겠지만 불은 안 돼도 물은 괜찮은 모양이었다.

"이런 마물도 다 있군…….."

벌룬처럼 특이한 마물이었다.

파닥파닥 책장을 넘겨서 내용물을 확인해 보았다.

내가 읽을 수 없는 문자로 뭔가가 적혀 있는 것 같았다.

에스노바르트가 처치한 책을 집어 들었다.

"복제하려고?"

생각해 보면, 책의 권속기 입장에서 여기는 무기고나 다름없는 곳이리라.

수도 없이 많은 무기들이 굴러다니고 있잖아?

"아무래도 마물은 복제가 안 되네요. 그리고 책에도 질과 분류가 있어서요. 책 한 권 한 권이 미해방 무기로 취급되는 건 아니에요. 나오후미 씨의 경우도 있지 않았나요? 복제하면 다른 걸로 변하는 무기."

"하긴 있었지."

영귀갑 같은 게 그랬었다.

영귀 마음 방패와 연결돼 있기 때문인지, 무기상 아저씨가 만든 물건과는 다른 것이 되었다.

"어디까지나 무기로서의 책일 뿐이지, 책의 내용 자체와는 관계가 없어요."

"흐음……. 그런 거였군."

그럼 거울에 넣어도 문제는 없다는 건가.

참고로 거울에 넣은 결과 나온 것은, '거울 악마의 책'이라는, 책처럼 생긴 접이식 거울이었다.

해방 효과는 마력 +3이었다.

마물로서는 하나의 분류를 이루고 있는 것 같지만…… 생김새는 북 실드와 비슷하군.

드롭 아이템은 '지혜의 가루'라는 소재인 것 같았다.

듣자 하니 이런 소재로 만들어진 약은, 값은 비싸지만 도핑 효과가 있다고 했다.

고전 RPG로 따지면 씨앗 같은 것에 해당하는 도구군.

용사의 경우는, 각 종류의 소재가 나올 때마다 그 무기를 해방하기만 해도 레벨을 올릴 수 있다는 모양이었다.

티끌 모아 태산인 법이다. 레벨 한계에 달한 모험가들이 눈에 불을 켜고 모으려 드는 소재라고 했다.

이 세계에 딱히 권속기 소지자 같은 게 아닌데도 은근히 강한 녀석들이 있는 건 그 때문인가.

강화를 위해 모아 둬야 하는 거 아닐까? 뭐, 한계도 있는 모양이지만.

생각을 본론으로 되돌려서, 일단 주위를 확인해 보았다. 알트의 말마따나…… 갈림길이 있는 것 같군.

그중 한쪽에는 커다란 문이 있고, 그 문은 잠금장치로 잠겨 있었다.

나머지 한쪽은 그대로 나아갈 수 있는 것 같았다.

"이 잠겨 있는 큰 문을 지나가야 하는 거야?"

"네. 알트의 말이 사실이라면 그런 것 같네요. 키즈나 씨가 있으면 열 수 있을 텐데요."

"키즈나를 구하기 위해 들어가려는 건데, 그 과정에 키즈나가 필요하다니……. 이건 나중에 하는 게 좋겠어. 저쪽에는 뭐가 있지?"

나는 문이 없는 쪽 길을 가리키며 물었다.

"그쪽에는 거대한 미궁이 있다고 해요. 아직 공략이 끝나지 않은 미궁이에요."

"미궁인 건 여기도 마찬가지인 것 같은데."

미궁 맞잖아? 딱히 달라질 건 없지 않아?

아아, 쓸데없이 구불구불 꼬여 있거나 하는 식인가?

"일단 문 너머에 뭐가 있는가 하는 이야기부터 해 보자. 왜 키즈나가 있으면 들어갈 수 있을 거라고 생각한 거지?"

"문을 잘 보세요."

에스노바르트가 커다란 문에 적힌 글자를 가리켰다. 여기저기 깎여나가서 잘 보이지는 않았지만, 양각으로 뭔가가 새겨져 있었다.

뭔가 내 세계에서도 비슷한 양각 문약 혹은 심벌을 본 적이 있었던 것 같았다.

그러고 보니 삼용교와 사성교의 심벌이 저런 느낌이었었던 것 같기도 하다.

"고대 문자로 사성(四聖)이라고 적혀 있어요."

"그렇군. 그래서 사성용사가 여기에 오면 열릴지도 모른다고 생각했다는 거지?"

"네."

문의 열쇠 구멍 같은 곳에 커다란 구멍이 박혀 있군.

하긴, 확실히 이건 사성용사가 아니면 열 수 있을 것 같지가 않았다.

그때 거울의 보석 부분이 뭔가를 주장이라도 하듯 빛나기 시작했다.

이건…… 방패와 링크하고 있는 상태를 이용해서 아트라의 의식이 뭔가를 전하려 하고 있는 건가?

"인증에 실패하면 작동하는 함정 같은 게 있는 거야?"

"으음…… 그건 저도 잘 모르겠네요."

에스노바르트가 곤혹스러워하는 목소리로 대답했다.

하긴 그렇겠지.

"어찌 됐건 여기 온 건 처음이고, 마물이 나오더라도 처치하면 그만이야. 문제가 생기면 돌아가면 되고."

언제든지 돌아갈 수 있도록 세인이 준비를 시작했다.

나는 커다란 문 앞에 서서 거울을 들어 올렸다.

문의 보석이 빛나고, 거울을 향해 한 줄기 빛이 뻗어 나왔다.

그 빛이 거울에 있는 보석에 다다르자, 철컹 하는 소리와 함께 잠금장치가 풀리고, 문이 육중한 소리를 내며 열렸다.

그야말로 게임 속 한 장면 같군.

"이세계의 사성용사도 열 수 있게 되어 있다는 걸까요?"

"그냥 사성무기나 권속기가 있으면 아무나 열 수 있게 돼 있었던 거겠지."

"결과만 좋으면 장땡이지 뭐, 나오후미."

"그야 그렇지. 실디나는 뭐 좀 알아낸 거 없어? 오래된 물건에서 뭔가를 읽어내는 것에 대해서는 일가견이 있잖아?"

"으음…… 나도 정밀도가 떨어져서, 이제 그렇게까지 만능은 아니야. 그리고 너무 오래돼서 잔류 사념 추출도 안 될 것 같아. 애초에 그런 의식 같은 게 담겨 있긴 했던 건지 어떤지도 모르겠어."

안 된다는 건가.

"그럼 가 볼까."

"아, 네……. 정말 괜찮을까요?"

"라프~?"

"함정 같은 게 있다면 라프짱이 알아채지 않겠어?"

내 질문에 라프짱이 자기만 믿으라는 듯 자신만만한 포즈를 취해 보였다.

별문제는 없을 것 같군.

나 참…… 일이 순탄하게 풀려야 할 텐데.

문은 아래로 내려가는 계단과 직결되어 있었다.

"마물 출몰에 주의하세요. 그리고 조금씩 조사를 하면서 갈게요. 뭔가 좋은 정보를 얻을 수 있을지도 모르니까요."

에스노바르트가 주위를 경계하면서 뇌까렸다.

"알았어."

으음…… 마물 쪽은…… 좋아, 상대해서 못 이길 정도는 아니었다.

강하기는 하지만, 이세계 전체를 통틀어서도 손꼽히는 강자인 권속기 소지자가 돌파할 수 없을 리는 없겠지.

좀 찜찜한 게 있다면 여기저기에 쓰레기통 같은 게 널려 있고, 그 안에 쓸 만해 보이는 도구 같은 게 들어 있는 것이었다.

글래스와 에스노바르트는 보석함이라고 했지만 저건 누가 봐도 쓰레기통이잖아.

뭐, 보석함 같은 것도 있긴 했지만.

여기에는 트레저 헌팅 같은 요소도 있는 모양이었다.

나는 벽에 설치되어 있는 책장으로 눈길을 돌렸다.

"책이 이렇게 많으면, 파도에 관해 적혀 있는 서적도 더 찾을 수 있을 것 같은데."

리시아나 쓰레기도 해독할 수 없는 고문서보다는 이해하기 쉬운 게 있지 않을까?

"애초에 여기에는 어떤 책이 있는 거지?"

"으음…… 누군가가 쓴 이야기나 자료 같은 것들이에요. 게다가 근대에는 부정당한 학설이 적힌 것들도 섞여 있는 것 같아요."

"호오……."

커다란 도서관에 빼곡히 책이 꽂혀 있으니, 그런 책도 섞여 있을 법하지.

"그리고 너무 복잡하게 암호화돼 있어서 해독이 불가능한 것들도 있어요."

"파도에 대한 기록이 그런 책들에 적혀 있다면 난감하겠군."

"그 점에 대해서는 걱정하실 것 없어요. 도서토는 어렴풋이나마 이해할 수 있으니까요."

"그런 거야?"

"네. 원하는 서적이 맞는지 아닌지, 저는 판단할 수 있어요."

마차를 끄는 것에 더없는 행복을 느끼는 새도 존재하는 세계니까, 책 검색 능력을 가진 토끼가 있다고 해도 이상할 건 없었다.

"일단 이 부근에 있는 걸 조사해 본 결과, 우리가 원하는 자료는 없는 것 같으니까 앞으로 나아가도록 하죠. 조금 더 깊은 곳에 있는 것 같아요."

우리는 책장을 조사하면서 발걸음을 옮겼다.

뭐랄까…… 게임을 하다 보면 가끔씩 도서관을 무대로 한 던전 같은 것도 나오곤 하지만, 실제로 원하는 책을 찾으려면 이렇게 성가신 수순을 밟아야 하는 법이군.

에스노바르트의 감에만 의존해서 조사해 나가자니 시간이 걸린다.

"일단 갈 수 있는 데까지 갔다가, 돌아오면서 조사하는 건 안 되는 거야?"

"그것도 나쁘지 않겠지만…… 원하던 책을 그냥 지나치게 될지도 몰라요."

에스노바르트가 책을 펼쳐서 훑어본 후, 다시 책장에 돌려놓았다.

그때 주위 책장에 꽂혀 있던 책들이 움직이더니, 공룡…… 이건 드래곤인가?

마물의 이름은 마도서물룡(魔導書物龍).

뭐 이런 마물이 다 있느냐고 따지고 싶은 심정이었다. 책으로 이루어진 드래곤이라니, 뭐 이런 말도 안 되는 게 다 있어?

"자, 또 마물이 출현한 것 같군. 싸우자."

"네!"

이렇게 전투가 벌어졌는데…… 굳이 길게 언급할 것도 없을 만큼 맥없이 승리했다.

에스노바르트는 처치한 마도서물룡의 중요 기관을 형성하고 있던 책을 집어 들고 내용을 확인했다.

"마룡에 대한 내용이 적혀 있는 것 같네요. 세계의 마법을 숙지해서, 아득히 먼 곳에 있는 마룡의 부하로부터 힘을 받아서 강대한 마법을 구축하는 기술 등에 대한 내용이에요."

"그 녀석인가……."

우리 쪽 세계에서 가엘리온을 지배하고 필로를 꼬드긴 것도 모자라, 내 방패에 대한 해킹까지 저질렀던 드래곤이었다.

"제가 가진 도서토의 서적 검색 능력으로 파악해 보니, 마룡이라면 키즈나 씨에게 걸린 저주를 풀 방법을 알고 있었을지도 모르겠네요."

에스노바르트는 책의 먼지를 털고 책장에 돌려놓았다.

그러자 다른 책들도 덩달아 원래 자리로 돌아갔다. 찢어진 것들도 있는데 괜찮은 건가?

우리의 미궁 탐색을 그 뒤로도 계속 이어졌다.

다만, 출몰하는 마물들이 점점 더 강해져 가고 있었다.

아직 내 방어를 돌파하는 녀석은 나타나지 않았지만, 스타더스트 미러가 파괴되는 경우가 늘어나고 있었다.

이 정도면 강화는 할 만큼 한 것 같은데 말이지……. 세인은 약간 숨을 헐떡이는 것 같기도 하고……. 역시 약화의 영향을 꽤 받은 건지도 모른다.

"잠깐 쉬었다 갈까."

"그게 좋겠네요. 잠시 휴식을 취하는 게 나을 것 같아요."

"이 누나들은 아직 괜찮아. 경험치가 뭉텅뭉텅 들어오고 있는걸."

"응."

하긴…… 권속기 소지자 이외의 동행자…… 라프짱과 범고래 자매 입장에서는 짭짤한 경험치를 얻을 수 있는 곳이겠지.

참고로 권속기 소지자의 경우, 두 명 이상이 같이 싸우면 경험치가 들어오지 않는다.

지금 여기에는 나와 라프타리아, 글래스와 에스노바르트까지 네 명이나 있으니까. 좀 아까운 느낌도 든다.

어쨌거나 내 제안에 반대하는 사람은 없었기에, 우리는 일단 휴식을 취하기로 했다.

"어째선지 점점 어두워지는 것 같은데……. 모닥불도 피우면 안 되는 거야?"

화기 엄금이라는 소리는 들었지만, 이유를 알 수 없었다.

하다못해 따끈한 음식이라도 먹으면 한숨 돌릴 수 있을 텐데.

"네. 이 미궁 고대도서관은 화기 엄금이라 모닥불도 피우시면 안 돼요."

에스노바르트가 마법의 불이 켜진 랜턴을 꺼내서 우리 일행 한가운데 놓고 대답했다.

"여기 들어오기 전에도 물어봤지만, 왜 그런 거지? 불 공격에 약해 보이는 마물들이 수두룩한데, 그걸 쓰면 안 된다니 좀 억울하잖아."

"으음……. 그럼 나오후미 씨께 보여드릴게요."

에스노바르트가 책을 펼치고 뭔가를 중얼거리자, 훅 하고 불이 붙었다.

그러자 덜컹덜컹 하는 소리와 함께, 주위에 각양각색의 문자들이 빼곡하게 나타났다.

은근히 호러 영화의 한 장면 같잖아.

그리고 등장한 문자들 중에는 내가 읽을 수 있는 일본어도 있었다.

화기 엄금! 이었다.

에스노바르트가 불을 끄자 문자들이 사라졌다.

감시 받고 있는 것 같아서 무서운데.

"처음에는 경고, 다음에는 한동안 마법이 봉인돼요. 그것까지 무시하면 경보와 함께 강력한 마물이 몰려들게 되죠. 그것까지 물리치면 강제로 퇴장시키고요. 게다가 그렇게 되면 한동안은 미궁에 들어올 수도 없게 돼요."

"그렇군. 에스노바르트 말마따나 여기는 불 속성이 엄금된 미궁이라는 거지?"

"맞아요. 그것 이외에는 뭐든지 다 쓸 수 있지만⋯⋯."

물 마법을 써도 책이 젖어서 상하는 건 마찬가지일 텐데, 왜 불만 안 되는 거지?

뭐, 이런 불가사의 공간에 이유 같은 걸 찾는 것 자체가 잘못일 테지만.

이세계 따위 엿이나 먹으라지.

"재미있는 곳인걸. 콜로세움에서 변칙 룰로 싸우는 기분이야."

"재미있다는 말로 해결할 수 있는 문제인가요?"

"화염 마법은 딱히 자주 쓰는 것도 아니니까 별문제 없어."

실다나가 딱 잘라 말했다.

하긴, 지금 여기에 있는 녀석들 중에 불을 주로 쓰는 녀석은 아무도 없다.

내 라스 실드가 거기 해당되긴 하지만, 지금 내 무기는 거울이니까 애초에 쓸 수 없는 상황인 것이다.

"일단 교대로 보초를 서기로 하지."

"아무리 나오후미라도 불이 없으면 요리는 못 하겠죠?"

글래스는 왜 여기에서도 내 요리에 이야기를 꺼내는 거지?

내 요리가 그렇게 무서운가?

"안됐지만 불로 조리하지 않고도 먹을 수 있는 건 있어. 키즈나처럼 회 같은 걸 먹을 수도 있고."

불 없이도 만들 수 있는 요리를 굳이 들자면 말이지.

"애초에 불 말고 다른 건 아무거나 다 써도 된다면 사디나가…… 아니, 우리 세계의 마법은 못 쓰니까, 실디나가 부적으로 요령껏 전기를 사용하면 철판을 달구는 것 정도는 할 수 있을 거야."

사디나는 못하지만 실디나는 할 수 있다는 식으로 이야기해서 그런지, 실디나가 어째 의욕을 드러냈다.

"어머나―."

"할까?"

"안 해도 돼. 우리가 갖고 있는 게 뭐지? 권속기잖아? 맛 따위 신경 쓰지 말고 먹어."

"나오후미 님은 맛에 대한 집착이 정말 없으시네요."

"맛있는 음식을 먹는 데 집착하는 건 좋지만, 그러다가 굶는다면 이상하지 않아?"

그렇다. 무기에 내포되어 있는 레시피로 재료를 합성시키면 요리를 만들어 낼 수 있다.

맛있지도 맛없지도 않은 평범한 요리가 된다는 단점이 있긴 하지만.

"정 필요한 상황이 생기면 실디나에게 부탁하겠지만…… 뭐, 과식했다가 전투에 지장이 생기면 의미가 없잖아. 교대로 충분히 휴식을 취하고 출발하자."

"과식할 필요가 없다는 게 불행 중 다행이라고 생각하는 수밖에 없겠네요. 하아……."

글래스가 한탄하듯 중얼거렸다.

그렇게 우리는 교대로 휴식을 취하기로 했다.

우리는 야영을 마치고 미궁 탐색을 재개했다.

여전히 양옆은 무수한 책들이 빼곡히 꽂힌 책장들이 끝없이 이어져 있었다.

때때로 홀 같은 곳에 높은 책장이 놓여 있는 경우도 있어서, 사다리를 타고 올라가야 하는 상황도 생겼다.

좌로 우로 꺾어야 하는 성가신 구간도 있었지만, 그럴 때마다 세인이 가진 아리아드네의 실과 범고래 자매의 초음파에 의한 감지 능력이 큰 도움이 되었다.

미로는 위에서 보는 편이 더 빨리 공략할 수 있지 않은가?

조금이나마 볼 수 있는 범위가 넓어지면, 출구에 도달하기까지 걸리는 시간도 그만큼 단축되는 법이다.

더불어 마법에 의한 함정에 대한 내성을 가진 라프타리아와 라프짱도 함정을 간파하는 데 있어서 큰 활약을 해 주었다.

그야말로 끝도 없이 이어질 것만 같은 도서관 탐색이 이어지고, 이틀째 저녁이 되었을 무렵.

"에스노바르트, 키즈나를 치료하는 데 쓸 수 있을 법한 책은 아직 못 찾았어?"

내가 물어보자, 에스노바르트는 다시 탐색 스킬 같은 것을 사용했다.

"이제 거의 다 왔어요. 잠시 뒤면 도착할 수 있을 거예요."

그렇게 다시 한동안 미로를 지났을 때.

라프짱과 범고래 자매, 그리고 에스노바르트가 움찔 반응하며 하나의 책장을 쳐다보았다.

"라프~."

"어머나?"

"저기……."

"저기 저 책장에 뭔가가 있는 것 같아요."

흐음……. 나는 책장 앞에 섰다.

"책장에 장치가 있다면 어차피 뻔한 거겠지."

예로부터 책장에 뭔가 장치가 있다면 단순하게 어떤 책을 뽑으면 비밀통로가 열리는 식이 정석이다. 함정일지도 모르지만.

혹은 특정한 책을 뽑으면 앞으로 가야 할 곳을 알려 주는 힌트나 열쇠가 나오는 식일 수도 있다.

"좋아! 책을 뽑아 보자!"

"네."

책장에 꽂혀 있는 책들을 마구잡이로 끄집어내다 보니, 아니나 다를까 책장에 달라붙어 있는 책이 한 권 있었다.

아니, 이건 책이 아니다. 책 모양을 한 스위치일 것이다.

그것을 잡아당기자 쿵 하는 소리와 함께 책장이 뒤로 밀려났다.

호오……. 이런 식의 장치였군. 실물은 처음 봤다.

하지만 그 너머에서 나타난 것은 미궁에 들어올 때 거쳤던 문과 같은 장식이 새겨진 커다란 문이었다.

보석에서 빛이 뻗어 나와서 거울의 보석에 닿았지만, 빠직하는 소리와 함께 튕겨 나가서 사라져 버렸다.

"어라? 실패한 건가? 혹시…… 특정 무기가 아니면 안 열리는 건가?"

"그럴 수도 있겠네요."

"어떻게든 열려 주면 좋겠지만…… 어쩐지 안 열릴 것 같다는 느낌이 드네요."

원래 서식지가 여기인 에스노바르트가 불안 섞인 목소리로 중얼거렸다.

그리고 에스노바르트의 그런 직감은 적중해서, 문은 지금 이 자리에 있는 자들 중 그 누구의 무기에도 반응하지 않았다.

"으음……."

"조건이 너무 까다로운데. 특정한 권속기나 사성무기 없이는 더 진행할 수 없다면 뭘 어떻게 해 볼 방법이 없잖아."

성가신 장치들이 너무 많아서 슬슬 진절머리가 나기 시작했다.

기왕 이렇게 된 거, 그냥 깨부숴 버릴까?

아까 그 화기엄금에 대한 경고를 생각해 보면, 문을 부수려고 해 봤자 쫓겨날 것 같지만.

다시 한 번 양각 문양을 확인해 보았다.

뭔가 힌트가 될 만한 것 없을까?

"꽃 모양이 새겨져 있군……."

"그러게요……. 그런데 이 꽃은 대체 뭘까요?"

"앵광수(櫻光樹)……?"

실디나가 우두커니 뇌까렸다.

아아, 그러고 보니 분위기가 비슷하긴 하군.

"애석하지만 그건 아닐 거야. 이건 벚꽃이 아니니까."

뭔가 다른 식물이라고 보는 게 옳을 것이다.

아니, 한번 잘 생각해 보자.

"우리 세계에는 사성용사나 칠성용사가 폭주했을 경우에 조정자 역할을 맡는, 쿠텐로라는 폐쇄된 나라가 있었지?"

"네, 그랬었죠."

"여긴 비록 다른 세계이지만 사성무기라는 공통요소가 있으니까, 여기도 비슷한 나라나 기술, 역할이 있지 않을까?"

"그 관계자의 도구가 이 문의 열쇠일 거라는 말씀인가요?"

"그럴지도 모른다는 거야."

내 대답을 들은 라프짱이 탁 하고 손뼉을 쳤다. 그리고 라프타리아의 몸에서 내려와서 손을 앞으로 내밀었다.

"라~프~."

오? 라프짱이 뭔가를 시작했잖아.

"라프타리아도 조정자의 힘을 발휘해 보는 게 어때?"

애석하게도 이 세계에서는 앵천명석(櫻天命石) 방패의 힘을 쓸 수 없단 말이지.

하지만 라프타리아는 천명의 힘을 쓸 수 있을 터였다.

"기술 자체는 사용할 수 있지만……."

"어떻게든 라프짱을 지원해 주기만 하면 이 문을 열 수 있을지도 모르잖아?"

"알았어요. 한번 해 볼게요."

라프타리아는 그렇게 말하고, 도를 칼집에 집어넣은 채 앞으로 내밀었다.

라프짱과 호흡을 맞춰 힘을 모으고 있는 것 같았다.

"라프!"

라프짱이 한쪽 발로 힘차게 땅바닥을 밟았다.

그러자 라프타리아와 파문이 맞은 듯 바닥에 마법진이 전개되었다.

오오…… 천명의 힘은 사용할 수 있는 건가.

"오행천명진 전개…… 으…….."

라프타리아가 비틀거리기 시작했다.

"라아아프으으으으……."

라프짱도 고통 어린 목소리를 흘리고 있지만, 문은 꿈쩍도 하지 않았다.

라프타리아와 라프짱이 상당히 무리하게 힘을 쓰고 있다는 걸알 수 있었다. 역시 규격이 안 맞는 문은 열 수 없는 건가.

"라프타리아 씨."

글래스가 비틀거리는 라프타리아에게 다가가서 마법진 안으로 발을 들여놓았다.

그러자 문득, 라프짱과 라프타리아가 전개한 마법진의 문양이 미세하게 흔들렸다.

그리고 글래스에게서 어렴풋한 빛이 뿜어져 나왔다.

"아."

괜한 짓을 했다 싶었는지, 글래스가 마법진에 들여놓았던 발을 빼려 했을 때였다.

"괜찮아요. 글래스 양."

"라~프!"

라프타리아가 미소 짓는 동시에, 라프짱이 뭔가를 모아서 마법 구슬을 생성하고 문에 들이댔다.

철컥 하고…… 조용한 소리와 함께 문이 열렸다.

"오오……."

"서, 설마 열릴 줄은 몰랐는데."

굳이 표현하자면, 탐색형 던전 게임에서 다른 던전 열쇠를 썼는데 문이 열린 것 같은 위화감. 본래는 있어서는 안 되는 현상이 눈앞에서 전개된 것 같은 느낌이었다.

뭐, 결과만 좋으면 장땡이라 생각하고 넘어가는 게 내 성격에 어울리겠지만, 그래도 어쩐지 납득하기 힘들었다.

"감각이 좀 이상한데…… 글래스 양, 뭐 좀 짐작 가는 거 없으세요?"

"설마 이 세계에서는 글래스가 원래 세계의 라프타리아와 같은 존재라는, 그런 뻔한 전개로 가는 거야?"

글래스가 키즈나 쪽 세계의 천명 같은 존재라는 식으로 말이다.

하지만 라프타리아의 선례로 비추어보면 그것도 충분히 있을 수 있는 일이란 말이지.

사성 가까이에 조정자의 혈통이 있는 상황도 그렇고.

"아뇨, 애석하지만 짐작 가는 건 아무것도 없는걸요."

"스피릿이라서 그런 거 아닐까?"

실디나가 중얼거렸다.

아아, 어쩌면 우연히 여러 가지 조건이 겹쳐진 건지도 모른다.

"키즈나가 다 나으면 글래스의 가문이나 유파를 조사해 보는 것도 나쁘지 않겠군."

잘만 되면 앵천명석과 유사한 무기나 기록을 찾을 수 있을지도 모른다.

어디에 힌트가 굴러다니고 있을지 장담할 수 없으니까.

"애초에 그런 지식도 이 도서관에 잠들어 있는 거 아니야?"

"아무래도 장서량이 천문학적인 수준이라, 위치를 어느 정도는 알 수 있는 저라도 거기까지는 좀……. 방향 제시 정도밖에 못 하지만…… 여기보다 더 깊은 곳에 있는 것 같아요."

에스노바르트가 그렇게 설명했다.

어쨌든 뭔가 방법이 있다면 조사하지 않을 이유가 없다.

이렇게 노골적으로 힌트가 굴러다니고 있으니까 말이지.

기대 반 불안 반의 심정으로, 우리는 더 나아가 보기로 했다.

그 너머에는…… 어디까지 이어져 있는지도 알 수 없는 나선 계단이 도사리고 있었다.

책장이 없어서 오히려 위화감이 느껴졌다.

"내려가 보는 수밖에 없겠군."

"그렇겠죠."

"뭐가 나올지 가슴이 두근거리는걸―."

"눈 초롱초롱 빛내지 마!"

나 참, 지금 우리는 장난하러 온 게 아니라고.

그런 생각도 들었지만, 어쩌면 이런 상황에서도 즐기는 마음을 갖지 않으면 살아남을 수 없는 건지도 모른다.

내 세계의 세 용사들 같아서 좀 그렇지만 게임처럼 즐기는 방법도 있긴 하다.

게임으로 착각해서는 안 되겠지만.

그리고 우리는 그야말로 영원과도 같은 시간 동안 계단을 내려갔다.

다행히 마물류가 출몰하는 일은 없었다.

뭐, 언제 만들어진 건지는 몰라도 엄청 오래돼 보이는 계단이니, 이런 비밀 공간에 마물이 있다면 누군가가 의도적으로 배치해 놓은 것밖엔 없겠지.

그렇게 생각하며 계속 내려가다 보니, 이윽고 나선계단이 끝났다.

그리고 그 너머에는 복도가 있었고, 그 복도 끝 막다른 곳에 스위치가 있었고, 스위치를 누르자 벽이 주르륵 미끄러져 움직였다. 비밀통로 밖으로 나왔다고 생각해도 되는 건가?

그리고 비밀 통로 끝은 한 칸의 방과 이어져 있었다.

오른쪽에는 닫힌 문의 안쪽 면 같은 것이 보였다.

왼쪽에는…… 뭐지? 책이 발판처럼 떠 있고, 그 너머에는 책장으로 만들어진 공중 석실 같은 게 떠 있었다.

"여기는…… 어쩌면 관장실일지도 모르겠네요. 전승 속에 존재하는 방이에요."

"저 너머에는 흉악한 마물 같은 게 잠들어 있을 것 같군."

"확실히 불길한 느낌이 들긴 하지만, 경계만 해서는 아무것도 못 해요."

"하긴 그렇지. 언제든지 싸울 수 있도록 준비를 갖추고 나서

가 보자."

"네."

전원이 고개를 끄덕이는 것을 확인하고 나서, 나를 선두로 한 일동은 공중에 뜬 책을 발판 삼아 그 너머의 석실 같은 곳으로 나아갔다.

"마물 같은 건…… 딱히 없는 것 같군."

일단 얼핏 보기에 그런 건 없는 것 같았다.

뭐, 뭔가를 붙잡는 순간에 출현하거나 하는 식의 장치가 있을 것 같아서 무서웠지만 말이지.

석실 안에는 빛나는 책장이 있고…… 그 안쪽에는 목제 받침 대에 놓인 작은 병이 보였다.

마치 중요한 물건임을 강조하기라도 하듯이 둥근 결계 같은 것이 쳐져 있고, 그 병도 빛나고 있었다.

방의 벽…… 오랜만에 보는 책장 없는 벽에는 벽화 같은 것이 그려져 있었다.

피라미드의 벽화 같은 추상적인 그림이었다.

고양이 같은 생물에 날개가 돋아 있는 모습? 대체 뭐지?

고양이로 보기에는 꼬리가 도마뱀처럼 생겼다. 뭔가 옷도 입고 있는 것 같은데, 이 세계의 독자적인 마물일까?

성무기 그림도 있는 것 같고…… 권속기도 있군. 빛나는 것처럼 그려져 있다.

그리고 아까 그 작은 병에는 피처럼 빨간 액체가 들어 있었다.

결계는 만지기만 했는데 허무하게 사라졌다.

작은 병을 집어 들고 냄새를 맡아 보았다.

피 같은 냄새……?

"성배인가?"

이런 식의 판타지에 나오는 단골 소재다. 옛 성인의 피가──
라는 식의 패턴.

"어쩌면 초대 관장님이 남긴 기록에 나오는 특별한 약일지도
몰라요."

"그런 게 있었어?"

"네, 어디까지나 초대 관장님이 남긴 기록에 남아 있을 뿐인
물건이었는데…… 이런 곳에 있었네요."

그때 실디나가 어리둥절한 눈으로 병을 쳐다보면서 말했다.

"그거…… 딱히 좋지도 나쁘지도 않지만, 사념이랑은 다른,
뭔가 엄청난 게 깃들어 있어."

"여기에?"

감정해 본 결과…… 윽, 뭐야 이건?!

밀도가 너무 높아서 그런지 아니면 정보가 너무 많아서 그런
지는 모르지만 감정에 실패했다.

뭔가 이질적인 물건이라는 건 틀림없을 것이다.

"보통 물건이 아닌 것 같은데."

"초대 관장님의 기록에 나와 있어요. 한 모금 마시면 영원한
괴로움을, 두 모금 마시면 영겁의 고독을, 세 모금 마시면……
무시무시한 최후가 기다리고 있다고."

"완전 독극물이잖아."

자살용 약인가?

초대 관장님이라는 도서토는 자살이라도 한 모양이군.

그런 약을 이렇게 고이 간직해서 어쩌자는 거냐.

남은 양은 얼마 안 되는 것 같지만.

"그건 그렇고, 그쪽 책장은 좀 어떻지?"

내가 책장의 책에 손을 대려 한 순간, 파직 하고 손이 튕겨 나왔다.

마치 거절이라도 하는 듯이.

"둘 중에——."

"어느 한쪽만이라는 걸까요? 세인 님 말씀으로는, 그런 보석을 본 적이 있다고 하셨어요."

"뭐라고? 젠장, 섣불리 만진 게 실수였군."

성가신 장치를 심어 두다니!

"아뇨…… 이건 어쩌면…….."

에스노바르트가 어렴풋이 빛나는 책장에 손을 뻗었다.

그러자 책장에서 글자들이 나타나 벽을 타고 기어서 에스노바르트에게로 몰려들었다.

"위험해!"

재빨리 에스노바르트를 밀쳐 내고 거울을 들어 방어 태세를 취했지만, 글자들은 나를 통과해서 에스노바르트 쪽으로 흘러갔다.

"우와!"

"괜찮아?!"

글자들이 에스노바르트의 몸으로 다가가는가 싶더니, 스르륵 사라져 갔다.

"괘, 괜찮아요. 도서토 인증장치였는지, 제 시야에 권한 인식

항목이 나타났어요."

"호오……."

"이제부터, 관장의 권한으로 책장의 봉인을 풀게요."

에스노바르트가 토끼 형태로 책장 앞에서 손을 내밀었다.

그러자 책장에서 뿜어져 나오던 빛이 흩어졌다. 결계가 풀렸다는 뜻이리라.

그리고 에스노바르트는 책장에 있던 책 몇 권을 뽑아 들고, 펼쳐서 읽었다.

"아마…… 우리가 찾던 책인 것 같아요. 사성무기에 걸린 저주 등을 해제하는 방법이 적혀 있어요."

"호오……."

"그리고…… 전에 리시아 씨에게 드렸던 고문서와 비슷한 책도 있어요."

"아직 해독이 안 됐다고 들었는데…… 혹시 이 책이 없으면 해독할 수 없는 건가?"

에스노바르트가 내게 책의 한 페이지를 보여주었다.

확실히 비슷한 그림이 그려져 있군.

그리고…… 이 방의 벽화에 그려져 있는 정체불명의 생물…… 날개 돋은 고양이 같은 무언가.

후광이 깃든 무언가를 공격하고 있는 것처럼 보이는데, 자세히는 모르겠다.

"나중에 리시아와 같이 해독해 봐 줘."

"당연히 그렇게 해야죠. 전에 이야기해 보니, 저희보다 해독 작업이 더 많이 진척된 상태인 것 같더군요. 리시아 씨와 힘을 합치면 파도에 대한 해석도 더 빨라질 수 있을 거예요."

"그럼 부탁할게."

그리고 에스노바르트는 저주 해제에 필요한 책을 읽으며 중얼거렸다.

"음…… 보아하니 이 약은 사성무기에 걸린 상태 이상을 푸는 데에도 효과가 있을 것 같네요."

"그래?"

"네. 다양한 용도로 쓸 수 있는 것 같아요. 목적은 다 달성한 셈이에요."

에스노바르트가 품속에서 CD디스크를 꺼내서 모종의 마력을 불어넣었다.

"위치 등록은 다 끝났어요. 이제 언제든지 여기로 올 수 있어요. 자…… 그만 돌아가죠."

"생각보다 빨리 끝났네. 이 누나는 맥이 빠지는걸."

"빨리 끝난 걸 다행이라고 생각해야죠."

"맞아요."

라프타리아와 글래스는 사디나의 말에 이의를 제기했다.

뭐, 나도 빨리 찾아서 다행이라 생각하고 있다.

"더 깊은 지하로 내려가는 길이 있긴 하지만 말이에요. 여기가 최하층은 아닌 것 같으니까."

"파고들기 요소가 있는 게임처럼, 더 깊은 곳에 강한 마법이나 좋은 무기의 제작법이나 재료가 있을 것 같아서 무서운데."

"……."

"……."

아, 라프타리아와 글래스가 지하로 통하는 길을 호기심 어린 눈길로 힐끔힐끔 쳐다보고 있다.

어쩐지 미련이 남는 건 부정할 수 없겠군.

어찌 됐건 우리는 강해져야만 하니까 말이지.

"시간에 여유가 있을 때 이츠키나 키즈나 일당을 데려오면 되겠지."

"그게 좋겠네요."

"우리의 당면과제는 더 좋은 요리 레시피를 찾아내는 거니까요."

아직도 그 이야기를 하는 거냐.

"보물찾기란 참 로망이 있지 않니, 실다나?"

"침몰선에서 술 찾기 할 때는 정말 신났었어."

"랏프~!"

뭐, 사디나와 실다나는 인양업에 종사하기도 했으니 그 심정은 어느 정도 이해가 가긴 한다.

라프짱은 왜 이 타이밍에 사디나에게 올라타서 출항! 이라고 외치는 것 같은 포즈를 취하는 건지…….

"돌아가야――."

"더 밑으로 들어가실 건가요?"

세인의 지적에 우리는 정신을 차렸다.

"일단 돌아가자. 필요한 건 발견했고…… 다른 녀석이 여기까지 올 일은 아마 없을 테니까. 그럼 부탁한다, 세인."

"응. 아리아드네의 실."

세인이 스킬을 사용하자 우리는 던전 입구로 순간이동했고,

그대로 밖으로 나왔다.

이렇게 우리는 키즈나 치료에 필요한 정보를 찾아내서 미궁 고대도서관을 탈출했다.

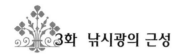 ## 3화 낚시광의 근성

미궁 고대도서관을 탈출한 우리는 그길로 키즈나에게 돌아갔다.

그러는 동안에 에스노바르트는 이번에 찾은 자료를 다시 한 번 확인하고 있었다.

"보아하니 이 작은 병에 든 액체를 사용하면 성무기나 권속기에 걸린 부정한 힘을 제거할 수 있는 것 같아요."

"부정한 힘이라……. 나태의 저주라는 것도 부정한 힘에 해당되는 건가?"

예를 들어 증오는 무기에 걸린 저주 같은 게 아니라, 원래 용사인 내 마음속에 있는 문제였다거나 하는 식일지도 모른다.

내 안에서 흘러나온 증오가 분노의 형태로 방패에 흡수되어 부정한 힘으로서 발현된 거라면, 작은 병 안에 든 액체로 제거할 수 있을 것이다.

반대로 나태의 저주라는 게 제거되지 않는다면, 분노나 나태 같은 저주류는 원래부터 전설의 무기에 갖춰져 있는 기능이라는 뜻이 된다.

"딱 잘라 선을 긋기 힘든 부분이라는 건 확실한 것 같아요. 일단 시험해 보는 수밖에 없겠어요."

"그렇겠지……."

그렇게 강력한 효과가 있는 액체라면 저주 치료에도 쓸 수 있을 것이다.

감정조차 제대로 안 될 만큼 밀도가 높은 물건인 데다, 작은 병에 들어 있는 정도의 양밖에 없으니 양산이 가능하리라는 보장은 없었다.

나는 약학도 어느 정도 배우기는 했지만, 그 액체의 성질을 전혀 이해할 수 없었다.

약, 혹은 독극물…… 피인 것 같기도 하고 뭔가를 응축시킨 물질 같기도 했다.

하여튼 간에, 기묘한 물건이라는 건 분명했다.

실디나는 워낙 높은 밀도 때문에 구역질이 치밀어 오르는 상황에 빠져 있을 정도였다.

이런 게 과연 키즈나에게 효과가 있을지, 의심스럽기 짝이 없었다.

그래도 자료에 나오는 내용이니 한번 시험해 보는 수밖에 없겠지.

그렇게 해서 우리는, 이츠키와 필로가 저주의 오염을 억제하고 있는 현장으로 돌아갔다.

"어서 오세요, 나오후미 씨. 보아하니 뭔가 방법을 찾아내신 모양이네요."

"주인님 어서 와~."

"그래, 돌아왔어. 이것저것 찾아낸 게 있지만, 지금은 키즈나 치료가 먼저겠지."

치료에 효과가 있을지 없을지 확실하지도 않은 물건을 환자에게 강제로 복용시킨다는 게 실은 위험한 일인 것 같기도 하지만, 일단 한번 해 보는 수밖에.

"받으세요, 글래스 씨."

에스노바르트가 글래스에게 작은 병을 건넸다.

"키즈나 씨의 수렵구에 주기만 해도 효과가 있다는 모양이에요. 잘 부탁드려요."

"알았어요."

"그럼 저주에 대한 내성을 끌어올리는 곡을 연주할게요."

"필로도 노래할게."

이츠키와 필로가 나란히 곡을 연주했다. 이 둘, 은근히 상성이 좋은 거 아니야?

이츠키는 악기 권속기의 힘을 끌어내서 마치 혼자서 여러 곡을 동시에 연주하는 것처럼 들렸고, 필로 역시 여럿이서 부르는 것처럼 들리는 정체불명의 창법으로 노래하고 있었다.

"이츠키는 마법을 써서 저렇게 연주한다 치고, 필로는 무슨 수로 저렇게 여러 목소리를 동시에 내는 거지?"

"허밍 페어리 계열의 상위종은 성대가 여럿이거든요. 그래서 한 번의 발성으로 다수의 목소리를 낼 수 있는 거예요."

뭐 그런 무서운 기관이 다 있어?

"그렇게 여러 목소리를 낼 수 있으면, 굳이 내 힘을 빌려서 하늘을 날지 않더라도 마법을 쓸 수 있지 않아?"

아, 실디나가 투덜대고 있군.

"실디나, 네 마법 영창은 목소리뿐이니?"

하지만 사디나의 지적에 이내 납득한 듯 고개를 끄덕였다.

"아니야……. 혼을 분할시켜서 각각이 영창하게 하고 있어. 그리고 그렇게 발동시킨 마법으로 다시 마법을 영창하는 식이야."

뭔가 정신없이 복잡한 구조에 대해 설명하고 있다.

네 독자적인 기술을 설명해 봤자, 어차피 나는 이해하지도 못한다고.

"대충 알겠어. 이 세계의 필로는 쓸 수 있는 기술이지만 필로리알은 쓸 수 없다는 거겠지."

이 세계에서 익힌 연주계 마법은 저쪽 세계에서도 쓸 수 있는 것 같지만, 척 보기에도 질이 달라 보였다.

간단한 것밖에 재현하지 못하는 것 같기도 하고.

우리가 그런 이야기를 나누고 있으려니, 글래스에게 저주에 대한 내성을 키우는 마법이 걸렸다.

더불어 크리스도 글래스를 보호하기 위해 힘을 빌려주고 있는 것 같았다.

"키즈나, 바로 구해 줄게요."

글래스는 늘어져 있는 키즈나의 저주받은 무기에 병 속 액체 몇 방울을 떨어뜨렸다.

병 속 액체는 저주받은 무기에 묻자마자 스르륵 무기에 녹아들어서 소재로써 흡수되었다.

직후, 쩅 하는 소리와 함께 키즈나의 무기에 붙어 있던 액세서리에 금이 가는가 싶더니 이내 깨져서 산산조각이 나 버렸다.

“오오.”

확실히 효과가 있었던 모양이다.

“키즈나! 빨리 그 저주받은 무기를 다른 무기로 바꾸세요!”

늘어져 있는 키즈나를 글래스가 그렇게 다그쳤다.

“어…… 귀찮은데—.”

그러나 키즈나는 그런 황당한 대사를 하고는 미동도 하지 않고 쌔근쌔근 잠들어 버렸다.

뭐 이런 게을러 터진 놈이 다 있담.

기가 막혀서 말도 안 나올 지경이었지만, 이것이 나태의 무기가 가진 효과라면 무시무시한 일이었다.

“무기를 제거했는데도 본인의 의욕이 안 돌아오다니……. 환장하게 성가시군. 애초에 저주는 부정한 게 아니었던 건가?”

깨져 나간 액세서리는 부정한 것이지만, 저주의 무기 자체는 올바른 존재라는 뜻이 되잖아.

“액세서리만 부수면 키즈나 씨가 복귀할 줄 알았는데…….”

라프타리아가 중얼거린 말에 모두가 고개를 끄덕였다.

“키즈나! 지금 그렇게 게으름만 부리고 있을 때가 아니에요! 자! 빨리 일어나세요!”

글래스가 참다못해 키즈나를 닦달했다.

“사사건건 나한테만 기대지 마…… 음냐음냐.”

“으…….”

왜 거기서 말문이 막히는 거야? 글래스, 너 그렇게까지 키즈나에게만 기대 왔던 거냐?

내 눈에는 키즈나가 그냥 놀기 좋아하는 철부지 같아 보였는데.

"만약에 나오후미 님이 이 저주에 걸리고, 제가 나오후미 님께 똑같은 말을 들었다면, 저도 말문이 막혔을지도 몰라요."

"아니, 라프타리아는 이런 면에서는 똑 부러지는 성격인 것 같은데……."

만약에 키즈나와 같은 상황에 빠진다면……. 그렇다. 저주에 침식당한 내가 엉뚱한 폭주를 해 대면 분명히 내 폭주를 제지해 줄 거라 믿는다.

어쩌면 우격다짐으로 찍어 누를지도 모른다는 생각도 들었다.

내가 단순무식한 성격으로 키웠으니 말이지……. 앞으로는 라프타리아도 때와 상황에 맞춰 힘을 조절해 가며 행동하도록 가르치는 게 좋을 것 같다.

"렌 씨가 그랬어요. 나오후미 씨는 마을 사람들의 노예처럼 열심히 일하고 있다고."

"이츠키, 여기서 그런 이야기 꺼내지 마."

누가 노예라는 거냐. 그건 렌이 평생에 걸쳐서 내게 사죄해야 할 실언 중에 하나일 것이다.

"키, 키즈나! 그런 말을 하려거든 나오후미만큼 제대로 하고서 하세요!"

이 타이밍에 글래스가 내 이름을 끌어내서 키즈나의 궤변을 찍어 누르려 들었다.

왜 이렇게 사방에서 내 이름을 이용하려고 드는 거야?

"어머나어머나."

"어라─."

거기 범고래 자매, 싱글싱글 웃지 마!

"역시 나오후미 님이 그 대사를 말씀하시는 게 제일―――."

"라프타리아, 그 이야기는 이제 그만 꺼내는 게 좋을걸. 안 그러면 라프짱을 하루 종일 쓰다듬을 테니까."

"라프~?"

내 지적에 라프타리아가 고개를 꾸벅 끄덕이고 입을 다물었다.

나 참…… 나라고 게으름 피울 때가 없는 건 아니란 말이다.

"정말 그럴까요?"

아, 세인의 사역마가 어리둥절한 표정으로 뇌까렸다.

나도 어느 정도는 숨을 돌려 가면서 살고 있다고. 오히려 귀찮아할 때가 더 많을 정도다.

"우…….."

하여튼, 키즈나는 저주의 무기를 다른 무기로 바꿀 기색을 보이지 않았다.

그뿐만이 아니라…… 낚싯대에서 풍겨 나오는 흉악한 기운이 어째 전보다 더 강해진 것 같지 않아?

"나태…… 게으름 피우는 정도가 점점 더 심해지고 있는 것 같아 보이는데."

아무것도 안 하고 빈둥거리고 있으면 저주의 효과가 더 강해지는 성질이 있는 것 같았다.

어떤 의미에서는, 일곱 가지 대죄를 무기화했을 때 주위에 대한 민폐도가 가장 높은 건 나태인지도 모르겠다.

그냥 가만히 있기만 해도 점점 더 강해져서 주위에 저주를 흩뿌려 대니까 말이지.

"커스 스킬을 쓸 생각이 없다는 게 그나마 불행 중 다행이지만…… 자동으로 발동하게 되면 복귀가 힘들어질 것 같은데."

안 그래도 키즈나 자신의 레벨이 낮아져 있는 상태에서 저주 때문에 치료가 늦어지기까지 하면 그야말로 엎친 데 덮친 격이다.

"키즈나! 잔말 말고 어서 무기를 바꾸세요! 안 그러면 화낼 거예요!"

"귀찮아……. 아…… 뒹굴대고 있으니까 이렇게 편할 수가 없네ー. 일하면 지는 거라니까ー 니트 만세ー."

"왜 일하면 지는 건데요?! 키즈나, 지금 무엇과 싸우고 있는 거예요?!"

"어느 세계에나 비슷한 헛소리는 다 있나 보군."

아마 키즈나의 세계에도 그런 이야기가 있는 모양이다.

"나오후미, 키즈나는 무엇과 싸우고 있는 거죠?"

"내가 알기로, 그 말을 한 놈은 사회와 싸운다는 의미로 한 소리였던 것 같은데."

"니트라는 게 뭐죠?"

"본래는 공부도 일도 취업훈련도 안 하는 젊은이를 가리키는 말이지만, 키즈나는 아마 그냥 게으름뱅이라는 뜻으로 썼을 거야."

나도 대학을 졸업하고 나면 그렇게 될 것 같아서 불안하군.

"한마디로 게으름뱅이 만세라는……."

"말 그대로 나태 그 자체군. 나도 내 의지와 상관없이 저주가 발동할 것 같아서 무서운데."

이세계 전이라는 시추에이션은 원래 일하기 싫어하는 젊은이들이 꿈꾸는 법일 테니까.

실제로 전이해 보니까 할 일이 너무 많아서 못 해 먹겠다.

"하긴, 나오후미 님도 사사건건 귀찮아하시는 면이 있으니까요."

"저렇게 되지 않도록 나도 노력해야겠지. 음식 준비 같은 거라도 하면서 말이야."

"그런 노력은 할 필요 없어요."

글래스가 어째선지 내게 그렇게 지적했다. 그럼 뭘 어쩌라는 거냐.

"아아…… 숨 쉬는 것도 귀찮아……. 누가 나 대신 숨 좀 쉬어 주면 안 되나?"

……이거 완전히 맛이 갔잖아.

저주의 액세서리가 떨어져 나갔는데도 빈둥거리기만 하는 키즈나를 나태로부터 빼내려면 어떻게 해야 하지?

"에스노바르트, 무슨 방법 없을까?"

저주를 푸는 방법에 대한 내용도 적혀 있을 거 아니야?

"으음…… 나태의 저주를 풀려면 근면한 정신이 필요하다고 적혀 있어요."

"근면이라……."

생각해 보면 분노의 증오를 완전히 풀기 위해서는 아트라가 준 자비가 필요했었으니…… 이 경우에도 그것에 상응하는 게 필요하리라는 건 나도 알 수 있었다.

애초에 자비라는 감정이 내게 존재하지 않는다는 것쯤은 나도 자각하고 있었고.

본론으로 돌아가서, 지금의 키즈나에게 근면함은 티끌만큼도 찾아볼 수 없었다.

"그러고 보니 나태 같은 일곱 가지 대죄에 대응하는, 일곱 가지 미덕이라는 게 있었죠. 내용에 대해서는 여러 가지 설이 있지만요."

이츠키가 말했다.

"나도 들은 적 있어. 하지만…… 딱히 명확한 건 없었던 것 같은데."

애초에 일곱 가지 대죄도 원래는 여덟 가지 죄악이 기원이었고 말이지.

일곱 가지 미덕이 대죄에 대응할지 어떨지는 장담할 수 없는 것이다.

대죄와 미덕이 서로 쌍을 이루는 건 아니었던 걸로 기억한다.

이런 건 무기가 어떤 식으로 인식하는가에 따라 정해지는 면도 있을 것 같다.

"어쨌든 뭔가 실마리가 될 수 있으면 좋을 텐데. 에스노바르트…… 혹시 나태에 대한 다른 치료법은 없어?"

"희망과 용기도 나태를 물리치는 힘이 된다고 적혀 있어요."

"우와…… 너무 그럴싸한 말이라서 신뢰가 가기는커녕 구역질만 나오는데."

"그렇다고 그 말을 부정하는 건 좀 아닌 것 같은데요, 나오후미 님."

알고는 있지만 표현이 너무 구리잖아.

"키즈나 자신의 근면과 희망과 용기…… 한마디로 말하자면 의욕이 필요하다는 이야기라고 생각하면 될 것 같군."

"어째 조금 다른 것 같은데……."

"나태…… 게으름의 반대는 의욕이잖아?"

"그건 그렇지만…… 그럼 어떻게 해야 하는 걸까요?"

글래스가 뭔가 스테이터스 항목을 확인하고 있는 것 같았다.

"나오후미, 요리 중에 의욕을 끌어내는 과자가 있는 것 같아요. 붉은 사탕이라는 과자라는 모양이에요."

"만들라고? 재료는 있고?"

"상당히 희귀한 소재가 필요한 모양이네요."

아무리 레시피가 있다고 해도, 그런 걸 굳이 일일이 모아서 만들라는 건가?

그런 일에 시간을 허비하는 동안에 키즈나의 병세가 점점 더 악화될 게 불 보듯 뻔하지 않은가.

그리고 보니 키즈나가 들고 있는 저주받은 무기는 낚싯대였지.

수렵구의 용사라는 분류상 키즈나가 사용할 수 있는 무기의 폭은 제법 넓을 텐데, 하필이면 낚싯대.

아이디어가 떠올랐다.

"글래스, 그렇게 오랫동안 키즈나와 알고 지냈으면서 너무 멀리 돌아가는 방법만 고르려고 드는 거 아니야?"

"그럼 어떻게 하라는 거죠?"

"나한테 좋은 생각이 있어. 일단 한번 시험해 보자. 지금은 이렇게 고민만 하는 것보다, 키즈나의 의욕을 끌어내는 게 중요해."

그리고 나는 범고래 자매에게로 시선을 보냈다.

"어머나?"

"어라—?"

"정말 잘될까요?"

"그건 키즈나 하기 나름이지."

우리는 치료시설에서 키즈나를 들쳐 업고 성의 이웃 도시에 있는 항구로 이동해서, 라르크 일당이 개인적으로 소유하고 있는 배에 타고 앞바다로 나섰다.

"실패하거든 뒷일은 그때 가서 생각하면 돼."

"쿠울……."

키즈나 녀석은 완전히 무기력 상태에 빠져서 그냥 가만히 있을 뿐이었다.

그리고…… 이츠키와 필로, 라프짱에게 저주 대응 지원 마법을 부탁하고 키즈나의 손을 잡았다.

뒤이어 키즈나의 손가락을 천천히 움직여서 주먹을 쥐게 만들고, 낚싯대 끝의 낚싯바늘을 바다로 던지게 했다.

던지는 동시에, 첨벙 하고 거대한 물보라가 일었다.

제법 위력이 강한 물보라였는데, 낚싯대를 던진 게 공격으로 취급된 건가?

이윽고…… 휙 하고 낚싯대가 크게 휘어지고 릴이 고속으로 회전하기 시작했다.

"좋아! 가라! 범고래 자매!"

그렇다. 내가 고안한 작전은, 키즈나를 바다로 데려와서 그렇게 좋아하는 낚시를 시킴으로써 의욕을 끌어내는 것이었다.

단, 손맛이 약한 일반 물고기 따위로는 티끌만큼도 의욕이 안

날 게 뻔했다.

하지만 이상할 정도로 힘이 세면서 교활한 물고기……는 아니지만 낚싯대를 당기는 사냥감이 걸려든다면 어떻게 되겠는가?

그 작전을 위해 수영에 있어서는 당해낼 자가 없는 범고래 자매, 사디나와 실디나에게 협조를 부탁한 것이었다.

이츠키가 이미 지원 마법을 걸어 준 상태고, 이 세계에 온 이후로 우리의 레벨도 상당히 오른 상태다.

어지간한 월척 따위를 압도하는 힘을 가진 괴물급 물고기도 충분히 연기할 수 있을 것이다.

이건 키즈나의 낚시꾼 혼에 모든 것을 건 작전이었다.

위잉 소리를 내며, 키즈나가 드리우고 있는 낚싯대에 달린 릴의 낚싯줄이 풀려 나갔다.

키즈나가 가진 릴을 조정해서 내가 일단 낚싯줄을 멈추자, 제법 큰 배 전체가 기우뚱 뒤흔들렸다.

"키즈나…… 네 낚시 사랑은 고작 이 정도냐?"

"쿠울…….'

나는 여전히 의욕을 보이지 않은 채 축 늘어져 있기만 한 키즈나의 귓전에 속삭였다.

"나, 나오후미 님, 이러다 배가 뒤집히겠어요! 정말 괜찮은 거예요?!"

"맞아요! 이건 에스노바르트의 배가 아니란 말이에요!"

"후에에에에에?!"

"괜찮아요, 리시아 씨. 혹시 침몰하더라도 수상 부유 연주를 하면 되니까요."

뭐야, 그 마법은? 너, 무슨 만능 마법사라도 됐어?

"라프~!"

"침몰의 노래를 불러 볼까~? 메르한테 들었어. 바다에는 노래를 불러서 배를 침몰시키는 세이렌이라는 마물이 있대~."

예전에 카르밀라 섬 부근에서 그런 이야기를 했었던 기억이 나는군.

필로, 상황 파악 좀 하고 이야기해. 안 그러면 세이렌이나 네레이드 취급을 당하는 수가 있어.

"물고기는――."

"투망으로 잡는 걸 추천한다고 세인 님이 말씀하셨습니다. 낚시는 효과적이지 못하다고 하셨습니다."

세인, 지금 이 상황에 무슨 뚱딴지같은 소리야?

그런데 그 말에 키즈나가 움찔 움직이는 것이 느껴졌다.

오? 분위기가 괜찮게 흘러가는데?

그리고 배는 범고래 자매에게 끌려가서 고속으로 이동하기 시작했다.

하지만 여전히 키즈나에게서는 의욕을 찾아볼 수 없었다.

이제 아예 나한테도 저주가 침식해 들어오기 시작한 것 같은 느낌이었다.

소지 무기가 거울로 바뀐 상태에서도 자비의 방패 덕분에 저주에 대한 내성은 제법 강한 편인데…….

하는 수 없지.

"네 낚시 혼은 고작 이 정도였군……. 실망이야."

경멸 어린 목소리로 그렇게 뇌까렸다.

키즈나가 움찔 경련한 것처럼 보였는데 내가 잘못 본 건가?

키즈나가 들고 있는 낚싯대가 휘어지고, 부자연스럽게 떨렸다.

뭐, 뭔가 나태가 한층 파워업한 건가? '힘 빠지는 걸' 파워업하다니, 별 재수 없는 무기도 다 있군…….

하지만…… 낚싯대의 형태 자체에는 큰 변화가 없었다.

그럼 왜 떨리고 있는 거지?

키즈나에게서 뿜어져 나오던 수상쩍은 기운이…… 가슴 언저리부터 흩어져 갔다.

그리고── 키즈나가 번쩍 눈을 부릅뜨고, 바닥을 힘차게 내디뎠다.

"후오오오오오오오오오오오오오!"

부축하던 나를 뿌리치고, 배의 난간에 발을 올린 채 릴을 감기 시작했다.

"큭…… 잡아당기는 힘이 이렇게 강하다니! 이 감각, 이 손맛…… 절대로 놓치지 않겠어!"

"키, 키즈나! 이제 의욕이 생겼군요!"

글래스의 표정이 밝아져 갔다.

"어떻게 이럴 수가…….."

반대로 라프타리아는 황당해하는 표정이었다.

"후에에에에에에에에에."

리시아는 절규했고, 이츠키는 분위기를 내기 위해 은근히 템포가 빠른 곡을 연주하기 시작했다.

잘 풀리고 있는 것 같은데?

"둥두두두두~웅. 만선기를 펄럭여라~, 나아가세 우리는 어부의 진수~."

필로가 이상한 노래를 부르기 시작했다.

뭐야, 그 노래는? 설마 침몰의 노래는 아니겠지?

내가 고개를 갸웃거리고 있으려니, 필로가 노래하면서 내게 설명을 하는 진기명기를 선보였다.

"쿠텐로에 있는 술집에서 이걸 부르는 사람이 있었어~. 그리고 마을 사람들이 부르던 노래도 부를게."

쿠텐로에서는 어부가를 부르는 사람들이 제법 많았다. 항구 도시니까 당연히 어부도 있었겠지.

가까운 예로 사디나와 실디나도 물고기 잡는 데에는 일가견이 있고 말이다.

그리고 라프타리아의 고향이자 우리가 재건한 마을인 르롤로나 마을은 원래 어촌이었다.

어부의 노래 정도는 있는 게 당연하겠지.

이렇게 해서 키즈나는 이츠키와 필로의 연주를 배경으로 필사적으로 낚시에 몰두하기 시작했다.

하지만 사디나와 실디나도 쉽게 낚여줄 수는 없다는 듯 한층 더 의욕을 내보였다.

엄청난 기세로 좌로 우로 아래로 움직여 대고 있었다.

키즈나의 낚싯대가 점점 더 크게 휘어졌다.

저항하듯이 바닷속에서 마법의 빛이 뿜어져 나왔다.

글래스의 이야기에 따르면, 가끔씩 어류형 마물이 걸려들어서 실이나 마법을 쏴 대는 경우가 있다는 모양이었다.

사디나와 실디나가 그 현상을 재현하고 있는 것이리라.

부적에 의한 마법이군.

"끄으으응…… 이 낚싯대, 못 써먹겠어! 릴이 너무 뻣뻣해! 그보다 몸이 무거워! 그럼 포기해야 되나? 말도 안 되는 소리! 이래서야 낚을 수 있는 고기도 못 낚잖아아아아아아아!"

키즈나의 짜증이 극에 달하고…… 마치 나태에 저항이라도 하듯, 연기를 뿜어내던 낚싯대의 형태가 바뀌어 갔다.

"키즈나!"

키즈나가 나태의 낚싯대를 다른 낚싯대로 바꾼 것을 본 글래스의 표정이 환해졌다.

"끄으으응…… 우오오오오오오오오오오오오오! 한 줄 낚시다아아아아아아아아아아아아아!"

키즈나의 온몸에서 기가 뿜어져 나오고 스킬이 발동되었다.

첨벙 하고, 수인 형태의 사디나와 실디나가 바닷속에서 뛰쳐나와 허공을 날았다.

"어머나―."

"어라―."

쿵 하고 두 사람이 갑판에 착지했다.

정확히 낙법을 취하는 걸 보면, 역시 운동신경은 발군이라니까.

"참 해괴한 광경이네요."

"라프~."

라프타리아는 황당하다는 듯 게슴츠레한 눈으로 그 광경을 바라보고 있었다.

"키즈나 씨답다고 볼 수도 있겠지만……."

에스노바르트는 쓴웃음밖에 나오지 않는 모양이었다.

"좋았어! 위험했어! 간신히 낚아 올렸…… 뭐야, 이건?"

키즈나는 사냥감을 낚아 올렸다는 환희에 승리의 포즈를 취했다가, 범고래 자매를 보고 뇌까렸다.

그리고 주위를 둘러보고…….

"어라? 나오후미가 왜 여기 있어?"

두리번두리번 주위를 둘러보고, 그제야 사태를 파악한 것 같았다.

"오랜만이라고 해야 하나? 석화가 풀린 뒤로도 계속 말은 걸고 있었지만 말이지."

"그러고 보니까 나는…… 라르크의 낫을 빼앗아 간 그 녀석의 책략에 빠져서 제압당하고…… 녀석이 내 수렵구에 이상한 액세서리를 다는 걸 본 것까지는 기억하는데……."

기억이 약간 혼란에 빠진 모양이었다.

하지만…….

"일단 어탁부터 뜨자! 글래스! 월척을 낚았어!"

나태조차 억누르지 못한 낚시꾼의 혼이 주위의 긴장감을 앗아가 버렸다.

조금 전까지만 해도 환하기만 했던 글래스의 표정이, 라프타리아와 마찬가지로 황당함으로 물들었다.

"다른 세계의 일본이라는 나라 사람들은 하나같이 다 이상한 건가요?"

"나오후미 님도 그렇고 말이에요."

무슨 소리를! 나를 이런 낚시 마니아와 동급으로 보면 곤란하다고!

"어머나— 이 누나들의 어탁을 뜨겠대."

"웃차…… 사이즈 면에서 사디나에게 질 일은 없어."

"어머? 실디나는 이 언니를 이길 수 있을 거라고 생각하니?"

"가슴 강조하지 마. 그건 어탁이 아니잖아."

"으음…… 어째 찜찜하네……. 속은 기분이야."

그리고 범고래 자매의 헛소리 때문에 키즈나도 어탁을 포기한 모양이었다.

"큐!"

사디나와 실디나를 호위하고 있던 크리스가 첨벙 하고 바닷속에서 뛰쳐나와서, 작전 성공을 기념하는 포즈를 취했다.

"그리고 누군가가 그물질이라는 사악한 짓을 권하는 소리를 들었던 것 같은데! 나는 그딴 건 절대 인정 못 해!"

"이 언니들의 작살도 인정해 주지 않을 것 같네."

"당연하지! 나는 낚시야말로 최고라고 생각해. 물고기와의 일대일 대결이잖아!"

"아아, 어련하시겠어."

물고기만 잡으면 장땡이지 그런 게 무슨 상관이라는 건지.

어쨌거나, 이렇게 해서 키즈나는 나태의 낚싯대를 떨쳐 내고 복귀에 성공했다.

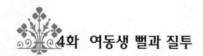

4화 여동생 뻘과 질투

키즈나의 복귀를 확인한 후, 우리는 배를 항구에 정박시키고 라르크의 성으로 돌아왔다.

"오오, 키즈나 아가씨! 회복된 모양이잖아."

라르크도 회의를 마치고 돌아와 있었다.

그는 반갑게 키즈나를 맞이했다.

"그래. 실은 뭐가 뭔지 아직 잘 이해가 안 가는 점이 많지 만……. 뜬금없이 나오후미가 와 있질 않나, 에스노바르트의 무기가 바뀌어 있질 않나, 아직 제대로 파악이 안 돼."

"키즈나!"

오? 뭔가 귀에 익은 목소리가 들려왔다.

목소리가 난 쪽을 돌아보니, 라르크 일행을 호위하고 있던 병 사의 목소리였다.

이런 말단까지 키즈나를 그렇게 따르고 있었던 건가?

"응?"

뭐야, 키즈나도 고개를 갸웃거리고 있잖아.

"설마 누군지 모르는 거야?"

"모르는 건 아니지만……."

"몰라."

"이계의 용사는 나를 모르는 건가. 나 원 참……."

아니, 누군데? 일개 병사 주제에 쓸데없이 태도가 건방지군.

그리고 그 병사는 같이 있던 또 한 명의 병사와 같이 투구를 벗었다. 요모기와 츠구미였다.

요모기는 쿄의 여자였지만 버림패 신세가 되어 처분당할 위기 에 처했던 녀석이고, 츠구미는 쓰레기 2호의 여자였던 녀석이다.

"얼굴을 가렸는데 어떻게 알아?! 목소리만 듣고 알아볼 만큼 친한 사이도 아니잖아!"

"그렇겠죠……."

라프타리아도 납득한 기색이었다.

"요모기는 나오후미가 돌아간 후로 친선대사 일을 맡고 있어요."

글래스의 설명에 다시 요모기를 쳐다보았다.

그러고 보니…… 로미나의 가게 옆집에서 도장을 열기도 하고, 타국의 파도를 잠재우기 위해 출동하기도 했다고 들었다.

"이 멧돼지녀가 친선대사라고? 농담도 좀 그럴듯하게 해."

"누굴 보고 멧돼지라는 거냐!"

요모기가 격노하며 나를 향해 길길이 날뛰었다.

알 게 뭐야. 그 전에는 배신자라는 소리도 자주 들었었잖아.

"키즈나가 붙잡혀 가고, 라르크 공이 전쟁에 휘말렸다는 소식을 듣고 원군으로서 힘을 빌려주고 있는 거란 말이다."

"아아, 그런 거였군."

키즈나가 여러모로 잘 대해 줬으니까 협조해 주고 있다는 이야기였다.

"고마워. 덕분에 살았어. 이게 다 너희 덕분이야."

"세계를 위해, 그리고 사람들을 위해서 하는 일이야. 이 정도는 별것도 아니야."

키즈나는 이런 타입의 동료가 많을 것 같다. 적을 아군으로 만드는 식 말이다.

나는 한 번이라도 적대했던 녀석은 기본적으로 영원히 서먹서

먹하게 지내는 타입이다.

하지만, 사디나와 실디나의 예가 있으니까 함부로 그렇게 장담하는 것도 곤란하긴 하겠군.

"츠구미도?"

"……."

츠구미는 나를 쳐다보며 침묵하고 있었다.

뭐, 쓰레기 2호 사건은 아직 용서하지 않았다거나 하는 거겠지.

두 번 다시 만날 일 없을 거라고 생각했을 텐데, 이렇게 다시 만나게 돼 버린 것이다.

"맞아. 여러모로 잘해 준 키즈나를 위해서라도 협조를 아끼지 않을 생각이다."

"오?"

예상외의 답변. 역시 키즈나는 사람들과 친교를 쌓는 데 소질이 있다니까.

나 같으면 두 번 다시 화해하지 못했을 것이다.

"츠구미 씨는 키즈나 씨의 놀이 상대 역할을 하고 계셨다고 들었어요."

"그래, 맞아. 이름의 분위기가 여동생이랑 비슷해서 말이야. 여동생보다 더 예쁘기도 하고, 어쩐지 친하게 지내고 싶어지더라니까."

키즈나가 츠구미 뒤로 가서 고개를 내밀어 나를 쳐다보았다.

츠구미는 약간 쑥스러운 듯 어쩔 줄 몰라 하는 기색이었다.

키즈나의 향수를 자극하고 있다는 이야기다.

참고로 키즈나의 여동생 이름은 츠무기라고 했다. 비슷한 건지 안 비슷한 건지 어중간하군.

더불어 언니 이름은 카나데라는, 별로 중요할 것 없는 정보들을 손에 넣었다.

내 머릿속에는 낚시광 세 자매 같은 이미지만 떠오르는데…….

나도 동생과 비슷한 이름을 가진 녀석을 만나면 특별 취급해 주고 싶은 마음이 들까?

그 녀석은 지금쯤 뭘 하고 있으려나.

뭐, 보나 마나 오늘 뭐 먹을까 하는 생각이나 공부 생각이나 여자 친구 생각으로 머릿속이 가득하겠지.

"호오, 키즈나로 갈아탔다는 말이지. 네가 좋아한다던 녀석도 불쌍하게 됐군."

"그, 그게 아니야!"

그렇게 대답하는 츠구미를 글래스가 약간 싸늘한 눈매로 바라보고 있었다.

글래스의 시선을 알아챘는지, 츠구미는 움찔 놀라서 입을 다물었다.

으음? 어떻게 된 거지?

"하나도 안 비슷해요."

글래스가 단호하게 말했다.

이거 혹시 질투인가? 질투라고 판단해도 되는 건가? 놀려도 되는 건가?

"나오후미 님, 남을 놀리려고 할 때 보이는 그 표정 좀 짓지 마세요."

음? 라프타리아에게 간파당했잖아.

포커페이스를 연습해야겠다.

"뭐, 됐어. 그나저나, 지금 로미나의 공방 옆에 도장을 차려서 거점으로 삼고 있다고 그랬지?"

"키즈나의 집은 좁아서 말이야. 그렇다고 성에 살기도 좀 그래서 집을 빌리기로 했어."

"최근에는 도장을 비우고 있었지만, 이제 키즈나도 복귀했으니 거기 머물 때도 늘어나겠지."

"그렇군."

이 녀석들, 왜 이렇게까지 협조적으로 구는 거지? 키즈나 때문인가? 키즈나의 카리스마 같은 건가?

이 낚시 바보가 왜 이렇게 인기가 좋은 건지 이해가 안 간다.

내가 고개를 갸웃거리고 있으려니, 사정을 파악한 라프타리아가 약간 황당해하는 기색으로 보충 설명을 해 주었다.

"요모기 씨와 츠구미 씨가 협조해 주고 계신 건, 두 분 모두 좋아하던 남자 곁에 모여 있던 분들 중에 배신자가 있었다는 공통점의 영향도 있어요. 실제로 지난번 전쟁 때 붙잡혔던 사람들 중에도 섞여 있었어요."

"아아, 그러고 보니 그런 이야기도 듣긴 했었지. 용사의 강화 방법에 대한 정보가 새 나간 원인 중에 하나이기도 했다고 들었고."

키즈나가 구해 준 건 요모기뿐만이 아니었다. 그때 쿄에 의해 개조당했던 녀석들도 제법 많았다.

그중에 배신자가 있었다는 이야기를 들었다.

"네."

라프타리아의 설명에 요모기와 츠구미가 가볍게 헛기침을 하고 시선을 돌렸다.

"한탄스러운 일이야. 지금까지 싸움을 겪으면서, 나도 지난날의 동료들을 죽일 수밖에 없었어……."

"쿄는 이제 사라지고 없어. 새로운 사랑을 찾는 건 좋지만, 상대를 좀 가려 줬으면 좋겠군."

"질릴 줄도 모르는 녀석들이군."

딱히 개과천선한 건 아니더라도, 키즈나 일행 덕분에 처벌을 경감받아 놓고도 바로 배신한 녀석들이 있었다.

두 사람은 그런 녀석들의 뒤처리를 하느라 협조하고 있는 것이다.

이 둘의 고생이 눈에 훤하군.

"성의 방어에 참가하고 싶었지만, 라르크의 낫을 빼앗은 녀석의 패거리가 우리 나라 쪽까지 공격해 와서 말이지. 그 공격이 끝난 뒤에는 파도에 대비하느라, 제때에 여기까지 올 수 없었어. 미안하게 됐어."

"나오후미에게는 솔직하게 감사의 말을 전하지."

"딱히 감사 인사를 들을 기분은 아니지만……. 뭐, 나와 너희 사이란 이 정도겠지."

요모기와 츠구미는 모두 심란한 표정으로 고개를 끄덕였다.

"그나저나 나오후미, 너희 쪽 세계에도 쿄와 비슷한 자가 나타났다고 들었는데."

요모기가 내게로 시선을 되돌리고 물었다.

"타쿠토 이야기냐?"

"그래. 쿄는 우리와 일정한 거리를 유지하고 있었지만, 쿄의 말이라면 뭐든지 다 따르고 보는 자들이 제법 많았어. 자칫 잘못하면 우리도 그 자들처럼 처형당했을지도 모른다고 생각하니 등골이 오싹해."

"아아, 요모기는 앞장서서 키즈나 패거리에게 협조한 덕분에 감형됐었지."

타쿠토 일파에도 이런 녀석들이 있었더라면 좋았을 텐데.

요모기 같은 녀석들은 모조리 파벌에서 쫓겨나 버리거나, 사고로 위장해서 살해해 버렸다고 했던가.

요모기는 그 일도 들어서 알고 있는 모양이었다.

그리고 쿄도 요모기를 버리는 돌로…… 자폭 무기를 안겨줘서 제거하려 했었고 말이지.

"쿄의 신자가 된 자들만 데리고 세계 정복을 시도했다가 패배했다면 같은 결과가 벌어졌을 테지. 살려 뒀다가 쿄가 죽은 후에 그 녀석들이 소동을 벌일 걸 고려하면 처형은 타당한 결정이었어. 우리 쪽도 보통 난리가 아니었어."

요모기와 츠구미도 상당히 고생했음을 짐작할 수 있었다.

정말이지, 그 사건으로 인해 트라우마를 갖게 된 녀석도 있을 것 같다.

자업자득이지만.

에클레르 같은 타입이 있었다면 연금당해서 동료들 손에 처형당했겠지…….

"쿄가 파도의 첨병이라는 이야기…… 정말이냐?"

츠구미가 한족 눈썹을 치켜 올리며 내게 물었다.

"방패의 정령이라는 녀석이 그렇게 말했다는 대답밖에 해 줄 수 없겠는데. 그 배후가 누구인지는 아직 몰라."

방패의 정령과 아트라는 그 녀석을 '세계를 잡아먹는 자' 라고 불렀지만 말이지.

그것도 일단 설명은 해 뒀으니, 알고는 있을 것이다.

"그렇다면…… 언동 등의 유사점으로 보아……."

아아, 쓰레기 2호를 떠올리고 있나 보군. 아마 틀림없겠지.

쓰레기 2호도 국내에서는 천재로 통했었고, 못된 짓을 엄청나게 저지른 흔적이 있었다.

게다가 도의 권속기가 소지자를 얻었다는 걸 알자마자 덮쳐들어서 죽이려고 들었다.

어떤 사정이 있는지 전혀 모르던 상황이었으니, 우선 대화부터 했으면 됐을 텐데 말이다.

마치 '당연히 내가 손에 넣게 되어 있었다' 라고 생각하는 것 같은 태도였다.

"권속기를 빼앗는 힘이라는 이야기를 듣고 짐작이 가는 게 있었어. 아마 라프타리아를 죽이면 자기가 도의 권속기를 손에 넣을 수 있을 거라고 생각했던 거겠지. 그 태도를 설명할 수 있는 건 그것밖에 없어."

츠구미도 짚이는 게 있었던 모양이군. 이런 눈썰미가 좋다는 면에서, 츠구미는 타쿠토의 다른 떨거지 여자들과는 다른 스타일이라고 할 수도 있을 것이다.

"역시 너는 도의 권속기가 잘못된 선택을 했다고 생각하는 거야?"

"아니…… 현재 상황을 보면 그런 소리는 입이 찢어져도 못 하지."

내 질문에, 츠구미는 고개를 가로저었다.

"너희가 돌아간 후, 우리는 키즈나와 함께 파도를 상대로 싸웠어. 우리는 처음엔 파도를 경시했었지만, 무수한 비극을 낳는 그 파도를 받아들이겠다는 생각은 이제 절대 못 해."

요모기나 츠구미와 이야기를 하다 보니 든 생각인데, 타쿠토의 하렘이 있던 자들도 대화를 하면 알아들었을까?

……아마 소용없었겠지.

뭐랄까, 츠구미는 그렇다 치고, 요모기는 풍기는 분위기부터가 다른 것 같은 느낌이었다.

좋아하는 상대와 상식을 저울에 매달면 상식 쪽으로 기우는 타입이었다.

좋아하는 상대가 하는 말이라면 뭐든지 다 옳다는 발상을 가진 자들과는 어울릴 수 없었겠지.

타쿠토의 여동생이 처형될 때 보였던 태도와는 대조적이다.

메르티를 노예로 삼겠다느니, 타쿠토는 아무 잘못도 없다느니 하는 소리를 진심으로 지껄여대는 녀석이었다.

츠구미도 마음속에는 쓰레기 2호의 행동에 대한 의문이 소용돌이치고 있었던 모양이니…… 타쿠토의 여동생과는 근본적인 면에서 차이가 있을 것이다.

"나는 키즈나에게 감사해야만 해. 아직 은혜를 갚지 못했어. 당연히 협조를 아끼지 않을 생각이야. 그 은혜를 갚기 위해서라면 그 녀석의 원수라도 받아들일 수 있어."

이제 츠구미의 얼굴에서 나에 대한 원한 같은 건 찾아볼 수 없었다.

그렇다면 상관없지만.

하여튼, 요모기와 츠구미는 싸움에 협조해 주겠다는 뜻이다.

배신할 생각도 없을 것이다. 태도나 분위기로 보아, 오히려 내통자가 있으면 신고라도 할 것 같은 녀석들이다.

"어, 어째 쑥스러운데…… 딱딱한 분위기는 집어치우고 축하나 하는 게 어때?"

키즈나가 쑥스러워하며 말했다.

"그래, 맞아! 키즈나 아가씨도 복귀했으니 경사스러운 일이잖아? 화끈하게……"

거기까지 말했던 라르크가 내 얼굴을 보고는 전율이라도 하듯 표정이 돌변했다.

뭐야? 내가 있으면 밥맛이라도 떨어진다는 거냐?

"그거 좋지! 내 복귀라는 명목도 있지만, 모처럼 나오후미 일행과 만났으니까 성대하게 축하하고 싶어!"

"키즈나! 쉬—잇!"

이봐들…… 왜 그렇게 나를 경계하는 거야?

혹시 이거 떡밥인가? 실은 내가 해 주기를 바라는 건가?

이를테면, 누르지 마! 절대 누르면 안 돼! 라는 식으로, 실은 누르도록 유도하는 것 같기도 하다.

흐음…… 그럼 기대에 부응해 주지.

"그렇게 하고 싶거든 실력을 한층 더 발휘해서 음식을 만들어 주지."

"예~이!"

여태까지 잠자코 있던 필로가 활기차게 떠들어 대기 시작했다.

"좋았어! 파티는 역시 신난단 말이지!"

"그, 그래."

"아아."

한껏 흥분한 키즈나, 그리고 아직 상황 파악은 못 했지만 일단 키즈나에게 맞춰서 기뻐하는 요모기와 츠구미.

"젠장…… 망했어!"

라르크, 왜 그렇게 넌덜머리 내는 표정을 짓는 건데?

그때 이후로 이제 제법 시간도 지났으니 슬슬 배도 꺼졌을 거 아니야?

"라르크…… 당신은 참…….."

"명공님이 바라시는 대로 따르는 수밖에 없어요."

테리스, 넌 또 무슨 소리를 하는 거야?

"글래스, 라프타리아 씨, 무슨 일 있어?"

"어……. 뭐, 결과적으로 모두가 강해질 수 있는 일이니까요……. 키즈나 씨도 금방 알게 되실 거예요. 피할 수 없는 일이라는 걸. 그리고…… 더 효율 좋은 식재료를 찾는 일에 열을 올리시게 되겠죠."

"으응?"

키즈나는 어느 파벌에 속할까? 기왕이면 먹보 파벌에 속했으면 좋겠다.

"축하의 자리에 딱 좋을 것 같네요. 기왕 이렇게 된 거, 제 의식도 같이 하면 좋을 것 같아요."

그때 에스노바르트가 제안했다.

"무슨 이야기지?"

"음?"

요모기와 츠구미도 같은 반응. 이 녀석들은…… 아마 글래스와 같은 파벌이겠지.

"저기…… 나오후미 씨, 파티를 열기 전에 저를 미궁 고대도서관에 데려다주실 수 있을까요? 이 작은 병에 대해서 우리 일족과 회의를 해야 해서요."

"응? 알았어. 그럼 식재료 손질은 주방 사람들에게 맡기고 가도록 하지."

이렇게 해서, 우리는 밤의 파티 시간을 고려해서 개별행동을 개시했다.

그리고 우리는 키즈나를 데리고 미궁 고대도서관에 돌아왔다.

오늘은 여기 갔다 저기 갔다 정신없이 바쁘군.

아, 세인은 파티장 쪽에서 준비를 하겠다면서 성에 남기로 했다.

뭐, 피에로 일도 했을 정도인 만큼, 축하 파티 자리를 좋아할 것 같기는 하다.

사디나와 실디나도 성에서 술 창고를 뒤져 보겠다고 했다.

"뭐랄까…… 나오후미가 거울의 권속기를 갖고 있다는 게 영 실감이 안 나는데. 그냥 거울 같은 방패를 장착하고 있는 것처럼만 보여."

"나 스스로도 그런 느낌이야."

실제로도 별다른 차이는 없었다.

스킬명만 다를 뿐, 운용법은 비슷한 것들이 제법 있고 말이지.

전이 스킬의 구조가 다르다는 게 좀 어렵긴 했지만, 그것도 그저 버전만 좀 달라진 느낌이었다.

"그리고…… 이 작은 병 문제가 남았다는 거지?"

"소재로 삼아서 키즈나의 무기에 흡수시켰는데, 뭔가 변화 좀 있었어?"

"응? 그러고 보니 나도 모르는 사이에…… 0의 수렵구라는 게 나타나 있었어."

키즈나가 무기를 변화시켰다.

형태는…… 음, 지극히 단순한 낚싯대였다.

"어떤 효과가 있지?"

"전용효과는 이치의 심판자, 세계의 수호자. 해방 시의 스킬은 무기의 이름 그대로 『0의 수렵구』라고 나와 있어."

뭐야, 그건?

"능력은 어떻지?"

"0이라는 이름답게 아무것도 없어."

"뭐라고?"

"그러니까, 능력치가 하나도 안 오르는 것 같다는 이야기야."

"으음…… 저주 같은 건?"

"페널티 같은 반응은 딱히 없는데."

"흐음…… 가능하면 우리 몫의 소재도 얻을 수 있으면 좋겠는데……."

에스노바르트에게 작은 병을 빌려서 액체가 얼마나 남았는지를 살펴보았다.

썩 넉넉하게 남지는 않았군.

뭔가 의식에도 사용한다는 모양이니, 혹시 쓰고 남으면 좀 달라고 부탁하는 수밖에 없겠지.

"듣자 하니 엄청 살벌한 물건이라는 것 같던데……."

"독극물이라는 모양이니까. 사용법에 따라서는 유용하게 쓸 수도 있다는 거겠지."

키즈나의 성무기에 기생하던 액세서리만 정확하게 파괴하는 활약을 보여 주기도 했고 말이지.

조합을 통한 약 제조법에 대해 해박한 지식을 가진 내가 보기에도, 그것이 위험한 물질이라는 건 이해할 수 있었다.

약도 지나치게 쓰면 독이 된다. 이건 아마 어지간히 심한 증상이 나타났을 때만 써야지, 그 이외의 경우에는 독이 되는 물건일 것이다.

"뭐, 저는 아마 그 독을 마시게 되겠지만요."

"엉?"

어? 이건 엄청 위험한 독이라면서?

"뭐야, 너, 자살이라도 하려는 거야?"

"아뇨……. 저는 이래 봬도 관장이에요. 초대 관장님이 남긴 거라면, 당연히 시험해 봐야 할 의무가 있을 거예요."

"그런 거냐?"

"정확히 말하자면 그뿐만이 아니지만요. 나오후미 씨는 제가 다른 도서토들보다 덩치가 크다는 걸 알 알아채고 계셨나요?"

"그야 뭐."

아까 여기에 왔을 때, 도서토라는 녀석들을 봤으니까 말이지.

에스노바르트는 다른 자들에 비해서 덩치가 큰 건 물론이고, 인간의 언어까지 쓸 줄 안다.

용사의 손에 자라서 그렇게 된 것도 아닌 것 같으니, 그야말로 커다란 수수께끼였다.

그러고 보니 용사가 도서토를 키우게 한다는 계획은 실행한 건가?

나중에 들어 보니, 성장 형태가 리시아와 같은 타입이라는 게 판명되었을 뿐 에스노바르트만큼의 성장은 보이지 못했다고 한다.

덩치가 커지긴 했지만, 그래도 가장 큰 게 에스노바르트라는 점은 변함이 없다고 했다.

"그건 차기 관장이 될 자들이 대대로 먹는 약 때문이라고 해요."

"호오…… 그래서?"

"그 약은 여러 가지 재료로 만들어지는데…… 사실 그건 이 독을 최대한 재현한 거라는 모양이에요."

"그렇군. 어쩌면 관장이 될 도서토가 원래 마셔야 할 약은 이것일지도 모른다는 이야기를 하려는 거지?"

초대 관장이 죽으면서, 관장실로 가는 길에 대한 지식이 사라지고 말았다.

그래서 관장이 되는 데 필요한 원래 방법을 재현하기 위해 갖가지 물질들을 재료로 삼아 이 독의 유사품을 만들려 한 거라고 생각하면 어느 정도 이해는 간다.

예로부터 정해져 있던 올바른 절차를 밟지 못했다는 거군.

하지만 굳이 여기서 시험해 볼 필요는 없는 거 아니야?

으음……. 왜지? 그 초대 관장이라는 자는 피트리아와 비슷한 녀석 아닐까 하는 생각이 들기 시작했다.

피트리아라면 이 독의 정체를 알 것 같은 느낌이 들었다.

"네……. 도서토들 사이에 대대로 전해져 내려오는 이 약은, 인간에게는 절대 먹여서는 안 된다고 알려져 있어요."

"나도 들어 본 적 있어. 도서토의 비약에 대한 이야기."

"유명한 이야기니까요. 도서토의 우두머리를 결정하는 약은 불로불사의 묘약, 하지만 사람이 먹으면 죽는 맹독이라고."

"네가 먹었다가 죽으면 곤란한데."

"그렇게 되면……."

"에스노바르트, 위험하니까 그만두는 게 좋을 것 같아."

키즈나가 말렸다.

하긴 동료가 독을 마시겠다는데 찬성할 리가 없겠지.

"저는 이래 봬도 도서토의 족장이고, 관장이기도 해요. 전통에 따라 두 모금 이상의 복용은 금지돼 있지만, 마셔야 할 의무가 있어요."

"하지만 에스노바르트, 아무리 일족 사람들을 위한 일이라고 해도 자기 목숨을 함부로 버리는 건 내가 허락 못해."

에스노바르트는 키즈나의 말이 기쁜 듯 미소 짓고 있었다.

"고맙습니다. 여러분을 만난 건 제게 정말 큰 행복이에요……. 그래도 저는 타고난 역할을 다하고 싶어요. 저는 그것을 위해 태어나고, 공부해 왔으니까…… 그 매듭을 짓고 싶어요."

"하지만……."

키즈나는 에스노바르트의 대답이 내키지 않는 기색이었다.

"제가 정식으로 관장이 되면 키즈나 씨와 동료들의 부담도 한층 덜어 드릴 수 있을 거예요. 항상 보호와 도움만 받아 왔던 주제에 여기서 목숨을 걸지 않는다면, 제가 저 스스로를 용서할 수 없어요."

키즈나는 그런 건 전혀 신경 쓰지 않는다는 태도였지만, 에스노바르트의 결의를 헛되이 할 수도 없는 분위기였다.

이윽고 에스노바르트가 도서관 안의 동족들에게 약에 대해 보고하자, 그에 관한 회의가 열렸다.

전통을 중시하는 도서토들은 에스노바르트가 약을 마셔야 한다고 만장일치로 주장했고, 금방 결론이 나왔다.

마침 딱 좋은 타이밍이라는 이유로, 최종적으로 성에서 파티를 열 때 진정한 족장을 결정하는 의식을 거행하기로 했다.

나는 성가시게도 도서토 일행을 단체로 성에 보내는 역할을 떠맡아야 했다.

거울만 있으면 전송 인원의 제한은 거의 없으니 단체라도 별탈 없이 전송시킬 수 있었지만.

일이 어째 커지고 있는 것 같다고 생각하면서, 나는 잠자코 상황을 지켜보았다.

키즈나 복귀 기념 파티에서 이런 소동을 일으켜도 되는 걸까?

불안한 심정으로 지켜보는 키즈나의 어깨를 글래스가 다정하게 안아 주며 다독였다.

"키즈나, 이해해 주도록 하세요. 누구에게나 한 번은 겪어야 하는 시련이라는 게 있는 법이에요. 제가 유파를 계승했을 때처럼, 에스노바르트에게도 때가 온 거예요. 라르크, 당신도 이해하죠?"

"그야 뭐……. 꼭 필요한 의식이라는 건 알겠어. 나도 왕족이라는 이유로 해괴한 의식을 겪었었지."

왕족들도 고생이 많군.

그러고 보니 라프타리아도 했었지. 천명 취임의 의식.

그 의식을 치른 덕분에 여러 가지 기술을 쓸 수 있게 됐고.

"그럼…… 의식을 거행하겠습니다."

나이 지긋한 도서토가 엄숙하게 에스노바르트에게 인사하자, 에스노바르트는 사전에 받아 두었던 작은 병을 꺼내서 그 내용물을 힘차게 한 모금 마셨다.

"으…… 윽……."

마시자마자 목을 쥐어뜯듯이 버둥거리며 신음하기 시작했다.

이대로 죽어 버리면 꿈자리가 사나워질 텐데…….

해독할 수 있도록 해독제를 준비해 둬야겠다.

그렇게 생각하고 있으려니, 에스노바르트 주위에 빨간 아우라 같은 것이 피어오르기 시작했다.

이윽고 아우라가 마치 회오리처럼 몰아치더니…… 흩어졌다.

아, 앞머리가 좀 삐쳐 나왔잖아. 바보털?

그리고 난데없이 숄더백 가방이 출현해서, 에스노바르트의 어깨에 대각선으로 걸렸다.

그게 바로 우두머리의 증표 같은 건가……?

"하아…… 하아…… 아직 몸속에서 약이 꿈틀거리고 있지만,

가까스로…… 억누르는 데 성공했어요."

"그럼…….""

"네. 이제 진정한 관장이 된 것 같아요."

"해냈구나!"

주위 도서토들이 갈채를 보내고 있었다.

"뭔가 신비한 감각이에요. 봉인되어 있는 곳 이외에는, 미궁 고대도서관의 어디에 무엇이 있는지 전부 다 알 것 같은 느낌이 들어요."

"호오…….""

뭐, 원하던 서적은 이미 손에 넣었지만 말이지.

다른 자료가 더 필요해지면 부탁해 봐야겠다.

"그럼 웨폰 카피로만 구할 수 있는 특수한 무기의 제작법 같은 걸 찾아보는 건 어때?"

그렇게 많은 책이 있으니 그런 특별한 책도 한두 권쯤은 있을 것 아닌가.

"어디 보자……. 키즈나 씨의 무기에 대한 자료의 경우는, 미궁 고대도서관 지하 67층에서 유력한 반응이 느껴져요. 정밀도가 올라간 것 같아요!"

오오, 편리한 능력에 눈을 뜬 모양이군.

그나저나…… 저건 역시…….

"나오후미 님, 뭔가 생각나신 거라도 있어요?"

"아니. 그냥, 혹시 초대 관장이었던 도서토가 우리 세계의 피트리아 같은 포지션에 있던 녀석이라면, 이 세계 녀석들도 참고생이 많겠구나 싶어서."

"하긴…… 피트리아 씨는 정말 강한 분이니까요."

라프타리아도 고개를 끄덕였다.

필로가 호기심 가득한 얼굴로, 에스노바르트가 마신 작은 병 속 액체의 냄새를 맡고 있었다.

"필로도 한 모금 마셔 볼래?"

"으…… 이건 독이잖아~? 싫어~."

"그건 그렇지."

일부러 독극물을 마실 이유는 하나도 없다.

필로한테 마셔 보라고 권한 내가 할 소리는 아니지만.

"왜 필로한테 권하신 거죠?"

"아아, 어쩌면 피트리아도 최종적으로 필로에게 먹일 생각으로 저런 약을 갖고 있을지도 모른다는 생각이 들어서."

"하긴 그럴 수도 있겠네요."

"으…… 필로, 마시기 싫어~."

"좀 참고 마셔. 넌 차기 여왕이잖아?"

티아라(바보털)를 받았다는 공통점도 있고 하니, 만약에 필로리알과 도서토가 같은 부류의 종족이라면 약효가 있을 가능성도 충분했다.

그나저나, 한 모금 마시면 영원히 고통받는다는 건 무슨 뜻이지?

어쨌거나 잘해 줘, 에스노바르트.

철딱서니 없는 협박범 조류 여왕보다는 나은 인물이 되어 달라고.

"키즈나, 에스노바르트가 발견한 자료 찾으러 갈 거야?"

"나중에 여유가 생기면 가 보려고. 아무래도 나는 레벨이 많이 내려가 있는 상태니까."

키즈나는 글래스를 비롯한 동료들을 지키기 위해 커스 무기를 사용했다는 모양이었다.

내가 블러드 새크리파이스를 사용했다가 능력치가 깎인 것처럼, 키즈나도 레벨이 낮아지는 마이너스 효과를 입은 것 같았다.

"그런 문제는 내 부하인 범고래 자매에게 맡기면 돼."

"어머나─? 이 누나들한테 무슨 볼일 있니?"

"그래. 키즈나의 치료도 겸해서 레벨업을 거들어 줘. 앞으로 바빠질 테니까."

"네─에. 이 누나들만 믿으라구. 그런데 나오후미, 이 누나들도 마법을 쓰고 싶은데 말이야."

"보아하니 용맥법이 테리스의 마법과 같은 효과를 발휘하는 것 같으니까…… 액세서리라도 만들어 볼까."

"비슷하지만 달라요."

거기서 테리스가 끼어들어서 대답했다.

"명공님의 힘 덕분에 보석들이 협조해 주고 있지만, 상당히 무리하고 있는 건 사실이라 위력도 효과도 저하돼 있어요. 남용은 피하고 싶어요."

그런 것도 있었냐.

너무 남용할 수는 없단 말이군……. 그래도 없는 것보다는 낫겠지.

부적 마법은 쓰기 쉬울 거라고 생각했지만, 실디나만큼 빨리 습득하지는 못한다는 모양이고 말이지.

"그러고 보니 너희는 마법을 잘 안 쓰던데, 뭔가 이유라도 있는 거야?"

테리스나 에스노바르트를 제외한 키즈나의 동료들이 마법을 쓰는 모습은 본 적이 없었다.

이유가 있다면 한번 물어봐 두는 게 좋겠지.

"나는 악기 같은 건 연주할 줄 모르고, 부적은 무기의 제약에 걸려서 말이야. 마술은 없는 건 아니지만."

키즈나는 그런 이유였군. 마술이란 표준적인 마법을 가리키는 말인가.

그나저나…… 마법의 종류가 뭐 이렇게 많은 거냐. 참 중구난방인 세계군.

마법 자체는 단순하고, 속성에 따라 쓸 수 있는 마법을 알 수 있는 우리 쪽 세계가 차라리 편하다고나 할까?

"동료들에게 의존하고 있어서 그런 것도 있지만……."

"용사 전용 마법 같은 게 있을지도 모르니까 익혀 두는 게 좋을 텐데?"

"그나저나, 듣자 하니 나오후미는 정인(晶人)의 마법도 쓸 수 있다고 그랬지?"

"비슷하게 흉내만 내는 정도고, 테리스 말로는 보석들을 혹사시키고 있다는 모양이지만."

게다가 이 세계에서 금지돼 있는 건 여전한 모양이라, 영창 방해는 가능해도 용맥법 자체는 작동하지도 않는다. 정인의 마법을 흉내 낸 덕분에 발동시킬 수 있는 정도가 고작이었다.

"그래도 제법 대단한 일인 것 같은데? 어떻게 하는 거야?"

"우리 쪽 세계에 있는, 드래곤의 가호를 빌려서 사용하는 용맥법이라는 마법을 응용한 거야. 아니면 영귀급 마물에게서 특별한 가호를 받는다거나 하는 식으로."

참고로 시험 삼아 에스노바르트에게도 걸어 두었다. 마음만 먹으면 쓸 수 있지 않을까?

"드래곤과 수호수라……."

키즈나도 짚이는 점이 있는지 말끝을 흐렸다.

어차피 키즈나 쪽 세계의 수호수는 거의 토벌됐다는 모양이니, 소용없겠지.

"없는 걸 아쉬워해 봤자 소용없겠죠. 어찌 됐건 만전의 태세로 싸움에 임할 생각이에요."

"그래……. 하지만, 상대 병력의 강화 상태를 고려하면 섣불리 쳐들어가기도 힘든 건 사실이란 말이지."

거울과 책의 강화 방법은 새어 나가지 않았겠지만, 사성무기와 나머지 권속기들의 강화 방법은 상대방이 파악하고 있다. 반면에 우리는 사성무기 중 세 개와 작살의 강화 방법을 모른다는, 은근히 성가신 상황이다.

뭐…… 앞으로 나타날 적이 우리 쪽 성무기와 칠성무기에 있는 스킬이나 마법을 강화한 것…… 즉 우리가 알고 있는 것을 쏜다면, 발사하는 순간에 알아채고 강화해서 맞받아치면 되겠지만, 아무래도 그게 전부는 아니겠지.

애초에 어떤 무기에서 나오는 강화 방법인지 알 수 없으면 사용할 수 없으니까 말이지.

이건 은근히 **뼈아픈** 문제였다.

"세인의 언니가 도발해 왔어. 어중간한 강화 방법이나 스킬을 써 봤자 무력화될 텐데, 대책을 세우지 않아도 되느냐고."

아우라 X를 사용할 수 있게 된다고 해도 무효화되면 말짱 도루묵일 뿐만 아니라, 상대가 똑같은 기술로 대처하면 이길 수 있을까?

우리는 지금 그런 난제를 안고 있다.

이제 키즈나도 귀환했으니 그 난제에 대해 고민해 봐야겠지.

"지원 마법 무효화에 대한 대책을 찾아 두는 것도 나쁘지 않을 것 같군."

"그거 괜찮겠는데? 나도 찾는 작업을 도와줄게."

"자, 자…… 그럼 이제 딱딱한 이야기는 일단 제쳐 두고, 키즈나 아가씨의 복귀를 기념해서 신나게 놀아 보자고—!"

라르크가 우렁찬 목소리로 그렇게 선언했고, 우리는 일단 대화를 일단락 지었다.

키즈나의 동료들은 축하하는 걸 참 좋아한달까…… 활기찬 녀석들이 많군.

"자, 키즈나 아가씨! 더 먹어! 팍팍 먹어야지."

"와! 라르크, 이건 좀 심하게 많이 담은 거 아니야?"

라르크가 키즈나를 자기 패거리에 끌어들일 심산으로, 내가 만든 음식을 키즈나의 접시에 넘치도록 퍼주고 먹이기 시작했다.

"뭐야, 이거? 나오후미, 예전부터 요리 잘한다는 생각은 했지만, 실력이 더 늘었잖아."

"그야 뭐, 좋게 말하면 요령, 나쁘게 말하면 꼼수를 쓰고 있으니까."

기를 요리에 불어넣어서 품질을 향상시키는 등, 지금껏 배운 것들을 여러모로 실현하고 있다.

물론 음식을 먹으면 식사 레벨에 막대한 경험치 보너스가 들어온다는 건 이미 확인된 상태다.

"어…… 왜 이러지? 소, 손이 안 멈춰! 뭐가 어떻게 된 거야?!"

접시에 담긴 음식을 우걱우걱 먹어 대는 키즈나의 표정이 점점 파랗게 질려 갔다.

라르크와 글래스는 동료가 늘었다는 듯 음흉한 미소를 짓고 있었다.

"이 정도면 아예 고문의 영역에 들어선 게 아닐까 하는 생각이 들 정도인걸요."

"라~프."

라프타리아와 라프는 능숙한 동작으로 음식을 먹고 있다.

"주인님 더 줘~."

"알았어. 필로는 항상 잘도 먹는군."

"응!"

필로는 그야말로 저 많은 것들이 다 어디로 들어가는가 싶을 만큼 엄청나게 먹어 대고 있었다.

식사 레벨에서는 필로가 압도적인 1위였다.

"필로 있지, 많이 먹어서 행복해~."

"그래? 그거 잘됐네."

"내일도 먹을 수 있어~?"

"그래. 먹고 싶은 만큼 먹고 뒤룩뒤룩 살찌라고."

"예~이!"

"필로, 너무 많이 먹으면 나중에 돌이킬 수 없는 상황에 빠질 걸요?"

"으~응?"

그나저나…… 이 거울의 강화 방법인 식사 레벨은 상한선을 알 수가 없으니, 얼마나 올려야 할지 타협점을 찾기가 힘들군.

효과를 보는 녀석도 많고…… 무기에 내포되어 있던 동료에 대한 성장 보정과 같은 부류 같기도 하다.

식사 레벨업의 효율이 떨어질 때까지 계속 먹여 보는 수밖에. 결전의 날이 오기 전까지, 신뢰할 수 있는 동료들의 능력치를 최대한 올려 두고 싶었다.

"그럼……."

키즈나 쪽은 라르크와 글래스가 음식을 먹이고 있는 것 같으니, 요모기와 츠구미 쪽에 배식이라도 해 줄까.

요모기와 츠구미는 파티장에서 아무것도 먹지 않은 채 상황을 지켜보고만 있었다.

내가 만들어 준 음식을 잘 먹어 줬으면 좋겠는데 말이지.

아니, 어쩌면…… 키즈나의 모습을 보고 겁을 집어먹은 건지도 모르겠군.

"특별히 원하는 거 있어?"

"아, 아니, 됐어."

"키즈나를 저 지경으로 만든 걸 먹을 수는……."

왜 그렇게 겁내는 거야? 먹고 죽는 것도 아니잖아!

하지만 그렇다고 먹으라는 명령을 내려 봤자 슬쩍 피해 버릴 것 같았다.

"요모기는 멧돼지 주제에 겁을 먹은 거냐?"

"마, 마음대로 지껄여! 하필이면 여기 오기 전에 간식을 먹어서, 그렇게 많이는 안 들어간단 말이다."

아, 그러셔? 얄팍한 잔꾀를 부리는 게 아니라, 단순히 먼저 식사를 했다는 거군.

"그럼 디저트라도 먹으면 되잖아?"

나는 디저트 코너를 가리켰다.

요전에는 양식이었으니, 이번에는 일본식이나 중화 요리를 중심으로 만들었다.

요모기와 츠구미는 마침 동양인 같은 녀석들이니까.

"쑥떡이라…… 이 정도는……."

요모기는 내가 만든 유사 쑥떡(웃음)으로 손을 뻗어서 접시에 담아 와서, 의자에 앉아 먹어 보고는…… 눈이 휘둥그레졌다.

"맛있어……. 뭐, 뭐야, 이거?! 손이 멈추지를 않아! 혹시 뭔가 중독성 있는 재료를 넣은 거냐?!"

"요모기?! 큭…… 디저트에도 요리의 함정이 있었어! 모두 조심해—!"

"키즈나 복귀 기념 파티에 이런 함정을 파 놓았다니!"

"남들이 들으면 오해할 소리 하지 마! 싫으면 먹지 마."

대체 뭐야, 네놈들은.

요모기가 먹고 있는 유사 쑥떡도 지극히 평범한 약초를 넣어 만든 것일 뿐이다.

소화 흡수를 촉진시키고 배탈이 나지 않도록 신경 써서 만든 것이다.

안에 든 팥소는 최대한 담백하게 만들어서, 일본풍 나라 사람들은 하나같이 신나게 먹었다고.

참고로 그 옆에는 찐빵도 준비해 두었다.

그때 어째선지 키즈나가 휘청휘청 츠구미 곁으로 다가와서…… 회가 든 접시를 내려놓았다.

"자…… 츠구미도 같이 꿈의 세계로 가는 거야."

"키즈나 씨, 무서워요."

라프타리아가 키즈나의 행동에 태클을 걸었다.

"왜 그렇게 무서운 음식이라도 먹는 것 같은 분위기를 내려고 안달을 하는 건지 모르겠군."

기껏 공들여 만든 음식을 갖고 이런 식으로 장난을 치다니.

"그럼 그만 만들까?"

"아, 안 돼…… 우…….."

키즈나는 당장에라도 토할 것 같은 얼굴로 그렇게 말하다가 글래스에게 붙잡혔다.

"큭…… 빨리 악기의 용사 쪽으로 가서 지원 마법의 힘을 빌리도록 해요!"

현재 이츠키가 연주하는 스테이지 부근은 식사하는 자들의 휴게소 구실을 하고 있다.

하지만 거기서 계속 음악을 듣고 있으면 또 배가 고프게 되는데…….

생각해 보면 그야말로 무한 루프군. 음식이 있는 한은 말이다.

"나오후미 꼬마, 그만 만들라는 이야기는 한 적 없어!"

"명공님! 젤리를 더 주세요!"

"여기 분들은 나오후미 씨가 만든 음식을 싫어하는 게 아니에요. 오히려 너무 맛있어서 과식하게 되는 걸 두려워하는 거예요."

에스노바르트가 쓴웃음을 지으며 츠구미에게 음식을 권했다.

"과자류와 마찬가지로 자기 스스로를 제어하면 해결될 일…… 그리고 어찌 됐건 결국은 힘을 기르는데 보탬이 되는 일이니까, 실험이라 생각하고 먹어 보세요."

"아, 알았어……. 그나저나, 이 참상은…… 끔찍하군."

츠구미는 머뭇머뭇 회를 입에 집어넣고는, 눈이 휘둥그레져서 먹어 대기 시작했다.

"이렇게 맛있을 수가! 더 줘! 큭…… 이 맛을 알게 되니 증오가…… 나는 중죄인이야! 누가 좀, 이렇게 타락한 나를 벌해 줘!"

더는 상관하기도 싫군. 일단 자제하라고 주의해 줘야겠다.

"무시무시하게 맛있어. 나는 아직 더 먹을 수 있어!"

"배가 부른데도 식욕을 촉진하는 이 폭력적인 맛은…… 제발 그만……."

"어머나― 이 언니들이랑 같이 마시면서 먹을래―?"

"아, 아니! 거절하겠다!"

"맞아!"

말은 안 통해도 술고래가 술을 권하고 있다는 건 알아듣나 보군.

"어머나―."

"우…… 배가…… 우…….."

키즈나가 이츠키 근처에서 곡을 들으며 신음하고 있었다.

"요리⋯⋯. 그리고 보니 요전에 어떤 도시에서 엄청나게 맛있는 음식을 내오는 가게 이야기를 들은 적이 있어. 그 가게 요리사에게 요리를 부탁하면 이렇게 마구 욱여넣을 필요도 없어지지 않을까? 우욱?!"

츠구미가 구역질을 해 대면서 그렇게 뇌까렸다.

"하긴⋯⋯ 생각해 볼 여지가 있겠네요."

"이, 익숙해지면 나오후미 님의 요리에도 적응이 될 것 같긴 한데⋯⋯."

"그렇게 맛있다면, 결국 지금이랑 똑같은 결과가 나오는 거 아니야?"

나 스스로도 내 요리 솜씨가 뛰어나다는 자각은⋯⋯ 뭐, 칭찬을 받다 보니 어느 정도 자각은 하게 됐지만, 지금 키즈나 패거리가 이런 반응을 보이는 건 과식에 의한 고통 때문이잖아?

그 음식점의 요리가 그렇게 맛있다면, 지금과 같은 결과가 나올 것 같다는 생각밖에 들지 않았다.

아니면 그 소문 속 요리사가 만든 요리는, 마구 욱여넣지 않아도 막대한 식사 레벨 경험치가 들어오는 요리 같은 건가?

"무식하게 욱여넣지만 말고 한번 시험해 보는 것도 괜찮겠지. 효과가 어떤지 한번 먹어 보자고."

라르크가 그렇게 뇌까리고, 요리에 대한 이야기는 그 요리사가 만든 음식을 한번 먹어 보자는 쪽으로 흘러갔다.

나도 양에 제한을 두지 않을 만큼 독한 놈은 아닌데 말이지.

네놈들이 다 먹으니까 계속 만드는 거란 말이다.

하는 수 없지. 무지 성가시고 귀찮지만 식사 레벨 경험치가 높은 음식을 만드는 방법을 강구해 보는 수밖에.

이렇게 해서 그날의 파티는 제법 활기차게 끝났다.

5화 만능 육수

이튿날 오후.

소문으로 들은 요리사에게 가기 전에 키즈나의 힘을 향상시켜 두는 게 좋을 거라면서, 글래스 일당이 키즈나를 데리고 사냥을 떠났다가 돌아왔다.

뭐랄까…… 요즘 내게는 싸움 아니면 훈련 아니면 요리라는 세 가지 선택지밖에 없는 것 같은 느낌도 들었다.

이제 슬슬 나 이외의 뛰어난 요리사를 구하고 싶은 심정이었다.

출발 전에, 성의 주방에서 요리 재료를 손질할 수 있는 녀석에게 뒷일을 맡기기 위해 인수인계를 해 두었다.

그러는 동안에 키즈나 일당이 라프타리아와 함께 나를 데리러 왔다.

“흐아아아아아아암…….”

졸려 죽겠네……. 나는 대체 왜 밤샘을 하는 신세가 된 건지 자문자답하지 않을 수 없었다.

“나오후미 님, 괜찮으세요?”

“문제는 없지만 이동 중에는 좀 자고 싶은데.”

어제부터 한 숨도 못 잤다. 시간이 아까워서 말이지.

"주인님한테서 좋은 냄새가 나~."

"파티가 끝나고 나서 손도 많이 가고 시간도 걸리는, 성가시기 짝이 없는 요리를 만드느라 말이지."

"라프~."

"아아, 라프짱. 그리고 세인의 사역마들…… 간밤에는 신세 많이 졌어."

라프짱은 밤중에 요리 재료를 손질하는 나를 찾아와서 여러모로 일손을 거들어 주었다.

온몸이 털로 덮여 있으니 중요한 작업을 맡기는 건 불안했지만, 그 점은 라프짱도 알고 있었는지, 천으로 된 보자기에 팔다리를 집어넣고 후드를 뒤집어쓴 채로 작업해 주었다.

세인의 사역마도 세인의 명령을 받았는지, 같은 차림으로 작업을 도와주었다.

세인 자신은 섬뜩하게도 구석 한쪽 구석에서 기분 나쁘게 눈 뜬 채로 잠들어 있었지만…….

"으음…… 앞으로는 저도 도와드릴게요."

세인이 말없이 손으로 V를 그려 보이자, 라프타리아가 굳은 표정으로 말했다.

"뭐야, 라프타리아. 세인과 라프짱에게 뒤처졌다고 생각해?"

"아, 아니에요!"

너무 속이 훤히 드러나는 반응이라 훈훈하군.

센스 면에서는 라프짱 쪽이 더 낫지만, 라프타리아도 여러모로 도와주었다.

정기적으로 요리도 도와주고 있고, 특히 설거지의 경우는 라프타리아에게 맡기는 경우가 많았다.

"여기는 이세계이니만큼, 이 세계 독자적인 장비가 있어서 화력 조절도 편하게 할 수 있더군."

장작이나 숯으로 화력을 조절하는 경우도 있었지만, 부적을 이용한 장비…… 가스레인지 같은 게 있는 덕분에 요리할 때 화력 조절은 비교적 편리하게 할 수 있었다.

제법 비싼 물건이라는 모양이지만, 라르크의 성이다 보니 딱히 불평을 들을 일도 없었다.

그나저나…… 실트벨트나 쿠텐로에서도 그랬지만, 내가 요리를 하고 있으면 전속 요리사가 초롱초롱한 눈으로 구경하러 오곤 한단 말이지.

뭐, 은근히 적대적인 눈매로 보는 녀석도 없는 건 아니지만, 그건 자기 지위가 걸린 일이라 그런 것이리라.

요리장 수준쯤 되면 자존심 같은 것도 있을 테고.

하지만 그런 자들도 어느 정도 시간이 지나면 더 이상 내 주위에 얼씬대지 않거나, 실랑이를 벌인 끝에 은근히 살갑게 굴면서 내 제작 공정을 메모하기 시작하거나, 둘 중 하나였다.

"밥 기대돼~."

"뭐, 앞으로 이것저것 시도해 볼 생각이니까 필로도 기대하고 있으라고."

"응!"

"라~프~."

키즈나와 글래스, 라르크를 비롯한 키즈나의 동료들은 출발 전의 광경을 떨떠름한 표정으로 지켜보고 있었다.

에스노바르트는 미궁 고대도서관에서 이런저런 조사를 벌여서 정보를 제공해 줄 예정이라고 했다.

뭐, 그 녀석은 기도 습득했고 리시아와 마찬가지로 재능을 꽃피웠으니, 혼자서도 충분히 싸울 수 있겠지. 관장이기도 하고.

이츠키와 리시아는 현재 에스노바르트와 함께 고문서 해독에 힘을 쏟는 동시에, 성 밑 도시나 타국에서 일어나는 파도에 참가하는 인원을 보조할 계획이라고 했다.

"나오후미 꼬마, 뭘 만든 거지?"

"실험 삼아 이것저것. 가능하면 먹고 나서 평가를 들려주면 좋겠어."

나도 요리를 하면서 실수를 전혀 하지 않는 건 아니다.

연습과 검증을 수없이 반복하고 있단 말이지.

"라프타리아라면 아마 알 수 있겠지만, 예를 들어 요리에 기를 불어넣는 타이밍의 차이에 따라 얼마나 많은 품질 차이가 생겨나는가 하는…… 그런 것들 말이야."

"어렴풋이 알 수 있기는 하지만……."

"그러려면 내가 만들 수 있는 최고 품질의 음식을 만들고 나서 찬찬히 되짚어볼 필요가 있어. 안 그러면 쓸데없는 수고만 더 드니까."

동일한 음식을 만들었을 경우, 정성을 기울여 만들었을 때와 간이로 만들었을 때의 차이가 얼마나 나는지 비교해 봐야 했다.

"나오후미 꼬마가 정성을 다해서 만든 요리라……."

꿀꺽 하고, 키즈나와 그 동료들이 침을 삼키는 모습을 볼 수 있었다.

너희 정말 내가 만든 음식을 과식해서 힘들어하는 거 맞아?

먹고 싶어서 환장한 것처럼 보이는데?

"말이 그렇다는 거지. 사실 기를 불어넣는 방법을 배우고 여러 번 검증한 뒤로는, 적당히 힘을 써 가면서 만들고 있어. 그 타협점을 찾는 과정이지."

"그렇구나."

"라프타리아나 키즈나도 도우면서 실력을 갈고닦아 줬으면 좋겠어. 특히 키즈나는 내가 원래 세계로 돌아간 뒤를 대비해서 익혀 두도록 해."

"으에…… 나오후미 수준으로 만들 자신은 없는데."

"포울 군의 증언만 가지고 추억 속의 맛을 재현하는 나오후미 님의 요리 실력을 따라잡는 건 아무래도 힘들 것 같아요……."

이 타이밍에 배후에서 라프타리아의 공격이 날아들었다!

부모님이 예전에 만들어 주었던 요리를 아트라에게 먹여 주고 싶다면서, 포울이 요리를 했던 적이 있었다.

하지만 포울은 자기가 만든 음식의 맛에 만족하지 못했고, 나는 그런 포울에게 그 음식이 어떤 맛이었는지를 물어봐서 재현해 주었다.

그때 일을 마음에 담아 두고 있는 모양이지만…… 알 바 아니다.

"그렇게 어려운 것도 아니야. 정 안 되면 에스노바르트한테 물어봐."

키즈나의 동료이면서 의식적으로 기를 물건에 불어넣는 방법을 알고 있는 건, 아마 에스노바르트뿐일 것이다.

글래스 등은 전투에서는 사용할 줄 알지만, 물건 제작에 응용하지는 못한다.

"키즈나는 해산물을 해체하는 데에 일가견이 있으니까, 회나 전골 정도는 할 수 있을 거 아니야?"

낚시를 좋아하는 키즈나는 당연히 생선 요리도 좋아해서, 회나 전골 요리를 자주 만들어 먹었다고 들었다.

딱히 엄청난 공을 들여서 만드는 요리도 아니고 말이지.

"라프타리아, 우리 마을에도 요리를 좋아하고 잘하는 녀석이 있잖아? 그 녀석도 나한테 배운 거야."

내 마을에서 요리를 담당하는 녀석 말이다.

뭐, 전문적으로 요리에 집중하지 않으면 이번에 만들고 있는 걸 재현하기는 힘들 테지만.

타협점까지는 만족시키고 있지만, 그 이상의 경지까지는 좀처럼 다다르지 못하고 있다……는 것이 녀석에 대한 나의 평가였다.

"노력해 볼게요."

"열심히 해 봐."

라르크의 성에 있는 요리사들도 비슷한 요리를 만든 적이 있었다는 건 이미 알고 있다.

레시피의 오차를 어느 정도 수정할 수 있는 건, 그들이 전문가들이기 때문이리라.

기도 제대로 담겨 있었으니, 성 녀석들도 앞으로는 완벽하게 만들어 낼 수 있을 것이다.

"아…… 그리고 보니 성의 주방에 냄비들이 잔뜩 늘어서 있었어요. 그게 전부 다 같은 음식들인가요?"

"아니. 이번에 만들고 있는 건 부용*, 퐁**, 콩소메 수프야. 전부 현지에 있는 재료로 대용한 거라서 원래 음식과는 좀 다르지만."

"다 비슷비슷해 보이는데, 다른 거야?"

하아…… 키즈나의 말에 황당해서 말도 안 나올 지경이다.

"얼핏 보기에는 그냥 스칼프처럼 보이는데……."

라르크도 정체불명의 요리 이름을 뇌까렸다.

참고로 스칼프는 라르크의 나라에 있는, 콩소메 수프와 유사한 요리의 이름이었다.

"명색이 임금님씩이나 되면서 요리의 차이도 모르는 거냐?"

"시끄러. 먹어 보면 알 수 있지만 중간 과정만 보고 어떻게 알라는 거냐."

하긴…… 어떤 게 부용이고 어떤 게 퐁이고 어떤 게 콩소메 수프인지 분간하기 힘든 건 사실이다.

"그 갈색으로 된 건 다 완성된 거냐?"

"아니, 이건 퐁 드 보. 정식으로 만들자면 송아지 뼈나 힘줄을 넣고 갈색으로 변할 때까지 볶은 다음에 졸이는 거야. 마이야르 반응 때문에 이런 색이 나오는 거지. 이번에는 송아지 대신 비슷한 마물을 오븐에 넣고 구워서 만들었어."

"고기 수프?"

"그런 셈이지. 다양한 종류가 있어. 생선이나 닭고기를 재료로 쓰면, 같은 퐁이라도 이름이 달라져."

---

* 부용 : bouillon. 프랑스 요리에서 수프의 육수로 사용되는 육수.

** 퐁 : fond. 프랑스 요리에서 주로 소스로 사용되는 육수.

나는 그렇게 말하면서, 흰 살 생선으로 만든 퓌메 드 프와쏭과 닭고기로 만든 퐁 드 볼라이를 가리켰다.

"송아지 고기 대신 멧돼지 마물의 고기로 만들었으니까…… 원칙적으로 따지면 퐁 드 지비에라고 해야 하려나? 그래도 맛은 퐁 드 보와 비슷해서, 나는 그냥 퐁 드 보라고 부르고 있지만."

나중에 이 퐁 드 보를 한층 더 졸여서 글라스 드 비앙드도 만들어서 경험치 효율을 확인해 봐야 한다.

"너무 전문적인 이야기라 하나도 못 알아듣겠어요."

라프타리아가 자기는 알 바 아니라는 듯 당당히 말했다……. 물어보니까 대답해 준 건데.

"이걸 이용해서 스튜 같은 걸 만드는 거야. 간이로 만든 것과는 차원이 달라."

일본에서 만들 때도, 귀찮은 만큼 맛은 더 좋아졌다.

그러고 보니 동생이 좋아하는 음식 중에 하나가 스튜였었지.

정성을 들여서 만들자면 워낙 손이 많이 가니까 어지간해서는 안 만들었지만.

"잠도 안 자고 만들었다고 했지?"

"그래. 요리에는 건성으로 해도 되는 부분이 있고 그래서는 안 되는 부분이 있으니까 말이지. 이런 요리는 공을 들여서 만들어야 해. 그만큼 경험치가 많아지는 것 같으니까, 해 둬서 나쁠 건 없어."

"나오후미 꼬마…… 우리를 위해 그렇게까지……."

어라? 어째 라르크와 글래스, 키즈나가 내 쪽을 쳐다보고 있다.

내가 무슨 이상한 소리라도 한 건가?

"하지만 제일 손이 많이 가고 중요한 건 부용이야. 이게 없으면 아무것도 못해. 라프타리아와 키즈나는 잘 기억해 둬. 마을의 요리사들은 누구나 다 할 줄 아는 거니까!"

부용은 닭 껍데기나 소 힘줄 같은 걸 말끔히 손질해서 채소와 함께 졸여서 만드는 육수였다.

처음에는 센 불로, 끓기 직전부터는 약불로 보글보글 끓이면서 표면에 뜬 거품을 제거해 나간다.

그리고 푹 졸인 후에 꼼꼼하게 걸러내면 완성이다.

다양한 요리의 바탕이 되는 재료이니 알아 뒀으면 좋겠다.

이게 수많은 요리에 사용되는 육수가 된단 말이지.

뭐, 사용하는 식재료의 비율 같은 것까지 따지자면 끝이 없으니, 내 취향이 반영되기 십상이지만…….

일단 라르크 등의 입맛에 맞춰서 어느 정도 조정은 해 두었다.

"투명한 게 무지 예뻐~."

필로가 초롱초롱한 눈으로 부용을 쳐다보았다.

"그냥 마셔도 될 것 같아~."

"그건 완성품이 아니라 육수 단계라고."

"그렇구나~."

"이걸 써서 아까 그 퐁 드 보나 콩소메 수프를 만드는 거야."

이런 요리를 만드는 과정은 주로 거품이나 변색과의 싸움이다.

"이게 바로 만능 육수, 부용이야."

"그, 그렇구나."

어째 기가 질린 표정인데, 키즈나, 앞으로는 너희가 해야 하는 일이라고.

"뭐, 키즈나와 라프타리아는 아직 경험이 없으니까. 여러 명분의 부용을 만드는 레시피를 가르쳐 줄 테니까 나중에 꼭 몸에 익혀."

참고로 10리터의 부용을 만들려면 상당히 많은 재료가 들어간다.

경우에 따라서는 같은 양의 소 힘줄이나 닭 껍데기가 들어갈 때도 있을 정도다.

"으에에에에…… 나는 수렵구의 용사인데!"

"그렇게 따지면 나는 방패 용사라고!"

냄비의 용사가 아니란 말이다! 또 그런 소리를 하면 말 그대로 음식으로 죽여 버릴 줄 알아!

"어떻게 그렇게 살인적으로 맛있는 요리를 만들 수 있는지, 조리 과정을 보니 납득이 가네요…….

글래스가 어쩐지 아련한 눈빛으로 뇌까렸다.

"잔말 말고 익히기나 해. 네가 배워도 되니까."

이렇게 해서 우리는 유명한 요리사가 있다는 도시를 향해 이동을 시작했다.

아, 어차피 귀로의 용맥을 통해 갈 수 있는 타국이니까.

현지에서의 이동 편의를 위해 설치 가능한 커다란 거울을 확보, 운반하면서 활동하게 되었다.

거울의 권속기에는 거울을 경유해서 이동할 수 있는 스킬이 있다.

다만 이 스킬들은…… 직감일 뿐이지만, 어쩐지 다른 사용법이 더 있을 것 같은 느낌이 든단 말이지.

그걸 검증하려면 반복된 실험이 필요하겠지만.

하여튼 거울을 운송함으로써, 바늘을 이용한 세인의 이동과 비슷한 식의 이동 대행 역할을 수행할 수 있게 되었다.

그리고…… 그날 밤도 우리는 과식했다.

그래도 무작정 양으로 승부하는 것보다는 부담이 줄어들었지 않을까 싶었다.

나도 타협이 가능한 선에서는 요리를 선정하도록 신경을 쓰고 있다고.

6화 세이야 반점

츠구미의 증언과 주위의 소문을 참고로 해서, 우리는 요리를 잘하는 요리사가 있다는 도시를 향해 곧바로 이동했지만…….

"여기가 그 도시야?"

"그런 것 같네요."

언제든지 귀환할 수 있도록, 왕복을 가능하게 해 주는 거울을 가져온 상태였다.

성에도 이동용 거울을 설치해 둔 덕분에, 상당히 많은 인원이 함께 도시에 도착할 수 있었다.

현재 도시에 와 있는 것은 나, 라프타리아와 라프짱, 필로, 키즈나와 글래스, 라르크와 테리스였다.

그리고 츠구미. 소문을 가르쳐 준 장본인이니까.

이츠키와 리시아, 에스노바르트는 고문서 해독을 위해 자리를 비웠다. 크리스는 부적 상태로 잠들어 있다고 한다.

세인은…… 별 관심이 없으니까 자기는 내가 만들어 둔 밥이나 먹겠다면서 성에 남았다.

사디나는 길을 잃고 사라진 실디나를 찾으러 나갔다.

그 방향치…… 불안하군.

사디나 말로는, 성 밑 도시에서 길을 잃고 헤매고 있다는 것까지는 알 수 있다는 모양이었다.

본론으로 돌아가서, 이 도시까지 오는 과정에서 필요한 증서는 라르크와 키즈나의 권력을 이용해서 입수할 수 있었다.

문화적으로는 중세풍의 건축물이 많군.

그런데 도시의 분위기가 어째 이상했다.

뭐랄까…… 한산해 보이는데도 어쩐지 발전돼 있다고나 할까…….

지저분하지만 도회지라는, 일본인 입장에서는 은근히 이해하기 힘든 분위기라고 하면 될까?

도로는 돌로 포장되어 있긴 하지만, 여기저기 금 간 곳이 많아서, 발전 정도가 어중간하다는 인상을 지울 수 없었다.

청소가 제대로 되어 있지 않다…… 라는 식으로만 생각하기에는 뭔가 좀 이상하군. 겉모양만 번드르르하고 알맹이는 없는 인상이었다.

거리의 풍경 같은 건 중요한 게 아니기에, 우선 요리사에 대한 소문부터 확인해 보았다.

이웃 도시에서도 그 요리사에 대한 소문이 퍼져 있었고, 심지

어는 모방 업소까지 있었다.

모방 업소에서 음식을 먹어 본 적이 있다는 사람이 말하길, 이 도시에 있는 본래 가게보다는 못하지만 그래도 없는 것보다는 나은 맛이라나⋯⋯.

지나치게 의식하는 건지도 모르지만⋯⋯ 뭐랄까, 이 도시 주민들의 표정도 좀 이상했다.

눈동자는 어쩐지 퀭해 보이는데도 몸은 건강해 보이는 게 오히려 더 섬뜩했다.

그런 녀석들이 열심히 밭을 갈고 있거나, 가축을 돌보고 있거나, 말끔하게 손질한 마물의 살점이며 채소 따위를 짐차에 실어 나르거나 하고 있었다.

게다가 가는 방향이 다 똑같았다.

"아!"

진흙투성이 아이가 넘어졌다.

"뭐 하는 거냐! 그래서야 식사를 받을 자격이 없어! 죽도록 일하란 말이다!"

부모로 보이는 어른이 넘어진 아이에게 욕지거리를 퍼부었다.

"필요 없어! 그딴 거!"

"흥, 안 먹겠다면 네놈 몫까지 내가 먹어 주지."

뭔가 이글이글 타오르는 것 같은 눈매의 어른과, 눈빛이 탁해진 아이⋯⋯ 그 괴이한 광경에서 눈을 뗄 수가 없었다.

"여어, 여어! 우리 도시에 잘 오셨습니다! 이 도시에 왔다는 건, 천하제일 요리사 세이야 님의 요리를 드시러 오신 거겠죠?"

하지만 도시에서 검문을 하던 병사가 이상하게 들뜬 목소리로 우리에게 말을 걸었기에 하는 수 없이 아이에게서 시선을 떼었다.

"그, 그래. 소문을 들어서 말이지."

라르크가 우리를 대표해서 그 병사에게 고개를 끄덕이며 대답했다.

"역시, 역시 그랬군요!"

"그 요리를 먹으려면 어디로 가면 되지?"

"여기서 보면 도시의 전경이 보이지 않습니까?"

"그렇군."

그리고 병사는 도시 안에서 가장 큰, 빌딩처럼 높은 건축물을 가리켰다.

뭐지……? 한마디로 말하자면 떠 있잖아.

그 주위에는 마물들이 날아다니고 있는데, 저것들은 사역되고 있는 마물일까?

"세이야 님께서는 저 앞 광장에서 건물 안까지 음식을 선보여 주십니다! 도시 사람들은 세이야 님이 베풀어 주신 음식을 양식 삼아 하루하루를 살아가고 있죠. 그 덕분에…… 이 도시는 발전을 거듭하고 있는 겁니다."

"그, 그렇군. 그럼 한번 가 볼까."

라르크가 그렇게 이야기를 매듭짓고, 일행이 다 같이 도시 안으로 들어갔다.

나는 라르크와 나란히 걸으면서 중얼거렸다.

"너답지 않은데."

평소의 라르크는 상대가 누구건 친근하게 대화하는 녀석이다.

그런데 이번에는 한 발짝 물러서서 이야기하고 있었다.

"사실은 상대를 보지도 않는 녀석이랑 할 이야기는 없어."

명색이 왕 노릇을 하는 자답게 눈썰미는 제법이군.

확실히 아까 그 녀석은 상대를 보지 않았다……. 아니, 아예 여기가 아닌 다른 세계라도 보고 있는 것 같은 느낌이었다.

"그야 뭐…… 그렇긴 했지. 그나저나 그 요리사라는 놈도 제법 행세깨나 하는 모양이군."

건물 쪽으로 운반되고 있는, 식재료로 보이는 마물의 시체로 눈길을 돌렸다.

제법 강한 중형 드래곤이며 소 형태의 마물 등이 운반되고 있는 것 같았다.

도시 주민들은 환희에 찬 눈으로 그 마물의 시체들을 쳐다보고 있었다.

메르로마르크에서는 본 적 없는 광경이었다.

농민으로 보이는 자까지 포함해서, 주민들 모두가 모험으로 단련된 전사나 마법사 같은 묘한 기운을 풍기고 있었다. 굳이 표현하자면 강자의 기운이라고나 할까?

"……?"

키즈나가 그런 주민들을 보며 눈살을 찌푸렸다.

"왜 그래?"

"아니…… 이유는 모르겠지만, 이 도시 사람들은 하나같이 강해 보인다는 느낌이 들어서."

"아아, 나도 그렇게 느끼고 있었어."

뭐라고 해야 할까. 내가 개척한 도시에서 풍기는 분위기와 비숫하다고나 할까?

다만, 활기가 있는 것과는 좀 다른 느낌인 것 같았다.

그 느낌의 정체를 알 수 없어서 불쾌했다.

"이제 식사시간이 얼마 안 남았군."

"그래…… 기다려 마지않던 때가 왔어."

"이 시간을 위해 사는 거나 마찬가지니까."

"얼마 안 되는 양밖에 못 먹긴 하지만…… 그걸 양식 삼아 살아갈 수 있어!"

"나는 이제 그 요리 말고는 입에 대지도 않는다니까!"

"역시 나는 슈바이츠가 제일인 것 같아!"

"아니! 슈티츠가 제일이지!"

"뭐야! 싸우면 못써! 세이야 님이 그렇게 말씀하셨잖아!"

"맞아, 맞아! 싸움질을 했다가 음식을 못 먹게 되면 어쩌려는 거냐!"

충혈된 눈으로 맛있는 음식에 대한 논쟁을 벌이고 있었다.

흐음, 다들 밥 먹는 시간을 엄청나게 기대하고 있는 것 같은 분위기군.

그런데…… 이 도시에는 음식을 파는 노점이나 평범한 식당이 없다.

그 요리사의 가게가 손님을 전부 다 빨아들였다고 생각해도…… 이건 아예 그 가게 이외에는 승인도 안 내 주는 게 아닐까 싶을 만큼 음식점이 하나도 없잖아?

식료품점 같은 것도 없는데, 뭔가 의미라도 있는 건가?

뭐, 식재료를 구하려면 밭 같은 곳에 가서 직접 사면 되는 건

지도 모르지만……. 그래도 시장에서 식재료를 파는 곳이 하나
도 없다는 건 아무래도 이상했다.

대신 잡화며 무기, 부적 등을 파는 가게들이 활개를 치고 있었
다.

괴이한 풍경이라 하지 않을 수 없었다.

"이렇게 번성한 도시라니, 부러울 따름이군."

"이 도시는 모두 요리사의 가게에서 식사하고 일한다는 모양
이야. 그래서 음식을 판매하는 가게는 없고, 휴대식량도 저 큰
가게에서 산다나 봐."

원래 그런 문화를 가진 나라라고 생각하고 넘어가면 그만일지
도 모르고, 원래 세계만을 기준으로 판단할 생각도 없지만……
참 별난 도시군.

어쨌거나 우리가 찾고 있는 요리사의 가게가 저 빌딩 같은 건
물에 있다는 건 분명해 보였다.

이윽고 우리는 요리사가 있을 건물 앞에 도착했다.

그 빌딩 앞에는 비어 가든처럼 수많은 야외 테이블이 놓여 있
고, 도시 주민들이 제각각 편한 대로 자리에 앉아서 음식을 먹
고 있었다.

다들 정신없이 테이블 위의 음식을 먹어치우고 있다.

정말이지…… 그런 감상밖에 나오지 않았다. 그래, 먹어치우
고 있다.

"와~, 주인님이 만든 요리를 먹는 사람들 같아~."

"필로! 쉿—! 그러다가 나오후미 님한테 혼나요!"

이 타이밍에 오랜만에 필로의 독설이 작렬!

그랬다. 메르티와 만난 뒤로 좀 얌전해지긴 했지만, 필로는 원래 상당히 말이 많은 녀석이었다.

슬쩍 키즈나 패거리 쪽을 쳐다보니, 그들은 뻣뻣하게 굳은 미소로 답했다.

"그치만, 사람들이 주인님이 만든 음식을 먹을 때처럼 신나 보이지가 않아."

"뭐가 어떻게 다르다는 거지?"

"으~음. 행복해~ 같은 느낌이 안 난달까? 그냥 다른 사람한테 뺏앗기기 싫다는 표정밖에 안 보여. 다 함께 먹으면 더 맛있을 텐데."

흐음…… 그러고 보니, 내가 억지로 먹일 때도 이렇게까지 맛간 눈을 가진 녀석은 없었던 것 같았다.

필로도 눈썰미가 제법이군.

"어, 어쨌거나 한번 먹어 보자고."

"그게 좋겠지."

그렇게 해서 우리는 정체불명의 칸막이가 있는 비어 가든 입구로 가서 순서대로 줄을 섰다.

"손님, 저희 가게에는 처음 오셨나요?"

초인(草人)…… 이라 불리는, 엘프 귀를 가진 접수 담당 여직원이 우리에게 물었다. 얼굴은 청초한 스타일이라고 하면 될까?

그러고 보니 키즈나 쪽 세계에 있는 초인은 엘프인데, 자존심이 세다거나 하는 특징 같은 것도 있을까?

판타지 세계에서 엘프는 항상 거만한 이미지가 있으니까 말이지.

자기들은 대자연의 가호를 받는데 다른 종족은 자연을 파괴한다는 식의 이유를 붙여 가면서 접근을 거부하곤 한다.

이 세계의 초인도 그런 성격인지 어떤지는 모르겠다.

"그래, 소문난 음식을 먹으러 왔어."

라르크가 대답했다.

"그러시군요……. 그럼 우리 가게의 설명을 먼저 들으시는 게 좋겠네요."

설명이라.

"우리 가게에서는 얼마나 좋은 재료를 가져왔는지, 어느 정도 금전적 지원을 하셨는지, 혹은 얼마나 가게에 자주 오셨는지 등의 요소에 따라 카드를 지급하고, 단골손님으로서 수치화해서 대응하고 있습니다."

이 정도면 비교적 흔한 음식점 특유의 규칙이었다.

"그 수치에 따라 주문 가능한 메뉴가 달라져요. 더 맛있는 걸 먹고 싶으면 그 음식에 걸맞은 공헌을 우리 가게에 해 주셔야 하죠."

이건 무슨 종교단체, 혹은 회원제 클럽이라도 되나?

뭐, 고급 음식점을 표방한다는 건 알겠지만 말이지.

이것도 다른 세계의 문화라고 받아들여야 하나?

"하지만 처음부터 단골손님이 되어 주실 리가 없다는 건 저희도 알고 있습니다. 우선 첫 방문 보너스로, 이 자리에 앉으셔서 특별 메뉴를 한번 드셔 보시고 평가해 주세요."

접수 담당 여직원은 그렇게 설명하며 메뉴판을 건네고, 다른 손님을 상대하러 떠났다.

키즈나 일당이 메뉴판을 확인했다.

"어라? 가격이 안 나와 있잖아…… 아, 밑에 적혀 있네. 무료라나 봐."

"공짜보다 더 비싼 건 없는 법이야."

나도 상인으로 일하던 사람이니, 무료의 이면에 어떤 무시무시한 것이 숨어 있을지 모를 리가 없었다.

"처, 첫 방문 시에는 무료라는 거 아니야? 다음부터는 아까 이야기한 카드로 결제한다거나 하는 식으로 말이야."

"뭐, 아마 그렇겠지."

오? 이런 면에 대해서는 제법 양심적……이 아니지.

내가 가진 상인으로서의 감성이 속삭이고 있었다.

처음 온 손님에게는, 우선 자기 가게 음식의 맛을 알리는 게 중요하다.

일단 먹이기만 하면 그 뒤로는 알아서 해결될 거라는 자신감의 표현인가.

"어디선가 본 적이 있는 수법이군."

키즈나가 내 쪽을 보며 속삭였다.

혼유수(魂癒水)를 고가에 팔아치웠던 때를 이야기하는 모양이다.

우선은 상품이 어떤 건지를 고객에게 알리는 게 급선무니까.

그 점으로 따지면 타당한 수법이라 할 수 있으리라.

"우선 가게 밖에서 식사를 하게 되고, 단골 랭킹이 올라가면 주문 가능 메뉴가 늘어나는 동시에 실내 1층, 2층으로 올라가서 먹을 수 있게 됩니다. 처음 오신 손님께는 특별히 실내 3층에 해당하는 메뉴를 주문하실 수 있으니, 한번 평가를 부탁드릴게요."

그 말과 함께 접수 담당 여직원은 우리를 비어 가든 쪽으로 안내했다.

흐음…… 거대한 음식점의 분점에서 즐겁게 식사를 하는 느낌인가?

"일단 주문부터 해 보자고."

"글자를 못 읽겠어."

방패건 거울이건, 이런 쪽 번역이 안 된다는 게 불편한 점이다.

"내가 주문하지."

츠구미가 내 얼굴을 보면서 메뉴판을 상대로 눈싸움을 벌이기 시작했다.

왜 내 얼굴을 의식하는 거야?

아아, 대충 알겠군.

"나는 딱히 미식가도 아니고, 먹을 수만 있으면 뭐든지 상관없으니까 마음대로 시키면 돼."

내가 만든 음식을 먹어 본 적이 있는 녀석들은, 아무래도 나를 미식가로 착각하는 경향이 있는 모양이었다.

마을에서 요리를 담당하던 녀석도, 처음에는 그 점을 이식해서 어깨에 힘이 들어가 있었다.

필로나 할 법한 소리긴 하지만, 나는 먹을 수만 있다면 뭐든지 다 상관없다.

"정말이에요. 나오후미 님은 지금까지 한 번도 그런 것에 대해서는 불평하신 적 없어요."

라프타리아가 엉뚱한 변호를 해 주기 시작했다.

"하수구 물처럼 맛없는 게 나오면 당연히 클레임을 걸겠지만, 유명한 가게니까 뭘 시켜도 보통은 가겠지."

"그, 그렇군. 알았어."

말은 그렇게 했지만, 메뉴판을 쳐다보는 츠구미의 표정은 무시무시하도록 진지했다.

괜찮은 건가?

"기분은 이해해. 그러니까 내가 츠구미에게 어떤 요리가 있는지를 물어보고, 같이 결정하는 식으로 하자."

키즈나는 츠구미를 배려해서 그렇게 말했지만, 글래스는 그런 키즈나 뒤에서 질투의 아우라를 내뿜고 있었고…… 츠구미도 그 점은 눈치채고 있었다.

"돌아가거든 위장약이나 위에 좋은 요리라도 먹어 두는 게 좋겠군."

"시, 시끄러워!"

"가엾어라……."

이렇게 해서, 결국 츠구미와 라르크가 대표로 음식을 주문했다.

"그럼 잠시 기다려 주세요!"

접수 담당 여직원은 고개를 숙이며 그렇게 말하고, 주문을 전달하러 주방으로 떠나갔다.

음식이 나오기를 기다리는 동안 심심해서 다음에 만들 액세서리 도면을 종이에 그리고 있으려니, 테리스가 호기심 어린 얼굴로 종이를 들여다보았다.

참고로 나와 사디나 몫의 액세서리는, 간이로 마법을 사용할 수 있도록 미리 만들어 두었다.

문제는 사용 회수와 사용할 수 있는 마법의 종류 및 위력인데…….

위력 면에서는 그럭저럭 나쁘지 않은 편이지만, 아무래도 원본보다는 못하다.

사디나도 타협책으로 실디나에게서 부적 사용법을 배우고 있는 단계다.

그렇게 액세서리를 고안하고 있으려니, 라르크가 또 기묘한 눈매로 나를 쏘아보았다.

이제 너도 좀 어느 정도 선에서 타협하거나, 아니면 나한테서 더 많은 기술을 배우거나 하란 말이다.

그렇게 잡담 속의 공방전을 주고받다 보니, 이윽고 음식이 나왔다.

"오래 기다리셨습니다! 우리 가게의 자랑인 세이야 카레 3층입니다!"

카레라…….

3층이라는 건 감칠맛이나 매운맛의 단계 같은 걸까?

"냄새 좋아?"

필로가 고개를 갸웃거리면서 중얼거렸다.

왜 의문형이지? 자극적인 추억 속의 그 맛인데……. 나도 재현해 본 적이 있었고.

예전에 메르로마르크에 있는 무기상 아저씨의 가게에서 카레 풍 요리를 만들었었지.

냄새에 이끌려서 이상한 손님들이 왔다가 쫓겨나곤 했던 기억이 생생하다.

그 후에, 마을에서 제대로 재현해서 선보이기도 했었다.

사실 카레는 키르가 싫어하는 요리였다.

"그럼 먹어 볼까."

"좋지."

다들 먹는 방법은 알고 있는 모양이군.

스푼으로 카레를 라이스에 비벼 가며 먹기 시작했다.

경고!

시야에 그런 글자가 나타났다.

독극물 감정이 작동한 것 같군……. 으음, 담배 같은 것과 비슷한 독극물 반응 같았다.

중독성이 있다는 건가……. 하긴 어느 음식에나 미량의 독은 들어 있다는 이야기를 들은 적이 있었다.

쌀이나 보리 같은 탄수화물도 엄밀히 따지면 가벼운 독극물이라는 사고방식도 있으니까.

향신료나 허브 같은 향초를 사용했을 때도 무기가 오작동하는 경우가 있는 만큼, 독 반응이 있다고 해서 호들갑 떨 필요는 없었다.

……이렇게까지 강하게 반응한 건 오랜만이지만.

그리고 라프타리아와 라르크, 키즈나는 신경 쓰는 기색 없이 먹는 걸 보면, 딱히 큰 문제는 없다는 뜻이리라.

정말 괜찮을까……. 뭐, 아마 착각이겠지……?

조합 기술을 익힌 탓에, 내 독극물 감정 능력은 정밀도가 지나치게 높은 것이다.

체크 항목을 조정해 둘까…….

"……."

어쩐지 불길한 느낌이 들 정도로, 모두 묵묵히 밥을 먹고 있었다.

기본적으로 항상 들떠 있는 라르크까지도 어째선지 입을 다물고 있어서 꺼림칙하기 짝이 없었다.

그러면서도 힐끔힐끔 내 쪽을 쳐다보고 있고.

그러니까 난 미식가가 아니라니까 그러네!

이 음식 어떤 놈이 만든 거냐! 라면서 고함쳐 대는 캐릭터가 아니라고!

"라프~……."

"으~응……."

라프짱과 필로까지 상당히 조용하게 먹고 있는 건 아무래도 좀 이상해 보였지만.

"필로, 어때? 맛있어?"

"으~응? 있잖아~, 주인님이 만든 것보다는 맛없어."

"뭐라고?"

다른 사람인 필로가 맛없다는 말을 하다니, 놀라운 일이다.

야생 마물을 통째로 삼켜도 맛있다고 말할 것 같은 녀석이건만.

"필로! 쉬―잇! 나오후미도 비교당하는 건 싫어한다고!"

"에~에?"

"아니, 딱히 그렇진 않은데?"

"그럼 왜 그런 표정을 짓는 거야?"

"아아, 필로가 이런 소리를 하는 게 신기해서 말이야. 요즘엔 뭘 먹든 다 맛있다고만 하는 줄 알았거든."

먹을 수만 있으면 뭐든 다 좋다고 하는 먹보 포지션 아니었나.

"어…… 필로는 저래 봬도 꽤 미식가라구요. 나오후미 님이 아닌 다른 사람이 만든 음식에 대한 감상은 이런 식으로 대답해요."

흐음……. 그러고 보니 성의 음식 같은 걸 신이 나서 무지막지하게 먹어 대긴 했고, 맛있다고 하기도 했지만, 맛에 대한 감상을 물어 본 적은 별로 없었던 것 같기도 하다.

무기상 아저씨한테서 저녁밥을 빼앗아 먹었을 때도 제법 냉정하게 평가했었지.

"나오후미 님이 루프트 군이랑 같이 필로리알들에게 시달려서 몸져누웠을 때 창의 용사님이 마을에 적응하려고 음식을 만든 적이 있었는데, 창의 용사님의 설득에 마지못해 그 음식을 먹었을 때도 필로는 이런 식으로 이야기했었어요."

아, 필로의 얼굴이 고뇌로 일그러졌다.

모토야스가 그렇게나 싫은 거냐.

"그렇게 맛없지는 않아. 그치만 주인님이 만든 것보다는 맛없어."

"아, 그러셔……."

"참고로 나오후미 님 이외의 용사님들도 모두 마을 사람들에게 음식을 만들어 준 적이 있었는데, 필로 이외의 사람들도 다 비슷한 식으로 평가했어요."

"비교당하는 용사들의 심정을 뼈저리게 이해할 수 있을 것 같아."

키즈나가 뜬금없이 동정하기 시작했다.

그나저나…… 글래스와 츠구미와 라르크가 잠잠한 게 어째 찜찜한데…….

키즈나 역시 같은 생각이었는지, 글래스 쪽을 힐끔힐끔 쳐다보고 있었다.

중독성에 당해서 정신없이 먹고 있는 건가?

"손님 여러분, 우리 가게 음식은 어떻게 드셨나요?"

아까 그 접수 담당 직원이 득의양양한 표정으로 물었기에, 우리는 식사를 재개했다.

"……."

으음…… 까놓고 말해서, 일본에서 먹던 즉석 카레와 비슷한 맛이라는 생각밖에 안 들었다.

맛있는지 맛없는지를 따지자면 맛있기는 하지만, 딱히 특별한 맛은 아니었다.

어떤 의미에서는 대단한 일이라고 할 수도 있겠지만, 몰개성하다는 생각만 들었다.

"으음……."

"주인님이 만든 것보다 맛없어."

"라프~."

라프타리아, 필로와 라프짱은 마뜩잖은 기색으로 대답했다.

이런 건 취향 차이겠지.

"괜히 헛걸음했어. 돌아가서 다시 먹자고."

라르크, 너무 대놓고 냉정하게 대답하는 거 아니냐?

"그럼 계산 부탁드립니다."

아까는 무료라더니, 계산이라고?

내가 어리둥절하게 여기고 있으려니, 접수 담당 직원이 양손을 펼쳐서 내밀었다.

"세이야 반점의 음식은 어떻게 드셨나요? 아주 맛있었죠? 전 재산, 혹은 돈 될 만한 것들을 내놓고 회원이 되도록 하십시오. 아, 물론 소지품을 두고 가시면 헌상품을 가지러 갈 시간을 드리겠습니다."

이 녀석 지금 무슨 소리를 하는 거야? 머리가 어떻게 된 거 아니야?

"미안하지만 이제 다시는 안 와. 우리는 그만 돌아갈 거야."

"뭐라고요?"

라르크의 말에 접수 담당 여직원의 미소가 굳어졌다.

곧바로 마음을 가다듬고, 다시 미소 띤 얼굴로 말했다.

"아뇨아뇨, 무슨 말도 안 되는 말씀을······. 설마 세이야 반점의 음식이 불만족스러웠다는 건가요?"

"맛없다는 소리는 한 적 없잖아? 빨리 내보내 줘. 전 재산을 내놓으라느니 하는 헛소리는 집어치우고."

끈질기게 매달리는 접수 담당 여직원의 태도에, 라르크도 불쾌함을 드러냈다.

음식 맛에 비해 자신감이 너무 지나치군.

맛이 없지는 않고, 이 맛을 좋아하는 녀석이 있을 법도 하다는 건 부정하지 않지만, 전 재산을 내놓을 정도는 아니었다.

일본 기준으로 따지면 300엔쯤 될까. 인스턴트라는 점에서.

"지금 세이야 님이 만드신 음식을 능멸하시는 거예요?! 이건 3층에 해당하는 맛이란 말이에요!"

그게 뭐 어쨌다는 거야? 라는 말밖에 안 나오는데.

"아…… 이것 참 끈질긴 아가씨네. 그럼 아예 딱 잘라 이야기해 주지."

라르크가 글래스와 츠구미에게로 시선을 보내자, 그 둘은 나란히 고개를 끄덕였다.

"솔직히 말씀드리자면, 별로네요."

"그래, 별로라고!"

"부정 못 하겠군."

글래스에 이어 라르크와 츠구미까지도 불쾌한 듯 미간을 찌푸리며 대답했다.

"어, 어이……."

"그, 글래스?"

그런데도 접수 담당 여직원은 포기하지 않고 계속 지껄였다.

"저기…… 더 하실 말씀은 없으신가요?"

"네?"

라프타리아가 어리둥절한 얼굴로 되물었다.

우리는 이미 맛없다고 이야기했는데 무슨 말을 더 하라는 거지?

"그러니까, '별로네요. 별로 떠나고 싶지 않으니까 이 도시에 눌러앉아서 단골이 돼야겠어요!' 라고……."

그건 혹시 이 요리를 먹은 사람들이 흔히 하는 말인가?

아무리 그래도 고작 이 정도 맛으로 자신감이 지나치지 않아?

중독성 때문에 다들 그렇게 말한 것 아닌가?

어찌 됐건 라르크를 비롯한 우리 일행은 그 정도 중독에는 꿈쩍도 안 한다고.

아까 우리가 돌아가겠다고 한 걸, 돈 될 만한 물건을 가져오러 가겠다는 뜻으로 이해한 건가?

두 번 다시 안 오겠다고 했을 텐데.

라르크 일당이 깜짝 기획이라도 꾸미는 거라고 생각한 건가? 긍정적이어도 너무 긍정적이잖아.

"더 이상은 할 말 없어요. 그냥 순수하게 별로라고 이야기한 것뿐이에요."

"맞아. 괜히 헛걸음했어. 그러니까 냉큼 돌아가겠다고 이야기한 거라고, 아가씨."

"격하게 동의한다. 소문은 결국 소문일 뿐이군."

글래스와 라르크는 물론 츠구미까지 그렇게 이야기하다니, 가게에 싸움이라도 걸려는 건가?

테리스는…… 노코멘트를 유지하려는 모양이군.

접수 담당 여직원은 뻣뻣한 미소를 띤 채 우리 쪽을 쳐다보았다.

"평범해."

"평범한 수준이야. 좋아하는 사람은 좋아할 만한 맛이긴 하지만."

나와 키즈나가 못을 박듯이 그렇게 대답했다.

실제로 들어오는 경험치도, 내가 만든 음식에 비해 대략 0.7

배 정도로 예측되었다.

키즈나가 위로하듯 해 준 말마따나, 말 그대로 평범한 수준의 맛이었다.

"그럼 돌아가지."

그렇게 우리가 일어선 직후, 주위가 살기에 휩싸였다.

"이 세이야 반점의 음식이 별로라고 했나……?"

"주제도 모르는 건방진 놈들."

접수 담당 여직원의 동료 여직원들이 달려와서 일제히 우리를 비난했다.

"헛소리를 해도 작작 해야지."

"사실을 사실로 인식할 줄도 모르다니."

"시야가 좁은 놈들."

"혓바닥이 마비된 거 아니야?"

"온몸으로 깨닫게 해 주기 전에는 용서 못해!"

비어 가든은 물론 그 주위에 있던 녀석들까지 모조리 의자를 박차고 일어서서, 저마다 무기가 될 법한 물건들을 든 채, 당장에라도 우리에게 달려들 기세로 노려보았다.

뭐야, 이 가게는?! 감상을 물어보니까 대답해 준 것뿐인데!

당연히 안 좋은 평가도 있는 법인데, 그걸 가지고 이렇게 떼거리로 덤벼드는 거냐?

농담으로 흘려 넘기라고. 너무 쉽게 흥분하는 거 아니야?

"이제 알겠군! 네놈들, 다른 음식점에서 보낸 첩자였구나!"

아아, 그래, 알았다고. 그냥 그렇다고 치고 돌려보내 주면 안 될까?

"아니에요! 솔직하게 별로여서, 칭찬할 가치가 없다는 뜻으로 한 이야기예요!"

"맞아, 맞아!"

"이런 걸 배에 집어넣는 바람에 한 끼를 낭비했잖아!"

글래스와 츠구미, 라르크가 그렇게 대꾸했지만—— 그럼 그냥 남겼으면 됐잖아. 끝까지 다 먹어치운 건 최소한의 예의 같은 거였냐?

"잠깐! 글래스! 그리고 라르크랑 츠구미도 좀 진정해! 대체 왜들 그렇게 흥분하는 건데?!"

"키즈나는 모르시겠어요? 매일같이 그렇게 맛있는 음식을 먹었는데, 고작 이런 음식을 두고 최고의 맛이라는 감상을 강요당한 자의 심정을!"

"어쩌면 우리 혀가 이미 돌이킬 수 없을 만큼 고급 입맛에 길들여져 버린 건지도 몰라. 아무리 그래도 말이야…… 이건 너무 심해. 조용히 돌아가 주려고 했는데 끈질기게 물고 늘어지면서 돈을 내놓으라고 설치다니, 완전 날강도 아니야?"

"먹다 보니 어쩐지 머릿속이 멍해지는 동시에 불쾌한 기분에 휩싸였어. 요즘 그렇게 훌륭한 맛에 둘러싸여 사는 게 얼마나 행복한 일인지 깨달았다고! 살 좀 찌면 어때? 맛없는 걸 맛없다고 말 못하는 게 훨씬 더 괴롭단 말이다!"

아— 음, 엄청나게 불길한 예감이 드는군.

"저기…… 좀 불길한 기운이 느껴지는데요."

라프타리아가 도의 칼자루에 손을 뻗고, 언제든지 싸울 수 있도록 자세를 낮추었다.

지금까지의 경험으로 미루어 보아, 이럴 때는 성가신 말썽에 휘말리게 되어 있다.

나 때문에 이렇게 된 건가?

아니, 라르크 패거리가 폭주한 탓이겠지. 끈질기게 물고 늘어진 강도 점원도 문제지만.

원래는 이런 짓을 할 녀석들은 아니었는데……

"귀찮으니까 적당한 값을 주고 냉큼 철수하는 게 어때?"

"그, 그래. 글래스랑 라르크도 좀 참아. 나오후미도 소란이 커지는 걸 피하고 싶어 하잖아."

"……하는 수 없군."

"키즈나와 나오후미의 체면을 봐서, 일단은 순순히 응하도록 하죠."

라르크와 글래스가 마지못해 태도를 굽히려고 한 순간.

"용서 못해! 세이야 반점을 욕한 죄는…… 만 번 죽어 마땅해!"

손님 하나가 그렇게 말하며 달려들었지만, 츠구미가 눈에 보이지도 않을 만큼 재빠른 동작으로 공격을 흘려보내고 찍어 눌렀다.

"폭력은 거두는 게 좋을걸. 무례가 있었다면 사과하지. 우리도 순순히 돌아가겠다."

"여러분! 라이벌 가게의 첩자에게 따끔한 벌을 내려 주세요!"

그때 접수 담당 여직원이 손님들을 우리에게로 돌격시켰다.

어이! 점원이 그런 식으로 선동해도 되는 거냐!

이대로 전 재산을 내놓지 않으면 우리는 무전취식범으로 취급되는 건가?

아니, 무료로 제공한다고 한 건 가게 측이니 그냥 도망쳐도 되는 건가?

그렇게 생각한 직후!

콰당 하고 반점 문이 열리더니, 프라이팬을 깡깡 두드리는 소리가 들려왔다.

손님들도 점원들도 일제히 그쪽을 쳐다보았다.

"다들 싸움은 그만둬."

거기에는…… 프라이팬과 국자를 든 열일곱 살 정도의 남자가 서 있었다.

외모는 평균 이상. 모토야스보다는 아래. 머리카락은 약간 붉은 기운이 감돌았다.

티셔츠 같은 편안한 차림에, 팔에는 손수건을 감고 있었다.

쉐프라고 부르기에는 차림새가 영 아니었다. 장인 특유의 분위기가 느껴지지 않았다.

맛이 가기 전의 모토야스가 요리 솜씨를 자랑하려고 들었다면 아마 이런 느낌이었을 것이다.

그리고 그 남자의 목소리에 손님들과 점원들은 일제히 고분고분해졌다.

"세이야 님?!"

"대체 뭐 때문에 그렇게 싸우고 있는 거야?"

손님 하나가 우리한테 덤벼든 것도 모자라서, 점원이 손님들을 선동해서 난투를 벌이려 들었다고.

"라이벌 가게에서 온 이 첩자가 세이야 님이 만드신 카레 3층을 맛없다고 하지 뭐예요! 저희는 그저 주제 파악을 하도록 해

주려던 것뿐이에요."

"이거야 원……. 그런 녀석들은 상대하지 말라고 그렇게 주의를 줬는데……. 선을 넘는 짓을 하지 않는 한은 다 무시해 버리면 그만이잖아."

오오, 정상적인 반응이잖아.

그럼 이제 더는 소동을 키우지 않고 우리를 보내 주는 건가?

"하지만, 이분들은 세이야 님의 요리보다 더 맛있는 게 있다는 말까지 했는걸요!"

접수 담당 여직원의 말에, 세이야라는 녀석이 날카로운 눈으로 우리를 쏘아보았다.

이건 또 뭐야…….

"일이 이렇게 커진 건 그쪽의 잘못도 있다는 건 인정하시죠? 그렇게 맛있는 음식이 있다면…… 이 도시의 규칙에 따라 요리 대결을 벌일 수도 있습니다만?"

"엉?"

"라이벌 가게의 첩자에게 특별히 가르쳐 줄게! 이 도시뿐만 아니라 인근 도시에서도 다 같은 규칙인데, 가게의 간판과 권리, 재산을 걸고 어느 쪽 요리가 더 맛있는지를 겨루는 거야! 패배하면 당신들은 순순히 전 재산을 내놓아야 해. 물론 세이야 님께서 자비를 베푸셔서 매일 가게에 와서 음식을 먹게 해 주실 거야."

"싫어, 귀찮아."

거의 척수반사에 가까운 속도로 대꾸했다.

이런 식으로 흘러가면 내가 정체불명의 대결에 나서는 신세가 될 것 같으니까.

"그럼 세이야 님의 음식이 맛없다고 한 말을 취소해!"

"싫어요."

글래스, 이럴 땐 좀 물러서라고!

"그래, 그래! 그런 거지 같은 규칙을 나라에서 허락할 줄 알아?"

라르크가 그렇게 뇌까린 순간, 세이야라는 녀석 뒤에서 노인이 나타났다.

"호호호호호…… 이 마로가 있으니 당연히 허락——."

라르크와 츠구미가 눈을 찌푸리며 상대를 노려본 순간, 그 통통한 노인은 얼굴이 새파랗게 질려서 가게 안으로 돌아가 버렸다.

어이! 왜 그래, 마로?! 도망치지 마!

아……. 아마 제법 높은 자리에 있는 녀석이겠지만, 라르크 쪽이 더 높았던 거겠지.

세이야라는 녀석은 상황을 알아채고 언짢은 듯 눈썹을 치켜 올렸다.

"이미 얼굴은 외웠어. 자기 권력이 통하지 않는 상대도 있다는 걸 이제 깨달아야겠지."

라르크의 말에 세이야라는 녀석이 반발했다.

"큭……. 우리는 그따위 권력에 굴하지 않아! 내가 만든 음식이 그렇게 맛없다면 네놈들이 말하던 그 맛있는 음식을 내놓아 보시지! 안 그러면 맛없는 음식을 먹으면서 산 건 오히려 네놈들이라고 해도 되겠지!"

"안 좋은 소문을 퍼뜨려 주겠어!"

이건 무슨 걸 게임 대사냐?

"나오후미 꼬마! 이런 소리까지 들어 놓고 물러설 수는 없잖아!"

"그냥 멋대로 지껄이게 놔둬. 귀찮아."

"호호호호호호…… 높으신 분께서 이런 불상사를 일으키시다니……. 다른 나라에서 어떻게 생각할지 모르겠군."

아, 아까 도망쳤던 놈이 도발하고 들었다.

"국제 문제로 비화시켜 주지."

이런 일로 정치적 문제가 생기는 거냐? 고작 밥 때문에? 말도 안 돼.

그건 그렇고, 짜증 나는 놈이군…….

"큭……. 나오후미 꼬마는 대체 왜 이렇게 무기력한 거야?"

"네놈이 쓸데없이 활발한 것뿐이야. 평소의 네가 아닌 것 같다고."

"내가 보기에는 너희가 왜 이렇게 화를 내는 건지 이해가 안 가는데……. 일이 어째 성가신 소동으로 번지고 있잖아."

"될 수 있으면 조용하게 넘어가고 싶은데요……."

라프타리아가 중얼거린 말에 나도 격하게 동감했다.

그리고 필로 쪽을 쳐다보니…….

"주인님이 만든 음식 먹을 수 있어?"

"라프~?"

어째 라프짱과 같이 초롱초롱한 눈으로 나를 쳐다보았다.

매번 먹으면서 아직도 부족한 거냐?

라르크가 내 양 어깨를 양손으로 붙들고 고개를 숙였다.

"나오후미 꼬마! 이건 자존심의 싸움이야. 어느 쪽이 맛있느냐! 그걸 증명하고 싶단 말이다! 그러니까 힘을 빌려줘!"

"이런 유치한 일에 힘 같은 거 빌려주기 싫어!"

"헛, 썩 맛있게 만들지도 못하는 주제에 콧대만 높은 3류 요리사의 고집이었다는 거군. 승부에 나서지도 못하는 겁쟁이 놈!"

세이야라는 녀석이 어쩐지 득의양양한 표정으로 내게 국자를 겨누었다.

정말 승부에 나설 생각은 없었지만, 그 태도에 울화가 확 치밀어 올랐다.

세이야라는 놈이 타쿠토와 비슷해서 불쾌하다는 점도 크게 작용했다.

물리적으로 입을 다물게 만들어 버릴까? 아니, 그렇게 해 봤자 라르크의 자존심은 채워지지 않겠지.

"그렇게까지 떠벌렸으니 대가를 치를 각오는 됐겠지."

"나오후미 꼬마!"

나는 세이야라는 녀석을 삿대질하며 대꾸했다.

"좋아. 귀찮지만 상대해 주지."

솔직히, 동료들이 다들 맛있다고 비행기를 태워 준 탓에 스스로가 자만심에 차 있는 상태라는 건 나 스스로도 알고 있었다.

그래도 여기서 물러서는 건 어째 부아가 치미니까 상대해 주는 수밖에.

"이겼군."

"아아……."

테리스가 뭔가 팔짱을 낀 채 뇌까렸고, 라르크가 동의했다.

네놈들은 무슨 모 거대 로봇게리온이냐!

"우리가 완전히 진상 손님이 돼 버렸잖아요! 대체 어쩌다가 이렇게 된 걸까요…….."

라프타리아의 의견에는 나도 격하게 동의했다.

"그나저나…… 나오후미 님과 처음 만났을 때도 이런 음식점에서 일을 거든 적이 있었죠. 옛날 생각나네요."

굳이 이야기할 것도 없는 일이니까 기억을 후벼 파지 마!

라프타리아 입장에서는 소중한 추억이겠지만, 장소를 좀 생각하라고!

이렇게 해서, 나는 정체불명의 요리 대결을 벌이는 신세가 되고 말았다.

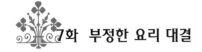

7화 부정한 요리 대결

세이야 반점의 비어 가든에서 급히 마련된 거대 주방……. 이런 일이 벌어진 게 한두 번이 아니었던 것 아닐까 싶을 만큼 충실한 설비의 대전용 시설에, 나는 황당할 수밖에 없었다.

그리고 정체불명의 요리사 집단이 세이야라는 녀석과 함께 우리 앞을 막아서는…… 것 같은 과도한 연출이 펼쳐지는 가운데, 사회를 맡은 접수 담당 직원이 재료를 하나 몰래 집어 먹으면서 이쪽을 쏘아보았다.

그거 혹시 뭔가를 의식한 패러디 같은 건가?

요리사들이 가게 쪽 벽에 일렬로 늘어섰다.

"그럼 지금부터 세이야 반점 VS 어딘가에 있는 듣도 보도 못한 음식점 첩자의 대결을 시작하겠습니다!"

어이! 우리 쪽 소개가 너무 성의가 없잖아!

"요리 대결을 해본 적 없는, 모르시는 분들을 위해 설명하겠습니다. 제한시간은 한 시간 반! 한 시간 반 이내에 음식을 가져올 것! 음식은 엄정한 심사위원이 시식하고, 최종적으로 어느 쪽 음식이 맛있는지를 결정하겠습니다."

그렇게 말하면서 접수 담당 여직원이 심사위원석을 가리켰다.

아까 그 마로를 비롯한 몇 명이 손을 들었다.

저게 엄정한 심사위원이라고?

무슨 쓰레기라도 쳐다보는 것 같은 눈길로 우리를 쳐다보는 놈들이 엄정할 것 같다는 생각은 도저히 안 드는데.

"이 팻말을 들면 된다는 거지?"

"그렇소."

그리고 그들은 세이야 반점의 로고 같은 것이 그려진 팻말을 움켜쥐고, 우리 쪽 것으로 보이는 봉은 건드리지도 않겠다는 듯 구석에 집어 던졌다.

척 보기에도 완전히 매수당한 것처럼 보이는 게, 결과는 불 보듯 뻔할 것 같은데.

괜히 흥분해서 대결에 응한 건가. 음식만큼 개인의 주관이 개입되는 것도 없는 법이니까.

"어쩌다가 이렇게 된 거야?"

키즈나가 멍한 표정으로 고개를 갸웃거리며 말했다.

내 생각도 마찬가지였다.

"그러게요……. 글래스 양까지 그렇게 흥분하시니……."

"라프~."

라프타리아와 라프짱이 곤혹스러운 표정으로 아군 관전석에 섰다.

"주인님이 만든 밥~."

"나오후미 꼬마가 만든 밥을 먹어 보면 놀라 자빠질걸."

"네, 고작 저 정도 상대라면 승리는 따 놓은 당상이에요."

라르크와 글래스가 쓸데없이 자신감 넘치는 게 영 찜찜하다.

뇌에서 이상한 거라도 나오고 있는 거 아니야? 캐릭터가 붕괴 됐다고.

"식재료는 각 대전석에 준비되어 있고, 상대방 측의 식재료를 쓰는 건 불가능합니다. 임의의 재료를 가져오는 건 허가합니다 만…… 과연 마련할 수 있을까요?"

접수 담당 여직원의 태도가 은근히 사람 성질을 건드리는군.

"이번 요리의 장르는 어떤 걸로 할까요, 세이야 님?"

네놈이 정하는 거냐!

이런 부류의 녀석들답게, 어느 쪽에 유리하다느니 공평하다 느니 하는 개념 자체를 아예 어딘가로 내던져 버린 태도였다.

내가 소환되어 온 다음 날, 동료를 선정하던 때의 기억이 떠올랐다.

뭐랄까, 쓰레기 3호 같은 느낌이군.

"흐음…… 글쎄."

세이야라는 녀석은 얕잡아 보는 시선으로 나를 위아래로 훑어

보았다.

그 태도를 보니, 말할 것도 없이 파도의 첨병 아닐까 하는 의심이 드는군.

쓰레기 3호가 세이야라는 녀석과 뭔가 속닥거리며 이야기하고 있었다.

그리고 나를 보며 웃음을 지었다.

"장르는 자유로 하지. 실력의 차이라는 걸 똑똑히 가르쳐 줄 테니까."

그래, 어련하시겠어……. 나 원 참, 제일 귀찮은 소리를 지껄이는군.

"보조 요리사를 써도 되겠지? 식사의 수는 심사위원 머릿수만큼이냐?"

"그래."

뭐, 대충 이 정도만 확인해 두면 되겠지.

정리해 보자면 이런 식이다.

세이야 반점이 마련한 식재료가 양쪽에게 지급되어 있다. 그 재료를 사용하거나, 한 시간 반 안에 조달 가능한 범위의 재료로 대결해야 한다는 것이다.

보통은 재료 손질 시간 정도는 주는 법인데 말이지…….

"그럼 대결 개시이이이이이이이이이이이이이이이이이!"

쓰레기 3호가 샤우팅을 토해내고, 징 소리가 울려 퍼졌다.

세이야라는 놈이 식재료 선반으로 달려가서 식재료 선정을 시작했다. 보아하니 다양한 산지에서 모아들인 고급 재료들이 늘어서 있는 모양이었다.

나에게 주어진 식재료 선반으로 다가가서 채소를 확인.

풀귀당근　　　　**품질 : 썩기 직전**

2족무　　　　　　**품질 : 딱딱함**

작렬감자　　　　　**품질 : 폭발 직전**

이게 뭐야!

반사적으로 심사위원들과 쓰레기 3호 쪽을 쳐다보니, 경멸로 가득한 눈빛으로 맞받아쳤다.

이런 짓을 해서 승리해 봤자 네놈들 품격에 흠집만 난다는 생각은 안 하는 거냐?

……안 하겠지.

천천히 수조 쪽을 쳐다보았다.

트라우마 자주복　　　**품질 : 최고품질**

── 위험! 경고! 치사성 맹독!

감정 결과 독극물로 판정되었다.

하아…… 나도 모르게 한숨만 나오는군.

"이런 재료들을 쓰라고?"

"불만 있어? 제대로 확인해 봐야 할 거 아니야!"

내가 트집을 잡기도 전에, 쓰레기 3호가 속사포처럼 쏘아붙이며 식재료 선반에 있는, 얼마 없는 멀쩡한 식품들을 가리켰다.

풀귀당근	품질 : 보통
2족무	품질 : 보통
작렬감자	품질 : 보통

각각 한 개씩. 이걸로 여러 명 분을 만들라고?

"당신 정말 요리사 맞아? 고작 이 정도 눈썰미도 없는 거야?"

"사기다!"

"비겁한 놈들!"

라르크와 츠구미가 야유를 날렸지만, 주위에 있는 녀석들은 그 야유에는 귀도 기울이지 않고 세이야가 요리하는 모습만 눈으로 좇고 있었다.

"어머나? 지금까지 붙었던 대전 상대들은 자기가 쓸 재료나 요리는 자기가 준비해 왔다구. 그런 건 상식이잖아."

그런 특수 규칙을 들이대다니.

마음에 안 들면 자기 힘으로 확보하라는 이야기지만……. 한 시간 만에 확보할 수 있는 건가?

이 도시에는 요리 관련 시장도 없고, 그나마 있는 건 밭이 고작이다.

마물들은 도시 밖에 나가면 구할 수 있겠지만, 시간을 고려하면 사냥할 시간도 없는 데다 핏물 뺄 시간을 고려하면 더더욱 무모한 행동이었다.

강에 가면 생선도 구할 수도 있겠지만…… 과격한 수렵이 될 거 같군.

비겁해도 너무 비겁한 거 아닌가?

뭐…… 어차피 우리는 실질적으로 제한을 받지 않지만, 귀찮기 짝이 없군.

하지만 패배하면 더 귀찮아질 것 같다.

"키즈나, 키즈나—."

"왜—?"

일단 키즈나를 손짓해서 불렀다.

수조 안의 트라우마 자주복을 뜰채로 건져서 도마에 올려놓았다.

"손질해."

"응?!"

"독이 든 부분은 절제해서 복어회라도 만들어. 해체하는 건 자신 있잖아?"

말한 순간, 심사위원석에 있는 자들의 얼굴이 파랗게 질렸다.

아아, 맹독이 있다는 건 알고 있는 모양이군.

"그런 생선을 먹이려고 들다니, 승부는 이미 판가름 난 거나 마찬가지군."

마로라는 놈, 되게 시끄럽네. 나중에 라르크에게 명령해서 권력을 박탈하고 경질이라도 시켜야겠다.

"하, 하지만……."

"저놈들한테 먹이려는 게 아니야. 연습이야. 맛있게 잘되면 필로한테나 줘."

유일한 최고품질 재료다.

워낙 희귀한 물건이니까. 오히려 심사위원들한테 주기가 아까웠다.

그러니까 독점해 줘야겠다.

"나오후미는 어쩔 건데?"

"방법이 없는 건 아니야."

식재료 더미에서 그나마 쓸 만해 보이는 재료들을 적당히 선정해 냈다.

"썩은 식재료 중에 식용으로 쓸 수 있는 것도 있다는 걸, 관리하는 저놈들은 모르고 있는 모양이야."

고기 같은 건 반쯤 썩다시피 한 것들이 많았지만…… 숙성용 처리가 되어 있는 것들도 섞여 있었다.

잘 알지도 못하고 가져와서 썩은 걸로 판정한 거겠지.

그리고…… 신선한 고기가 곧 맛있는 고기인 건 아니다.

아, 벽 쪽에 있는 요리사 몇 명이 나를 쳐다보고 있다. 뭔가 눈치챘는지 퍼뜩 놀란 기색이었다.

"그리고 해체도 맡아 줘. 먹을 수 있는 부분이 생각보다 적으니까."

"으, 응."

그리고 선반 위의 식재료들을 재빨리 감정하고 있으려니, 세이야가 커다란 냄비를 부뚜막에 얹고 물을 부은 다음 불을 붙였다.

냄비 안의 물이 보글보글 끓기 시작했을 때…… 오른쪽 손목에 달린, 권속기의 드롭 기능만 재현시킨 것 같은 액세서리를 만지며 뭔가를 조작하기 시작했다.

별안간 공중에서 정체불명의 보따리가 출현했고, 세이야는 그것을 받아 들어 냄비 위에서 뒤집었다.

쏴아악 하고 갈색 분말이 쏟아져 나와서, 세이야가 준비한 냄비 속으로 들어갔다.

저건…… 성무기나 칠성무기, 권속기에 있는 자동 조합 기능으로 만든 재료를 꺼낸 건가?

액세서리 개조를 넘어 개인화 기능까지 진보한 건가?

개인적인 개조를 통해 저 정도 수준까지 재현했다면, 요리사가 아닌 액세서리 장인으로서는 유능한 것 같다.

세이야의 냄비에서 뭔가 콩소메 수프와 비슷한 냄새가 풍기기 시작했다.

저거 괜찮은데……. 나도 한번 따라 해 볼까? 될지 안 될지는 모르지만.

콩소메 수프 분말이라니…… 사전 준비가 복잡한 데다 품질도 평범해질 것 같긴 하다.

"오오오오오오! 세이야 님의 매지컬 파우더가 나왔습니다!"

쓰레기 3호와는 별개의 사회자가 세이야 쪽에 대한 중계 혹은 칭찬을 시작했다.

매지컬 파우더라니…… 무슨 위험한 재료처럼 보이잖아.

"내 요리의 맛에 빠져들어라!"

세이야가 그렇게 말하며 냄비 속의 내용물을 저어댔다.

너무 세게 젓는 거 아니야?

"저 가루는 대체 뭐죠?"

"분말 수프를 녹인 게 전부인 저런 걸 요리라고 할 수 있어?!"

"지금 장난하자는 거예요?"

라프타리아아에 이어 츠구미와 글래스가 야유를…… 아니, 태클을 날리고 있었다.

하긴, 저런 걸 요리라고 부를 수 있는지는 나로서도 의문이긴 하다.

"자! 다음 요리를 시작하겠다!"

세이야는 그렇게 말하면서 다시 액세서리에서 은색으로 포장된 무언가를 꺼내더니…… 끓는 물이 담긴 냄비 안에 봉지째로 집어넣고 끓이기 시작했다.

저건 그냥 인스턴트 카레를 덥히는 걸로밖에 안 보이는데.

"드디어 세이야 반점의 최고 메뉴, 세이야 카레 봉지 조림 등장! 게다가 5층입니다!"

자칫 잘못하면 그 자리에서 자빠질 뻔했다.

그냥 사전에 만든 카레를 봉지에 집어넣고 데우는 것뿐이잖아!

완성품을 가져와도 되는 거냐? 뭐 그렇다면 나도 참고하겠지만…….

"그냥 데우면 풍미가 날아가는 것을 방지하기 위해, 독자적인 기술로 봉지에 넣고 먹기 전에 뜯어서 풍미를 최대한으로 끌어내는 최고봉의 기술! 여러분, 저 기적을 뇌리에 똑똑히 새겨 두십시오!"

사회자는 흥분해서 중계하고 있었지만, 우리는 오히려 황당해서 말문이 막힐 지경이었다.

꿈보다 해몽이군. 그런 방법으로 풍미를 남기는 것보다 그 자리에서 만드는 게 확실하련만.

"나, 나오후미…… 내 착각일까? 내 눈에는 그냥 인스턴트 재료를 뜨거운 물에 녹이거나 데우거나 하는 게 전부인 것 같아 보이는데."

"별일이군. 내 눈에도 그렇게 보여."

뭐, 그런 요리도 없는 건 아니지만…….

지금까지는 본 적이 없었기에 딱히 의식하지 않았었지만, 저런 방법이 이 세계에도 존재한다면 제대로 확인해 두는 게 좋을 것 같았다.

"분말 육수는 휴대식량으로 먹어 본 적은 있었는데, 그게 그렇게 맛있었던가?"

"그냥 먹을 수는 있다는 정도였죠."

라르크가 테리스와 같이 속닥거리고 있었다.

멸치 분말 같은 걸 넣어서 육수를 내면 그럭저럭 먹을 만한 국물이 만들어지니까.

나도 그런 요리 자체는 부정하지 않았다.

그 뒤로도 세이야는 봉지에 든 요리를 꺼내서 데우는 작업을 반복했다.

넌 할 줄 아는 게 그거밖에 없는 거냐!

"이럴 수가! 이번에는 세이야 님께서 독자적으로 완성시킨 전설의 면 요리입니다아아아아아아아아아아!"

봉지를 뜯고 그 안에서 꺼낸 것은 그야말로 인스턴트 라면 그 자체였다.

역시 사성용사가 구전으로 남긴 요리 같은 걸까? 내 세계에도 있을 법한 요리이기도 하고.

듣자 하니 용사들이 확산시킨 요리들도 제법 많다는 모양이고 말이지.

그나저나, 저렇게 빨리 만들 수 있으면 뚝딱뚝딱 만들어서 바로 심사위원 앞에 음식을 가져다 놓으면 되는 거 아닌가?

그렇게 생각하고 있으려니, 세이야가 히죽히죽 웃으면서 이쪽을 쳐다보았다.

"요리는 속도가 중요하다고. 언제까지 꾸물대고 있으려는 거지?"

"자! 도전자! 세이야 님이 기다리고 계세요! 빨리 요리를 완성시키고 세이야 님의 요리가 더 우수하다는 사실을 그 몸으로 실감하세요!"

"선공의 기회는 양보해 주지. 어디 한번 잘해 보라고."

다시 말해 세이야는 후공을 맡고 싶어 한다는 건가.

속도가 중요하다는 소리를 지껄여 놓고 자기가 후공을 맡으려 하다니, 완전 모순이잖아.

면이 불 것을 고려했는지, 인스턴트 라면은 아직 냄비에 투입하지 않고 있었다.

뭐랄까, 진짜 요리 만화 속 대결을 벌이는 것 같은 기분에 휩싸여 있었는데, 상대의 요리를 보고 나니 분위기가 확 깨진 느낌이었다.

상대가 인스턴트 요리만 들고 나오니 모든 게 장난처럼 느껴졌다.

그리고 세이야는 곧이어 다시 요리에 들어가서…… 이번에는 디저트를 만들기 시작했다.

냉장고…… 마법으로 재현시킨 간이 빙고에서 과일을 꺼내다가, 이번에도 가루와 함께 물이 든 보울에 집어넣고 섞었다.

이번에는 과일 젤리인가…….

"요리라는 건…… 대체 뭘까……?"

내가 딱히 진리를 추구한다든가, 철학적인 이야기를 하려는 것은 아니었다.

지금까지 내가 해 왔던 일들이 다 헛짓처럼 느껴지는 라인업을 보고 맥이 빠진 것뿐이었다.

저기 전시돼 있는 식재료 더미는 대체 뭐란 말인가? 위장인가?

그렇게 생각하고 있으려니, 세이야는 액세서리에 식재료를 흡수시켰다.

역시 특수한 조합을 사용하고 있는 모양이었다.

이런 방법으로 요리하는데 아무도 의문을 표하지 않는 게 신기할 따름이었다.

"됐으니까 빨리 요리부터 만들어야지!"

키즈나의 태클을 듣고, 나는 간신히 정신을 차렸다.

"그래, 그래."

아, 아무래도 인스턴트 요리만 갖고는 안 된다는 걸 깨달았는지, 세이야가 생선과 고기를 꺼내서 뭔가 작업을 하기 시작했다.

……이미 완성된 비엔나소시지를 볶는 게 전부인 것처럼 보이는 건 무시하고 넘어가자.

단순히 자르기만 한 고기를, 아무런 사전 준비 과정 없이…… 스테이크로 굽기 시작했다.

소재의 맛은 낼 수 있겠지. 그게 전부겠지만.

"어디 보자……."

요리 대결이 벌어지기 전에 먹었던 이 가게의 카레를 참고해서 생각해 보았다.

우리는 선공으로 요리를 내놓게 되어 있다.

무엇보다 재료가 부족해도 너무 부족한데.

"잠깐 재료 좀 조달해 와야겠어. 키즈나, 그리고…… 라프타리아! 재료 손질 좀 부탁할게."

"뭐?! 잠깐, 나오후미?!"

"나오후미 님?"

라프타리아에게 현재 있는 식재료의 손질과 사전 준비 작업을 맡기고 사회자 쪽을 돌아보았다.

"이봐, 사회자. 식재료를 조달하러 가는 건 괜찮다고 했지? 요리를 가져오는 것도."

"네, 제때에 돌아오기만 한다면요."

내 물음에, 사회자는 왜 그런 시시한 질문을 하느냐고 따지듯 불쾌한 태도로 대답했다.

"알았어. 그럼 다녀오지."

이렇게 해서 나는 서둘러 그 자리를 떠나서 가게를 나섰다.

귀로의 사본을 써도 되지만, 쿨타임이나 이동시간 면에서는 이동용 스킬을 쓰는 게 더 유리하단 말이지. 나는 큰 거울이 실려 있는 짐차 쪽으로 향했다.

그때였다.

"어이, 저 가게에 도전하는 요리사."

누군가의 목소리에 고개를 돌렸다.

평소 같으면 그 부르는 대상이 나라고 생각할 일도 없었겠지만, 이번에는 누가 봐도 나를 지칭하는 말이었으니까.

뭐지? 세이야라는 놈이 보낸 자객인가?

그렇게 생각했지만, 목소리의 주인은 아까 밭에서 이야기하던 흙투성이 어린애…… 바구니를 짊어진 어린 소년이었다.

"뭐지? 나는 한가한 놈이 아니라고."

시간제한이 있으니 방해하지 말고 꺼져 줬으면 좋겠군.

그렇게 생각하고 있으려니, 소년이 바구니를 내게 떠넘겼다.

"재료가 없잖아? 우리 걸 나눠줄게."

아무런 연고도 없는 낯선 인물의 도움에, 반사적으로 의심의 감정이 솟구쳤다.

"어쩌자는 꿍꿍이지……?"

바구니 안을 확인해 보았다.

거기에는 수많은 들풀들과 약초들이 들어 있었다.

품질은 빈말로라도 좋다고 하기 힘들었지만, 최대한 힘닿는 데까지 담은 것 같았다.

"밭이나 창고에 가 봤자, 보초가 지키고 있어서 절대로 식재료를 주지 않을 거야. 지참해 온 식재료가 없으면 상대가 가져다 놓은 썩은 재료들로 만드는 수밖에 없어."

그렇겠지. 어차피 처음부터 그런 곳에서 구할 생각은 없었지만.

"식재료를 확보할 시간이 없잖아? 우리가 마련해 줄 수 있는 건 들풀밖에 없어."

나름대로 선의를 베풀려고 가져온 건가?

"시합이 벌어질 때까지의 자초지종은 나도 다 보고 들었어. 너, 요리 잘하는 거 맞지? 동료들 중에는 아까 그 권력자보다 더 높은 녀석도 있는 것 같고. 그럼…… 꼭 세이야를 물리쳐 줘!"

호오……. 이 도시 녀석들은 거의가 세이야 쪽을 응원하고 있는 줄 알았는데, 이 소년은 내 쪽을 응원하려는 모양이었다.

"왜 나한테 그런 부탁을 하러 온 거지? 이유를 듣기 전에는 못 받아."

그러자 소년은 도시에서 가장 높은 빌딩을 쏘아보며 입을 열었다.

"나도 처음에는 세이야가 만든 음식에 대해 아무런 의문도 안 가졌어. 무지 맛있는 데다 먹으면 힘이 솟았고, 마을 사람들도 그걸 정신없이 먹으면서 도시가 점점 발전하는 것 같은 느낌이 들었지."

"……."

뭐지? 어쩐지 키르와 이야기하고 있는 것 같은 느낌이다.

"그런데 어느 날, 할머니랑 엄마가 갑자기 쓰러졌어. 바로 전까지만 해도 그렇게 기운이 넘쳤는데, 꼭 실 끊어진 인형처럼 갑자기 쓰러져 버린 거야."

실 끊어진 인형처럼 쓰러졌단 말이지…….

소년은 울분 서린 눈물을 머금은 채 말을 이었다.

"치료한 보람도 없이 죽어 버렸어……. 다음에는 아빠도……. 그때 얼마나 충격이 컸는지 몰라. 그리고 다 같이 세이야 반점에 가서 즐겁게 식사하던 추억이 떠올라서, 그 뒤로는 세이야 반점에 안 가고 내가 직접 만들어 먹었어."

소년은 떨리는 손을 부여잡고 증오에 찬 눈으로 나를 쳐다보았다.

"그랬더니 점점 세이야 반점의 음식만 머리에 떠오르고, 그래도 참았더니 갑자기 전에 없이 몸이 욱신거려서 몸져눕게 돼 버렸어. 이건 분명 뭔가 이상해!"

그리고 소년은 내게 건넨 바구니를 쳐다보았다.

"이제 세이야가 만든 음식의 냄새만 맡아도 속이 울렁거릴 지경이야. 뭔가 이상한 게 들어 있는 게 분명해."

그때 또 한 명, 걱정스러운 눈으로 소년을 바라보는 아담한 여자아이가 나타났다. 여동생인 모양이군.

"우리가 모아 온 거야—."

소년에게 매달려서 둘이 같이 나를 쳐다보았다.

표정은 천진난만하지만, 어쩐지 야위어 보였다.

어린 시절의 라프타리아가 떠오르기도 했고, 남매라는 면에서 포울과 아트라가 떠오르기도 해서 나도 모르게 경계심이 느슨해졌다.

이런 꼬맹이들도 마음만 먹으면 태연하게 거짓말을 할 수 있다.

하지만…… 현재로서는 나를 속여서 얻을 수 있는 이점이 없어 보였다.

속인다고 해 봤자 기껏해야 약초 안에 독초를 섞어 놓는 정도일 텐데, 그 정도는 충분히 감정할 수 있다.

대충 살펴보니 그런 느낌도 없었다.

"세이야는 어린 시절부터 사람들한테 음식을 대접하는 걸 좋아했었지만, 가게를 열고 나서는 다른 가게들을 하나둘씩 망하게 하더니 결국 이 도시에 자기 가게만 남게 만들었어! 도시 사람들은 어차피 세이야가 만든 음식만 먹으면 된다면서 더 이상은 요리도 안 하게 됐고, 결국은 이 지경이 됐어!"

독재의 냄새가 풍기는군……. 아니, 따지고 보면 우리 마을도 비슷한 상태라고 해야 하나?

그래도 우리 마을에서는 일단 단체로 요리를 만드니까 여기와는 다르지만.

식사는 다 함께 하자는 발상이었다. 이웃 도시는 일반적인 곳과 별반 다를 게 없었다.

하지만 이 도시는 분명 이상하게 느껴졌다.

"요즘에는 갑자기 죽는 사람이나 마물에게 져서 죽는 사람들이 점점 늘고 있어! 그런데도 이상하다고 생각하는 사람은 아무도 없어! 이건 뭔가 이상한 게 분명해! 그렇게 이야기했더니 다들 나를 이상한 시선으로 쳐다보잖아…….부탁이야! 내 말을 믿어 주는 건 당신 같은 외부 사람들뿐이야!"

소년은 의문을 느끼고 행동에 옮겼지만, 아무도 믿어 주지 않았다.

그 음식의 중독성에서 비롯된, 상습화된 의존 상태를 생각하면 충분히 일리 있는 이야기였다.

기운이 솟는 것처럼 보이지만 실은 그게 아니었다……라는 식인가.

힘을 발휘하게 해 주는 대가로 생명력을 갉아먹는 타입의 요리가 섞여 있는 건지도 모른다.

이 세계 마물이 떨어뜨리는 드롭 아이템 중에는 그런 스테이터스 상승약도 있으니까.

그런 드롭 아이템에는, 얼핏 보면 건강하고 강해진 것 같다가 나중에 부작용으로 쇠약해지는 식의 부작용은 없지만.

다만, 세이야의 태도는 아예 요리에 대한 모독과도 같았다.

뭐, 나도 요리로 동료들의 힘을 끌어올리고 있으니까 사돈 남 말 할 처지는 아니지만, 소년을 만족시킬 수 있는 결과를 낼 자신 정도는 있었다.

바구니 속에 든 들풀이며 약초들을 대충 훑어보았다.

"이 식재료, 쓸 수 있겠어."

흐음…… 뭐, 이 정도면 되겠지.

"알았어. 이 재료가 있으면 네 소원 정도는 들어줄 수 있을 거야. 한번 해 보지."

원래 성에 가서 조달해 오려던 재료들도 섞여 있었다.

기왕 받았으니 잘 써먹어 주지.

"정말이야?! 약속한 거야!"

"그래. 그러니까 넌 잠자코 기다리기나 해."

나는 그길로 짐차에 가서, 싣고 온 거울을 기대어 세웠다.

소년은 그 거울을 보며 고개를 갸웃거리고 있었다.

"금방 돌아올 테니까 이 바구니 좀 들고 있어."

"아, 알았어!"

"그럼 다녀오지. 전송경."

거울을 꼼꼼히 확인한 후, 스킬을 영창해서 라르크의 성으로 돌아왔다.

"어?! 당신——."

소년의 목소리가 끊어지고, 나는 성에 설치해 둔 거울을 통해 나왔다.

"어머나, 나오후미?"

"어라—? 나오후미만 왔어?"

성에 도착하니 범고래 자매가 있었다. 미아 신세가 됐던 실디나를 사디나가 찾아서 데리고 돌아온 모양이었다.

"마침 잘됐어. 너희, 짐꾼 노릇 좀 해."

"어머나?"

그리고 나는 성에 있던 적당한 식재료들을 보따리에 담아 범고래 자매에게 들려 주었다.

뒤이어 주방으로 가서, 성의 요리사에게 맡겨 두었던 냄비 하나를 양손으로 들었다.

당연히 보통 사람이었다면 무거워서 못 들었을 테지만, 이세계에 존재하는 레벨이라는 개념에 거울의 가호까지 있는 덕분에 나에게는 무겁게도 뜨겁게도 느껴지지 않았다.

"열심히——."

"인정도 많으시네요. 꼭 소년의 소원을 이루어 주세요."

세인이 식당에서 내가 만들어 둔 밥을 우물우물 먹으면서 손을 흔들고 있었다.

사정을 이해하고 있으면서, 한편으로는 내가 이길 걸 믿어 의심치 않는 눈매였다.

그 태도로 보아, 딱히 이상한 일은 없는 것 같군.

"그럼 가자. 전이경(轉移鏡)."

이동 스킬을 사용해서 원래 세계로 돌아갔다.

참고로 성에 갈 때 사용한 건 전송경, 즉 거울과 거울 간을 연결해서 이동하는 스킬이었고, 돌아갈 때 사용한 것은 전이경, 즉 한 번 간 적이 있었던 곳으로 이동하는 스킬이었다.

둘 다 비슷한 스킬이지만…… 쿨타임이 있으니 말이지.

전송경 쪽이 쿨타임이 훨씬 짧았다.

포털 실드의 경우는 포인트를 배분해서 쿨타임을 상당히 단축시킬 수 있지만, 지금은 그걸 쓸 수 없으니 두 가지 스킬을 사용해서 시간 단축을 도모한 것이다.

그렇게 해서 나는 금방 재료를 가져올 수 있었다.

"거, 거울에서 나왔잖아?"

"굉장해!"

소년의 여동생이 초롱초롱 빛나는 눈으로 나를 쳐다보았다.

"그럼, 대결하러 가 보지. 바구니 이리 줘."

소년에게서 바구니를 받아 들고 경기장으로 돌아갔다.

"꼭 이겨야 해―!"

"알았어."

응원하는 소년과 여동생에게 대답해 주고 걸어갔다.

응? 세이야 반점의 접수 담당 여직원과 사회자가, 요리와 재료를 가져온 나를 보며 고개를 갸우뚱거리고 있다.

어디서 그런 걸 가져왔는지 어리둥절해하는 표정이었다.

"사디나 언니……?"

고기 손질을 마친 라프타리아가, 짐을 끌어안고 온 범고래 자매를 쳐다보고, 다시 내게로 시선을 옮겼다.

"아아, 최소한의 식재료는 확보해야 할 거 아니야? 그래서 짐꾼으로 데려온 거야."

레벨과 강화 덕분에 마음만 먹으면 엄청나게 많이 들 수도 있지만, 손은 두 개밖에 없으니까.

많은 양을 들자면 여간 성가신 게 아니다.

"나오후미, 이거 어디에 두면 되는 거니?"

"그쪽 테이블에 대충 두면 돼."

"네—에."

"그럼 쓱싹 만들어 보기로 하지."

냄비를 부뚜막에 얹어 놓고 요리를 시작했다.

은근히 시간이 걸리긴 했지만, 완성할 시간은 충분할 것이다.

전투를 하듯 의식을 집중하면서, 몸에 기를 순환시켰다.

약초를 갈아서 조합.

그리고 부엌칼을 집어 들고……. 딱히 풀코스 요리를 만들어야 할 필요는 없겠지.

참고로 풀코스란, 서양의 경우는 애피타이저, 수프 요리, 생선 요리, 고기 요리, 셔벗, 구운 고기 요리, 샐러드, 디저트, 과일, 커피를 일컫는다.

라르크의 성에서도 그런 코스 요리를 만든 적이 있었지.

커피는 비슷한 재료를 볶아서 만든 유사품, 혹은 약초 등을 이용한 허브 티로 대체했지만.

하지만 이번 요리 대결에서는 그런 풀코스 요리를 만들 시간이 없었다.

항상 만드는 간단한 걸로도 충분하겠지.

음식을 내놓는 순서는 중요하겠지만.

라프타리아가 골라 둔 숙성육을 다시 한 번 감정하면서, 식중독에 걸릴 염려가 전혀 없는 범위만 골라서 잘라냈다.

기를 불어넣음으로써 고기가 활성화되어 숙성 상태였던 부분에 한층 더 힘이 깃들고, 자르는 작업이 끝났을 때쯤에는 품질이 고급품으로 향상되어 있었다.

흐음…… 쓸 만해 보이는군.

그리고 키즈나 쪽은…… 내가 가져온 생선을 주고 해체하도록 시켰다. 자주복의 해체 작업은 이미 끝난 상태였다.

역시 낚시 바보. 적절한 생선 처리쯤은 식은 죽 먹기인가 보군.

핏물도 제대로 뺐고, 생선 손질 면에서는 그 누구보다 탁월한 솜씨였다.

"키즈나, 그거 이리 줘."

"어? 아, 응."

가져온 약초와 생선 살을 버무려서 접시에 담았다. 그리고 그 약초와 식용유를 이용해서 만든 드레싱을 뿌렸다.

기를 꼼꼼하게 불어넣어서…….

"자, 하나 완성. 생선 카르파초 유사품."

이어서 고기를 묶고 비계 부분을 프라이팬에 녹인 다음, 육즙이 빠져나가지 않도록 겉면을 가볍게 구웠다.

물론 그 과정에서도 적절하게 기를 불어넣어서, 품질이 떨어지지 않도록 공을 들였다.

"뭐야, 저건? 고기를 굽는다면서 뭐 저따위로 썬 거야? 그냥 통으로 구워 버리는 꼴이잖아."

세이야가 나를 보며 무시하듯 뇌까렸다.

너, 지금까지 어떤 요리사들과 대결한 거야? 안 봐도 훤하군.

좋아…… 기를 불어넣은 덕분에 고기가 더 잘 익는군.

눈 깜짝할 사이에 내 기대대로 익은 고기를 썰고, 아까 사용하고 남은 채소와 함께 철판에 담은 다음, 부뚜막…… 라프타리아가 온도 조절을 해 둔 오븐에 투입.

그사이에, 성에서 가져온 수프를 데워서 다른 냄비에 옮겨 담으면서, 채소와 고기를 투입해서 조렸다.

지금까지 요리해 왔던 경험들이 유용하게 활용되는군.

일본에 없는 재료로도 그럭저럭 맛을 낼 수 있게 됐다.

그리고…… 성에서 가져온 우유와 치즈를 약간 투입해서 스튜를 완성시켰다.

"그럼 다음에는……."

나머지 시간에 약초를 갈아서 오리지널 소스를 만들고, 간단한 애피타이저도 만들었다.

애피타이저는 닭고기 햄과 젤라틴 젤리.

수프는 성에서 가져온 부용을 활용한 콩소메 수프.

요즘 키즈나가 즐겨 먹는 요리이자 남동생이 좋아하는 요리인 스튜 및 생선 카르파초 유사품.

그리고 메인 요리는 로스트비프로 했다.

디저트로는 잘 익은 과일을 달콤한 약초액에 담근 *프루트 펀치 유사품이었다.

더 공들인 요리를 만들 수도 있었지만, 시간 관계상 이런 것밖에 만들 수 없었다.

이런 대결은 처음이니까 말이지……. 코스 요리처럼 만들려고 했지만, 거의 만들지 못했다.

---

* 펀치 : punch. 과즙이 든 알코올 음료의 일종.

뭐, 내가 아는 요리 만화에서는 일품요리 하나로도 이기곤 했으니까 걱정할 필요는 없겠지.

완성과 거의 동시에, 조리시간 종료를 알리는 징이 울렸다.

8화 약선 요리

"후우……."

항상 대량의 요리를 만들어 왔던 경험이 효과를 발휘했군.

마을에서는 적은 종류의 음식을 대량으로 내는 경우가 많았지만, 이건 이것대로 재미있었다.

조금 더 공들인 음식을 내고 싶었지만.

"나오후미 꼬마, 아주 척척 움직이던데."

"네…… 그야말로 장인 그 자체였어요. 키즈나도 도움이 돼서 다행이네요."

"나는 재료 선별이랑 생선 손질을 한 게 전부지만……."

키즈나 진영은 그렇게 나를 칭찬했다.

키즈나, 너는 손질한 게 전부라고 했지만, 그건 의외로 중요한 작업이라고.

"기를 불어넣는 타이밍이 독특하세요. 따라 하려면 꽤 힘들 것 같아요."

"주인님이 만든 밥이다~! 응? 필로는 못 먹는다고?"

"그래서 키즈나 씨에게 손질을 맡긴 것 같아요. 아, 나오후미 님이 필로에게 주려고 음식을 가져오고 계세요."

"와~아! 킁킁…… 웅! 맛있겠다!"

"맹독이 있다는 모양이니까 조심해서 드세요."

"어머나……. 도대체 뭘 하는 건지 이 누나들한테도 가르쳐 줬으면 좋겠는걸."

"맞아맞아."

"요리 대결이 벌어지는 바람에……."

라프타리아와 동료들도 저마다 감상을 늘어놓고 있었다.

범고래 자매는 라프타리아의 이야기를 듣고서야 사정을 이해한 모양이었다.

"그럼 양쪽 요리사들의 요리…… 보나 마나 세이야 님이 승리하시겠지만, 선공인 도전자의 요리에 대한 시식에 들어가겠습니다."

아주 대놓고 한쪽 편을 들면 어쩌자는 거냐, 사회자!

내가 만든 음식들이 심사위원들의 입으로 들어갔다.

먼저 애피타이저부터 시작이군.

"흥, 도전자의 요리래 봤자 세이야 공의 요리에 비하면——."

한입 먹은 순간, 눈이 휘둥그레져서 와구와구 집어먹기 시작했다.

"마, 말도 안 돼! 어떻게 이럴 수가 있지?! 맛있어! 너무 맛있잖아?! 그리고 어쩐지 목에서 독소가 빠져나가는 것처럼 상쾌한 기분까지 들지 않나! 이런 진미가 있었던가?!"

마로가 과격하게 흥분해서 애피타이저를 먹어댔다.

다른 심사위원들도 그에 못지않은 기세로 먹고 있군.

솔직히…… 먹는 꼬락서니가 너무 지저분하다.

"썩은 것처럼 보이던 이 고기의 식감이 이렇게 신선해지다니, 놀라 자빠질 일이군."

"애초에 그건 썩은 고기가 아니었으니까. 얼핏 보면 썩은 것처럼 보였겠지만, 실제로 내가 받은 고기 중에는 숙성육…… 더 맛있어지도록 재워 놓은 고기가 섞여 있었어. 누군가가 손질해 둔 걸 어떤 바보가 썩은 고기인 줄 알고 가져온 거겠지."

세이야와 쓰레기 3호, 그리고 사회자를 향해 대놓고 비아냥거렸다.

오? 쓰레기 3호가 가운뎃손가락을 내밀어서 도발하고 드는군.

나도 같이 도발해 주마. 뒈져 버려!

"게다가 이 식감과 조화를 이루듯 아련하게 코끝을 찌르는 건…… 뭐지? 어떤 조미료를 쓴 거냐?"

"약초와 향초의 혼합물…… 식욕을 자극하는 매운맛을 주축으로, 건강에 좋은 약초…… 약선 요리를 흉내 내서 젤리로 굳힌 거지."

경기장의 구경꾼들 틈에 섞여서 지켜보고 있는 소년에게 신호를 보냈다.

똑똑히 잘 보라고.

"그, 그렇군. 그래서 한입 먹자마자 더 먹고 싶다는 식욕이 솟구쳤단 말이지? 먹으면 먹을수록 더 배가 고픈, 그러면서도 몸이 건강해지고 정화되어 가는 것 같은, 신기한 감각을 주는 요리로군!"

이어서 심사위원은 다음 요리로 손을 뻗었다.

"이, 이건 세이야 공이 즐겨 내놓는 수프와 비슷한 맛이지 만…… 그것보다 감칠맛이 훨씬 더 강해! 마치 응축된 맛의 바 닷속을 헤엄치고 있는 것 같은 감각까지 느껴져! 이 수프에 비 하면 세이야 공이 만든 수프는 그저 쓰레기……?! 아니, 지금 무슨 소리를 하는 거냐, 마로?!"

나도 네놈이 왜 그런 소리를 중얼거리는지 이해가 안 가는데.

무슨 요리 만화 속에서 온 놈이라도 되는 거냐? 마로!

콩소메가 바다와 무슨 상관이 있다는 건지……. 아아, 먹은 순간에 망상 속 수프의 바다에서 헤엄이라도 친 건가?

상상력이 지나칠 정도로 풍부해서 도리어 징그러울 지경이군.

"그야 간편한 분말 수프보다 제대로 공들여 만든 수프가 더 맛있는 건 당연한 일이잖아. 어떤 3류 요리사는 빨리 만들면 만 들수록 맛있다는 모양이지만."

빠르고 편하게 만드는 게 나쁘다는 건 아니지만, 진정한 맛이 란 다른 곳에 있는 법이다.

물론 나도 그냥 먹을 수만 있으면 그만이라고 생각하긴 하지만.

"더 이상 세이야 님을 모독하면 실격 처리할 거야!"

"요리 대결이라면서 쓴소리 좀 한다고 결과가 바뀌는 거냐? 세이야 님이라는 작자의 소견도 참 좁아 터졌군."

"후…… 마음대로 지껄이게 내버려 둬."

세이야가 여유로운 표정으로 사회자를 타일렀다.

하지만 절대로 용서 못한다고 얼굴에 써 있는데?

사회자도 세이야의 설득에 이성을 되찾은 모양이군.

"참고로 그건 짧은 시간에 만든 간소화 버전이야. 더 졸이면 더블 콩소메라는 이름의 요리가 되기도 하지."

"이것보다도 위 단계가 있다고……?!"

마로와 심사위원들은 아연실색한 표정으로 나를 쳐다보았다. 몰랐던 거야.

"그리고 이건…… 뭐야, 그냥 평범한 스튜 아닌가……. 아니, 지금까지 이렇게 뛰어난 음식을 만든 요리사니까…… 한번 기대해 봐야겠지."

마로를 비롯한 심사위원들은 그렇게 중얼거리며 스튜를 입으로 가져갔다.

"이, 이건?!"

"뇨호호호호호호. 이렇게 되니 아예 웃음밖에 안 나오는구나! 인간이란 정말로 맛있는 걸 먹게 되면 해설을 늘어놓을 정신도 없게 되는 법이군."

마로는 얼굴 가득 웃음을 머금은 채로 모순된 말을 주절주절 늘어놓았다.

말할 정신도 없다면서 멀쩡하게 말하고 있잖아.

"이 생선 토막도 끝내주게 맛있어! 곁들이도록 내놓은 소스가 그 맛을 더 돋보이게 해……. 이건 애피타이저로 먹은 젤리와 비슷한 맛이지만, 먹어도 먹어도 질리지 않아."

"혀를 초기화시키고, 음식의 조합을 통해 별개의 식감을 낼 수 있도록 신경 써서 만들었어. 먹는 방법만 바꿔도 새로운 맛을 느낄 수 있지."

"뭐라고?! 그런 숨겨진 요소까지 있는 게냐? 하지만 벌써 다 먹어 버렸으니……."

마로가 애석한 듯 다른 심사위원이 먹던 음식으로 눈길을 돌렸지만, 다른 심사위원들 역시 이미 거의 다 먹어치운 상태였다.

그런 모습을 보며 라르크와 글래스가 마치 자기 일인 양 가슴을 쫙 펴고 있지만…… 너희가 한 일이 아니잖아.

"우리는 대체 뭘 하고 있는 걸까?"

"저도 모르겠어요……."

키즈나와 라프타리아는 둘 다 넋이 나가 있었다.

이쪽 쳐다보지 마. 나라고 이해할 수 있는 건 아니란 말이다.

"그리고 다음은…… 얼핏 보기에는 눈에 익은 요리처럼 보이는군."

"뭐, 로스트비프니까. 메인 요리는 심플한 게 좋을 것 같아서."

"흐음……?! 음?! 이, 이건…… 충분히 숙성돼서 살살 녹는 식감, 분명히 고기인데도 입 안에서 녹아 버리잖아……. 마블링이 풍부한 최고급 고기에서만 느낄 수 있는 식감에, 그냥 빨간 고기일 뿐인데도 이렇게 입속에서 살살 녹다니! 아아, 보인다! 보여! 숙성을 통해 생전보다 더 강화된 식재료로 변한 마물의 성장 모습이……. 그리고 마로의 입 안에서 한층 더 진화하는 모습이……. 아아, 마물의 영혼까지 환희에 전율하고 있어. 썩은 고기로 수명을 다하려던 순간에…… 구원의 손길을 받아 이렇게 개화하게 된 환희에."

무지막지한 속사포 토크군. 그러면서도 혀 한 번 안 꼬이는 게 감탄스러울 지경이었다.

"후오오오오오오오오."

어째 심사위원의 머리에 뿔이 돋은 것 같아 보이지만 개의치 않았다.

라프타리아가 경악한 표정으로 나를 쳐다보고 있지만 무시했다.

그래, 여기는 이세계니까. 먹은 사람 안에서 마물이 되살아나는 일이 벌어진다고 해도 이상할 게 없다.

사용한 고기가 기생 속성을 갖고 있었을 줄이야…….

"나오후미 꼬마……. 설마 우리도 저렇게 되는 건 아니겠지?"

"몰라. 기생 내성은 확실하게 확보해 둬."

"그리고 이것이 마지막 메뉴인 디저트……. 더 맛보고 싶었는데…… 으음? 이건 심플해 보이는데…… 체력이 돌아오고 다시 출출해진 것 같은 느낌이 드는군."

"너무 신나서 먹어 대면 다음 녀석의 음식을 평가할 수 없을 거 아니야? 소화를 도우면서 체력을 회복시킬 수 있도록 조합한 약선 디저트다."

"이럴 수가…… 대전 상대인 세이야 공에 대한 배려까지 보여주다니……. 이건 지금까지 만난 자들 중에 가장 강력한 라이벌이 분명해!"

이렇게 심사위원들은 하나같이 만족……이 아니라 아직 더 먹고 싶어 하는 표정을 짓고 있었다.

"애석한 점이 있다면 더 먹을 수 없다는 점이군……."

"뭐, 매일같이 이런 걸 차릴 수는 없으니까……. 그리고 좀 부족하다 싶을 만큼 먹는 것도 식사를 즐기는 법 중에 하나일 테고."

내 대답에 마로는 뭔가 수긍한 듯 고개를 끄덕였다.

굳이 꼽자면 앞쪽에 한 말을 받아들여 줬으면 좋겠는데.

"후호호호호…… 배려하는 모습을 과시하는 약간 비겁한 전략, 그것도 나쁘지 않아. 마로와 심사위원들의 표를 노리는 그 계산된 작전에 경의를 표하지."

한편 세이야 쪽은 심사위원들에 대해 상당한 불만을 느끼고 있는 것 같아 보였다.

대전 상대가 칭찬받는 꼴은 보고 싶지도 듣고 싶지도 않다는 태도였다.

상대에게서 배울 수 있는 것도 있으련만……. 자기에 대한 칭찬 이외에는 받아들일 생각이 없는 모양이군.

싸움에서 배우려는 자세 따위는 티끌만큼도 느껴지지 않았다.

심사위원들이 네놈들을 궁지로 내모는 말들을 이렇게 쏟아냈는데도 말이지.

"항복하려거든 지금 하는 게 좋을걸."

"사돈 남 말 하고 있네."

우리가 선공을 맡으라고 해서 이렇게 된 건데……. 지금이라도 대결을 포기할 수 있는 기회를 주겠다고 한 것이건만, 내 말뜻을 전혀 이해하지 못하는 모양이었다.

"있잖아, 왜 약초가 들어간 음식만 만든 거야?"

"부탁을 좀 받아서……."

"부탁?"

"그래, 세이야가 만든 음식에 의한 오염에서 해방시켜 달라는 부탁을 받았거든."

"오염?"

"모르고 있었던 거냐? 뭐, 일단 구경이나 해."

어리둥절해하는 키즈나.

역시 얼빠진 구석이 있는 녀석이라니까.

"으음? 잠깐 뒷간에 좀 다녀와야겠군. 금방 돌아오지."

심사위원들은 그렇게 말하고 번갈아 화장실에 갔다가, 전원이 돌아온 후에 세이야의 음식을 먹게 되었다.

"어라?"

키즈나와 라르크, 테리스가 고개를 갸웃거리고 있었다.

주위 관객들도 마찬가지였다.

뭐, 조금 의문을 느끼긴 하겠지.

"자, 그럼 세이야 공의 요리를 즐겨 보도록 하지."

마로와 심사위원들이 기대감에 들뜬 기색으로 세이야 쪽 음식에 손을 뻗었다.

"음?!"

마로가 음식을 입에 집어넣은 순간, 세이야는 승리에 대한 확신에 찬 미소를 지었다.

"이게 바로 진정한 요리사의 실력이라구!"

"심사위원들이 좀 좋게 말해 줬다고 우쭐대는 것 같은데, 이제 실력의 차이를 똑똑히 이해하도록 해!"

아직 결과도 안 나왔는데 승리 선언부터 해 대기 시작했다.

뭐랄까, 아주 자만심이 넘쳐나는 놈들이군.

이번에는 그렇게 순탄하게 풀리지 않을 텐데?

"퉷퉷퉷! 뭐냐, 이 수프는?! 평소에 먹던 맛있던 수프와는 맛이 전혀 다르잖아?! 이게 대체 어떻게 된 거지?!"

마로가 자기도 모르게 음식을 토해내고 세이야 쪽을 쏘아보았다.

"엉?! 무슨 헛소리를 하는 거야?! 나는 늘 그랬던 것처럼 최고의 수프를 만들었단 말이다!"

그 분말 수프를 가지고 최고 운운하는 소리를 지껄이는 거냐?!

건더기…… 구운 고기 같은 걸 나중에 투입하긴 했지만 기본적으로는 분말이잖아? 분말 수프의 맛이야 뻔한 거 아니냐?!

게다가 수프 색도 완전히 탁해져 있었잖아.

그렇게 생각했지만…… 뭐, 한 방 먹여 준 셈이군.

사회자가 마로의 수프를 집어 들고 마셨다.

"맛이 이상하긴 뭐가 이상하다는 거죠? 세이야 님이 항상 만들어 주시던 최고의 수프인걸요!!"

평소와 다름없는 맛이라는 증언에, 마로는 놀라서 눈이 휘둥그레졌다.

이번에는 천천히 카레로 손을 뻗어서 한입.

"뭐, 뭐냐 이건……. 그냥 맵기만 한 진흙 같은 맛……. 아니, 이 맛은, 나도 실제로는 먹어 본 적 없지만 마치 비슷한 색깔의 '그것' 같은 맛처럼 느껴지는군……. 대책 없이 쓰잖아! 냄새까지 불쾌하게 느껴져. 대체 무슨 일이 일어난 거지?! 으음…… 맛이 돌아오긴 했지만…… 그냥 평범한 카레로군. 세이야 카레 특유의 맛이 없어!"

"그럴 리가 없어요! 이 세이야 카레도 최고 층수예요! 아아,

혀가 녹아 버릴 것만 같은 맛이에요."

심사위원과 사회자의 평가 차이가 너무나도 컸다.

관객들 사이에서도 의문 어린 목소리가 흘러나오기 시작했다.

마로는 그 뒤로 이어진 음식들을 넌덜머리 난 표정으로 시식하고는, 불쾌한 듯 뱉어 내고 코를 틀어막았다.

"세이야 공……. 이게 대체 어떻게 된 거시? 꼭 일부러 맛없는 음식을 마로와 심사위원들에게 제공한 것처럼 보이는군."

마로가 도무지 믿을 수 없다는 듯 세이야에게로 눈길을 돌렸다.

철석같이 믿어왔던 사람에게서 배신당해서 커다란 충격에 휩싸인 것 같은 표정이었다.

"말도 안 되는 소리! 내가 만든, 내 최고의 요리가 왜 이런 평가를 받아야 한다는 거냐!"

그렇게 외치고 나서, 퍼뜩 정신을 차린 세이야가 나를 쏘아보며 삿대질했다.

"이 자식, 부정행위를 저질렀겠다? 그것 말고는 설명이 안 되잖아!"

"뭐, 너 같은 녀석은 곡 그렇게 도망치더란 말이지. 그러니까…… 그렇다고 말해 줄게."

아무리 청렴결백하게 승부에 임해 봤자, 이런 녀석들은 패배하면 항상 불만을 늘어놓으니까.

그러니까 미리 손을 써 두었다. 비겁한 짓은 한 적 없지만.

"꼬마?!"

"나오후미 님?!"

"나오후미…… 설마 그런 짓을 할 줄이야!"

어째 동료들 쪽에서까지 의심 어린 시선이 날아들었다.

아니, 뭐, 그렇게 반응할 만도 하지만, 나에 대한 신뢰가 너무 약한 거 아니야?

소년도 어쩐지 의심 어린 눈길로 쳐다보고 있는데, 내 이야기를 똑바로 들으란 말이다.

"아, 그렇다고 착각하지는 마. 맛이 정말 훌륭하다면 어차피 결과가 뒤집히는 일은 없어. 상대가 맛 자체에 비열한 장치를 숨겨 놓았으니까, 그만큼을 초기화시킨 것뿐이야."

"뭐라고?! 이 비겁한 놈! 무슨 짓을 한 거냐?!"

"뭐, 일단 한번 시험이나 해 봐. 내가 만든 음식, 그러니까 애피타이저와 수프, 디저트 같은 걸 먹은 다음에 네가 만든 음식을 먹어 보면, 심사위원들의 심정을 조금은 이해할 수 있을 거야. 후공을 선택하면 이런 수에 당하게 돼 있는 법이라고."

내가 담담한 목소리로 그렇게 이야기하자, 키즈나가 규탄하듯이 말했다.

"나, 예전에 애니메이션에서 본 적 있어! 상대의 음식보다 농도가 높은 음식을 만들어서 맛없게 느껴지도록 한 거 맞지?!"

"틀렸어! 그런 거 아니라고!"

넌 대체 누구 편이냐.

나도 비슷한 요리 만화를 읽은 적이 있긴 하지만, 그 방법을 쓴 건 아니었다.

나는 세이야의 음식을 가리키며 설명하기 시작했다.

"네가 만든 요리를 처음 먹었을 때, 뭔가 중독성 있는 재료가 들어갔다는 걸 알아챘어. 담배나 마약…… 알코올보다도 의존성이 높은 물질이겠지. 맛있는, 정신없이 빠져들게 되는 요리의 정체는 바로 그거였어."

"뭐라고?!"

키즈나가 경악에 찬 목소리로 외쳤다.

어이, 용사······. 그리고 라르크와 라프타리아, 글래스까지, 다들 왜 그렇게 놀라고 있는 거지?

"뭐가 어째?! 중독이라고?!"

마로도 경악을 감추지 못하는 기색이군.

"나오후미 꼬마가 만든 음식에는 안 들어 있는 거냐?"

어이, 아군 측 구경꾼들, 작작들 좀 하시지. 내가 뭐 하러 그런 걸 넣는다는 거야?

"한번 넣어 주랴? 그럼 밥 먹는 것 말고 다른 건 생각할 수 없는······ 이 도시 녀석들보다 더 지독한 상태가 될 텐데, 그래도 괜찮겠어?"

내 위협에 라르크가 휘휘 고개를 가로저었다.

뭐, 라르크는 용사니까 내성이 있겠지만.

"그래서 무슨 짓을 했다는 거냐!"

"아! 요리에 다 약초가 들어가 있었던 게 그래서 그랬던 거였 구나!"

"바로 그거야. 먹고 나서 화장실에 가고 싶어진 건 독소 배출 때문이었지. 원래 그 뒤에 찾아오게 돼 있는 무력감은 약초로 보충한 거고."

말은 그렇게 했지만, 지금까지 워낙 습관적으로 먹어 왔으니 전부 배출하지는 못했을 터였다.

그래도 일시적인 효과는 얻을 수 있을 것이다.

그 증거로, 심사위원들의 안색이 전에 없이 좋아져 있었다.

관객들이 보기에도 한눈에 알 수 있을 정도로 말이지.

"내 음식을 먹었을 때 심사위원들이 말했었잖아? 정화되는 것 같은 기분이라고. 그 말 그대로였어. 네 음식에 든 독소를 약초로 빼내고, 생명력을 회복시켜서 내성을 심어 준 것뿐이야. 그 덕분에 네 음식에 대한 솔직한 평가와 중독 물질의 맛이 강조된 거지."

감각으로 비유하자면 술이나 담배가 맛없게 느껴지게 만드는 요리쯤 될까.

내가 생각해도 설명이 너무 장황한 것 같긴 했다.

자기 수법을 까발린다는 게 이렇게 귀찮은 일이었군.

"개소리 마! 그런 음식을 만들어놓고 부끄럽지도 않은 거냐?!"

그래. 하나도 안 부끄러운데?

오히려 약물이 든 음식을 만들어 놓고 부끄럽지도 않은 거냐고 따지고 싶은 심정이었다.

"그건 피차일반이잖아? 약물을 섞은 데다 그런 쓰레기 재료를 우리 쪽에 지급해 놓고, 자기는 인스턴트 음식만 내놓으면서 자기 요리에 빠져들라느니 하는 소리나 해 대다니. 개소리를 지껄이는 건 네놈 쪽이야."

나에게 준 재료는 먹을 수 있는 재료보다 못 먹을 재료들이 더 많았잖아?

그렇게 불리하기 짝이 없는 재료를 지급해 놓고, 게다가 비겁하게 중독성 물질을 탄 음식을 내놓았다. 그뿐만이 아니라 심사위원들도 미리 매수된 상태라는 걸 뻔히 아는데, 내가 왜 그런 요리 대결에 진지하게 임해야 하지?

나는 대결 결과를 미리 결정해 놓고 싸우는 식으로 장난질 치는 놈들이 제일 싫단 말이다.

"아아, 맞아. 아직 안 한 게 있었어."

나는 마로를 가리키며 까딱까딱 손짓해 불렀다.

……안 오는군.

하는 수 없이 냉큼 마로 곁으로 달려갔다. 세이야와 한 패거리인 점원이 나를 저지하려 들었지만, 그대로 튕겨내 버리고 다가갔다.

"무, 무슨 일이지?"

"선택해. 이대로 죽을 때까지 중독 요리를 먹으면서 속도 없이 이용당하면서 살든가, 아니면 내가 마음먹고 만든 요리를 먹어 보든가."

"끄응…….."

"뭐, 내 동료의 말에 따르면, 맛있고 중독성 있는 건 양쪽 모두 마찬가지일지도 몰라. 하지만 말이지…… 그저 가루를 녹이거나 데운 게 전부인 요리와 제대로 된 재료를 적절하게 조리한 요리, 어느 쪽을 먹고 싶지?"

이 녀석도 나름 미식가 행세를 하고 있으니, 인스턴트 음식만 먹는 것보다는 내 제안이 매력적으로 들릴 터였다.

약초 요리를 먹고도 맛있다는 말을 연발한 녀석이니만큼, 함락시킬 자신이 있었다.

적이 저 모양이니까 말이지.

"현혹되지 마! 내가 만든 음식이 더 맛있잖아! 중독이니 뭐니 하는 건 없어! 이 녀석들의 헛소리란 말이다!"

"맞아요! 세이야 님의 최고 랭크 단골님!"

마로가 망설이듯이 세이야와 나를 번갈아 쳐다보고 있었다.

후…… 망설인다는 것 자체가 내 승리를 뜻하는 거나 마찬가지란 말이지.

"거짓말! 우리 가족은 이 가게 음식을 먹다가 다 죽어 버렸어!"

소년이 기다렸다는 듯 소리쳤다.

"조용히 해! 네 가족은 원인 불명의 돌연사로 죽었잖아."

"사사건건 다 세이야 님 탓으로 돌리지 마!"

관객들이 소년에게 설교를 퍼부어 대기 시작했고, 사회자도 소년을 꾸짖었다.

"세이야 님에 대한 험담은 용서 못해! 당신들의 포인트를 박탈하겠어!"

사회자의 말에, 관객들은 당황한 기색이 역력했다.

"그, 그건——!"

"빨리 사과해!"

그러나 소년은 한 발짝도 물러서지 않았다.

"다들 이상하다고 생각한 적 없어! 세이야가 가게를 열기 전에는 다들 스스로 요리해서 먹고 살았잖아! 그런데 이제 모두 다 세이야의 가게에서 먹게 됐어……. 빠져드는 것과 즐겁게 먹는 건 같은 게 아니잖아!"

"닥쳐! 세이야 님의 가게가 없어지면 우리는 더 이상 살아갈 수 없단 말이야!"

"맞아, 맞아!"

아무래도 요리로 도시를 지배하고 있는 게 분명해 보이는군.

"이럴 수가…… 이건……."

그 모습을 보는 마로의 고민도 점점 더 깊어지고 있었다.

일말의 양심은 남아 있었던 모양이다.

그 틈을 슬쩍 찌르기 위해…… 마로의 귓전에 입을 가져가서 속삭였다.

"내가 이겨서 녀석의 재산을 모조리 몰수하면, 액세서리를 해석해서 녀석의 레시피를 너한테 제공해 주지. 그러면 저런 즉석 요리 따위는 굳이 만들어 달라고 할 필요도 없어지지 않겠어? 너는 우리 정체에 대해서도 알고 있고 말이지."

그렇다. 녀석의 요리는 하나같이 도구를 통해 제작된 간이 요리들뿐이다.

레시피만 손에 넣으면 누구든 비슷하게 만들 수 있는 수준일 가능성이 높았다.

그런 내 추측은 실제로도 들어맞았는지, 마로의 눈빛이 돌변했다.

"도전자는 어서 자기 자리로 돌아가도록! 세이야 공도 진정하게."

"하, 하핫! 역시 그렇지! 역시 심사위원들은 성심성의껏 기울여 온 노력들을 알고 있었어! 결과가 나오기도 전에 자기 수법을 밝혀 버린 네놈들이 이길 리가 없지!"

글쎄, 과연 그럴까?

그건 그렇고…… 성심성의껏 노력을 기울였다고? 그게? 객관적으로 봐서 전혀 노력하는 것 같아 보이지 않던데?

나는 냉큼 그 자리를 벗어나 내 자리로 돌아왔다.

"이상하네요. 엄청 불안한 예감이 들어요."

"별일이네요. 저도 똑같은 생각인데요."

"흐음…… 남 일처럼 보이지가 않는군."

라프타리아, 글래스, 츠구미가 저마다 한마디씩 주고받고 있었다.

하지만 츠구미, 너는 과거에 비슷한 상황이 있었을 텐데.

그렇게 태연자약한 얼굴로 그런 소리를 해도 되는 거냐?

"다만…… 아까 그 소년의 말을 보면, 나오후미 님의 행동이 옳다는 건 분명해 보여요."

"하긴 나오후미 꼬마가 한 행동이니까 말이지."

"이것도 명공의 수완."

"테리스……. 그렇게 나오후미 꼬마 이야기가 나올 때마다 사람이 달라지는 것 좀 그만하면 안 될까?"

라르크도 고생이 많군.

하지만 너도 요리 하나 가지고 호들갑을 떨었으니 피차일반이라고.

"주인님~, 밥 이게 다야~?"

아아, 진짜, 필로는 참 시끄럽군.

방치해 두면 오히려 더 귀찮아질 것 같아서, 수프를 필로 앞에 갖다 주었다.

"조금만 더 참아. 성에 돌아가면 다시 만들어 줄 테니까."

"네~에!"

그리고 라프타리아 등에게 상황 설명을 들은 범고래 자매가 세이야를 뚫어져라 쳐다보고 있는데, 저건 또 왜 저러는 거지?

심사위원들은 속닥속닥 이야기를 나누기 시작했다.

세이야 패거리는 어쩐지 불안한 기색으로 줄곧 나를 쏘아보고 있었다.

"괘, 괜찮은 거야, 나오후미?"

"글쎄. 어찌 됐건 상대방의 요리를 마음껏 짓밟아 주긴 했어."

좀 속이 후련했다.

대결이야 어찌 됐건, 상대방의 글러 먹은 태도와 요리를 욕보이는 정신에 분노가 폭발하기 직전이었으니까.

"어쩐지 수법이 마음에 걸리는데."

"여기에 정정당당함 따위는 없어. 더 비겁하고 교활하게 행동하는 자가 승리하게 돼 있다고."

"으음, 그냥 나오후미 요리가 더 맛있으니까 승리! 이런 식으로는 안 되는 거야?"

"너 말이야…… 요리 만화 좀 작작 봐. 맛있는 것, 더 좋은 것이 높은 평가를 받는다는 건 환상일 뿐이라고. 진짜 필요한 건 인기와 수요지."

당연히 맛도 중요하긴 하지만, 그렇게 당연한 것이 중시되는 것도 문제다.

그 이외의 요소, 즉 인기가 있어야 손님이 들어오는 법이다.

여기서 세이야 반점이 사라지면 심사위원들은 다들 곤란해질 것이다.

그래서 나는 도망칠 길을 만들어 준 것일 뿐이다. 소년이 상상한 미래를 만들기 위한 일이기도 하고.

이츠키의 정의 문제? 알 바 아니다.

쏟아지는 불티를 걷어내지 않으면 내가 화상을 입는 법이다.

이런 이상한 종교단체 같은 음식점이 도시를 지배하고 있는 상황이라면, 최대한 빨리 주모자를 제거해서 쓸데없는 소동의 여지를 없애는 게 제일이다.

"그런 거야? 어째 요리라기보다는 장사 같은 느낌이 드는데……."

"나도 부정은 안 해. 원래 이런 대결은 맛있는 쪽이 이기는 게 당연한 거야. 하지만 세이야의 요리는 맛있지 않았어. 너희도 원하던 일이잖아?"

라르크 일당 쪽으로 시선을 보내니, 하나같이 마뜩잖은 표정을 보였다.

"뭔가 그건 좀 아닌 것 같다는 생각이 드는데 말이죠……."

"맛있는 쪽이 이긴다는 규칙을 지키는 정정당당한 요리 대결이라면 나도 이렇게까지는 안 했어. 하지만 녀석들의 태도를 떠올려 봐. 우리를 상대로 공평한 대결을 하려는 생각 따위는 조금도 없었잖아."

공평하게 재료를 지급해서 제한시간 안에 요리를 만드는 대결이었다면 다른 결과가 나왔을지도 모른다.

하지만 녀석들은 어떻게 했던가? 홈 팀 쪽 특전을 최대한 사용한 것도 모자라, 썩은 재료나 독극물을 지급하기까지 했다.

심사위원 매수까지 한 비겁한 놈들에게는 당연한 벌이다.

"여, 역시 니오후미네요. 수단은 좀 마음에 걸리지만……."

"세상의 어두운 일면을 본 것 같은 기분이야."

"굳세게 살지 않으면 앞으로 맞닥뜨릴 적에게 밀리게 될걸."

윗치는 물론, 세인의 적 세력들은 하나같이 교활함 그 자체와도 같은 녀석들이었으니까.

그 녀석들과의 싸움을 생각하면, 이 정도는 시작에 불과할 것이다.

"그야 그렇겠지만……."

"이 기회에 현실을 좀 배워 둬. 그건 그렇고, 어쨌거나 키즈나 쪽 세계는 참 좋다니까."

아까 그 소년이 해 준 것 같은, 최선을 다한 원조를 내 쪽 세계에서도 받을 수 있었던가?

기껏해야 두 번째 파도와 싸울 때 협조해 준 소년병 정도가 고작이겠지.

선의에는 선의로 보답해야 한다.

뭐, 마로가 내가 의도한 대로 움직여주지 않는다면, 라르크의 권력으로 결과를 짓밟아 주지.

일단 나도 거울의 용사이긴 하니, 용사의 권리 정도는 있을 테고.

그리고 아까보다는 다부진 표정을 한 마로와 심사위원들이 대화를 마치고 심사위원석에 섰다.

뭔가 긴장감 있는 음악이 흐르기 시작했다.

……이츠키는 여기 없을 텐데.

"짠…… 짠…… 짠~."

어떻게 된 건지 봤더니 필로가 콧노래를 부르고 있었다.

그런 곡은 어디서 배운 거냐! 분위기는 그럴싸하긴 하지만 그만해!

마로와 심사위원들이 팻말을 들었다. 그것은 세이야 반점의 팻말에 가위표를 한 것이었다.

아아, 우리 쪽 팻말은 아까 버렸으니까.

"승자, 방랑객 최고 요리사!"

아마도 이 음흉하고 괴상한 요리 대결은 나의 승리로 끝난 모양이었다.

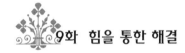
9화 힘을 통한 해결

데에—엥 하고 징을 치려던 요리사가 뚝 굳어 버린 채 심사위원들을 쳐다보았다.

"하, 하아아아아아아아아아아아아아아?!"

"지금 무슨 소리를 하는 거야?!"

"매수당한 게 분명해! 이 배신자!"

"맞아맞아—!"

세이야 반점에 모여 있던 자들이 야유를 퍼부으면서 들고 있던 물건들을 심사위원들에게 던져 대기 시작하면서, 일대는 소란에 빠졌다.

소년은 내 쪽을 보며 웃고 있군. 철천지원수를 물리쳐 줘서 고맙다는 뜻이리라.

"어이! 내 이야기 좀 들어!"

세이야가 살의가 깃든 눈길로 심사위원 마로를 쏘아보며 고함쳤다.

"중독성 운운하는 문제는 차치하고 단순한 평가를 한 것뿐일세. 예전부터 세이야 공의 요리에는 의문이 많았어. 스스로 개조한 액세서리의 힘을 조합한 매지컬 쿠킹이라는 이야기는 들어서 알고 있었지만……."

"네놈들에게는 이제 요리 안 해 줄 줄 알라고! 그렇게 되면 네놈들의 힘이 어떻게 될 줄 알기나 하는 거냐? 내 요리 덕분에 강해진 그 힘 말이다!"

역시 거울의 강화 방법과 유사한 도핑을 하고 있었다는 이야기다.

그 실험 대상이 사망한 것에 대해서…… 아무런 미안함도 느끼지 않는 모양이군. 도핑 효과가 있는 약 같은 게 있는 세계이기는 하지만, 네 강화 방법은 사람 몸에 좋지 않다고.

"세이야 공은 뭔가 큰 착각을 하고 있는 것 같군."

마로가 어쩐지 득의양양한 표정으로 말했다.

"마로와 심사위원들은 세이야 공의 편을 들고 있는 게 아니야. 그저 맛있는 요리의 편일 뿐이지!"

뭘 그렇게 당당하게 떠벌리는 거냐……. 황당해서 말도 안 나오는군.

지금까지 했던 짓거리들에 대해서는 입을 싹 씻은 게 분명해 보인다.

뭐, 맛있는 요리의 편이라는 건 사실이겠지.

두 번 다시 세이야의 요리를 못 먹게 된다고 해도, 그 요리법을 해석할 수 있는 기회가 이렇게 찾아온 셈이니까.

배신은 싫지만, 이렇게 쓰레기 같은 태도를 취하던 놈들의 내부 분열을 보고 있으려니 통쾌하기 그지없었다.

"맞아, 맞아! 이렇게 맛없는 음식에 승리할 만한 요소가 어디 있다는 건데?!"

쓰레기 3호가 내 요리가 담긴 접시를 가리키며 고함쳤다.

"비겁한 수단으로 세이야 님의 요리를 방해했잖아!"

그렇게 말도 안 되는 짓거리를 해 놓고도 당당하게 이런 소리를 지껄이다니, 대단한 근성이긴 하군.

아무리 재료 반입이 허락돼 있다 해도, 그게 참가자에게 썩은 재료를 지급한 것에 대한 변명이 되지는 않을 것이다.

애초에 상대가 가져온 요리가 있다 해도, 그 요리를 쓸 수 없도록 장르를 지정하면 식은 죽 먹기로 이길 수 있었던 것 아니냐?

뭐, 나에게 그런 잔꾀는 안 통하지만.

"경과가 어찌 됐건, 내가 승리한 거 맞지?"

"시끄러! 내 요리가 너처럼 비겁한 놈에게 패배할 리가 없어! 이 시합은 무효다!"

"만약에 네가 이겼는데 내가 그런 소리를 했다면, 네가 그걸 받아들였을 것 같아?"

그런 억지가 통할 리가 없잖아.

"닥쳐! 이런 비겁한 놈에게 내 요리가 패할 리 없단 말이다!"

"너는 요리를 처음부터 다시 배워야 해."

솔직히 네 요리는 즉석요리에 불과하다고.

그런 걸 요리라고 부른다면, 뜨거운 물만 부으면 완성되는 요리를 내놓고도 요리사를 자처할 수 있을 것이다.

게다가 요리에 중독성 있는 약물을 타는, 인간으로서 해서는 안 될 짓까지 저질렀다.

"나한테 설교라도 하려는 거냐? 더는 용서 못해! 얘들아! 이 녀석을 도시에서 쫓아내!"

심지어 자기 마음에 안 든다는 이유로 주위 녀석들을 선동하기까지 하다니…… 황당해서 말도 안 나오는군.

관객들이 저마다 괭이며 검 등의 무기를 들고 우리에 대해 살의를 내뿜었다.

당장에라도 덤벼들 것 같은 기세였다.

"패자는 순순히 승자에게 모든 것을 바친다! 세이야 공이 항상 승자에게 들이대던 조건이었지."

"시끄러! 배신자 주제에 건방진 소리 지껄이지 마!"

그때, 소년이 테이블 위에 올라서서 소리 높여 외쳤다.

"다들 내 말 좀 들어 봐! 이성적으로 생각해! 요리 대결에서 세이야가 진 건 사실이야! 그런데도 이런 짓을 하는 건 말도 안 되는 짓이야!"

"애새끼가 뭘 안다고 설치는 거냐!"

"입 닥치라구!"

"못 닥쳐! 나는 예전부터 세이야가 만드는 요리가 좀 이상하다고 생각해 왔어! 예전에는 다들 자기 식사는 자기가 요리해서 먹었잖아! 그랬는데 지금은…… 다들 그 기억을 잊어버리고 세이야에게만 의존하고 있다니, 뭔가 이상하다고 생각하지 않아?!"

소년의 말에 일부 주민들이 찔리는 게 있는지 시선을 외면했다.

"지금껏 비겁하게 군 건 세이야 쪽이잖아! 상대가 가져온 재료는 절대로 쓸 수 없는 장르를 고르거나, 썩은 재료를 상대에게 주거나 하는 비겁한 술수를 써서 이긴 적이 한두 번이 아니었잖아! 그러다가 자기가 지니까 이따위로 구는 게 말이 돼?!"

"닥쳐! 세이야 님을 모욕한 죄는 만 번 죽어 마땅해!"

쓰레기 3호가 소년을 향해 부엌칼을 던졌다.

"으아──!"

"저건 도가 지나치군⋯⋯. 1식·유리 방패."

부엌칼이 소년에게 명중하기 전에, 내가 만들어낸 방패가 부엌칼을 튕겨냈다.

"이건⋯⋯?!"

세이야가 내 쪽을 쳐다보았다.

"무력으로 우리를 제거하려는 꿍꿍이를 꾸미는 것 같은데 말이야."

라르크가 낫을 힘차게 휘두르고, 글래스, 라프타리아, 필로, 츠구미도 저마다 무기를 꺼냈다.

그리고 주위 녀석들을 도발하듯 손가락을 까딱거렸다.

"정 설치겠다면 죽지 않을 정도로 패 줄게. 이런 헛짓거리를 계속하겠다면 말이지."

"요리는 세공과 통하는 면이 있어요. 어느 쪽이 더 뛰어난가 하는 대결을 벌여 놓고 결과에 승복할 수 없다면서 설쳐 댄다면, 우리도 힘으로 대응하는 수밖에 없죠."

라르크와 테리스가 뿜는 살기에 사람들이 주저하는 사이⋯⋯.

"세이야 님의 요리야말로 최고의 요리! 패배한다는 건 말도 안 돼!"

"응? 일반인들에 비해 움직임이 좀 다른 주민이군. 나오후미 꼬마의 말이 사실이라면 약물에 중독된 놈인가?"

테리스의 마법 지원을 받으면서, 라르크는 달려든 자를 서걱 베었다.

"끄허어어어억?!"

온 힘을 다해 벤 건 아니었던 덕분에 죽지는 않았지만, 더 이상은 움직일 수 없게 된 것 같았다.

"너희는…… 설마?!"

"아, 맞아. 설명해 주는 걸 잊고 있었군. 저기 계신 분들은 라르크베르크 왕, 그리고 세계를 수호하는 사성용사 가운데 수렵구의 용사인 키즈나 카자야마 일행. 전투력으로 따지자면 천상에 계신 분들이지."

마로가 기다렸다는 듯 설명했다.

"흐, 흥! 용사 일행이 뭐 어쨌다는 거냐!"

"맞아, 맞아! 세이야 님!"

"그래! 내 요리는 사성무기나 권속기 따위에 지지 않는단 말이다! 두고 보라고!"

세이야는 주방으로 가더니, 액세서리로부터 대량의 가루를 꺼내서 수프가 든 냄비에 쏟아 붓고 녹였다.

"꿀꺽…… 꿀꺽…… 캬아아아아아아아아아!"

쓰레기 3호와 사회자, 점원으로 일하던 여자들이 그 냄비를 양손으로 들어서 수프를 들이마셨다.

대단한데…… 저렇게 많은 걸 원샷에 마셔 버릴 수 있는 거냐.

"후…… 후으으으으으으으으으으으으으으으으으으으!"

여자들은 일제로 주저앉았다가, 강렬한 아우라를 풀풀 풍기면서 일어섰다.

우와…… 뭔가 온몸의 근육이 울끈불끈 튀어나와 있잖아.

걸걸하기 그지없는 목소리가 들려왔다.

"어떠냐! 이것이 내 음식을 통해 얻을 수 있는 파워업 효과다!"

울끈불끈 마초가 된 여자들이 우리를 비틀어 죽일 것 같은 박력을 내뿜으며, 세이야를 보호하듯 그 앞을 막아섰다.

그나저나 굉장하긴 하군. 파워업 콩소메 수프라는 단어가 뇌리에 떠올랐다.

"훗훗훗…… 내 요리로 이 나라의 중진들을 매료해서 내 나라를 만들 계획이었는데, 일이 이렇게 돼 버렸으니 하는 수 없지. 이 자식들! 분명 후회하게 될 줄 알라고!"

"너, 패배하고 정체를 드러내는 악역 같은 꼬락서니라고."

완전 3류 악역 아니냐?

"하아? 악당은 내가 아니라 너겠지! 그런 비겁한 요리를 만들다니! 나쁜 건 네놈들이란 말이다!"

그런 너무 뜬금없는 책임 전가 아니야?

정말이지, 이런 놈들은 말이 안 통해서 넌덜머리가 난다니까.

"내 요리는 용사의 힘조차도 초월했다! 애들아! 용사 놈들을 쓸어 버려!"

"""네! 세이야 님!"""

"우에에에에…… 코가 썩을 것처럼 고약한 냄새가 나! 대체 뭐야~? 싫어~!"

필로가 수프 냄새를 맡아 보고 코를 틀어막으며 신음했다.

위험한 음식인 건 틀림없었다.

저런 식으로 파워업시키는 걸 보고도 이상하게 생각한 사람이 아무도 없었던 건가?

"칫! 뭐야, 저놈들? 황당해서 말도 안 나오네."

"그러게 말이에요……."

라르크와 글래스, 이 두 주모자가 혀를 차면서 여자들에게 무기를 겨누었다.

"자기들이 먼저 불온한 기운을 풍겨 놓고, 이제 와서 무슨 소리를 하는 거지?"

"키즈나, 당신은 앞으로 나서지 마."

키즈나가 태클을 걸었고, 츠구미가 그런 키즈나를 보호하듯 앞을 막아섰다.

"있잖아, 나오후미."

"이 누나들은 아직 상황을 잘 모르겠지만, 이건 말할 수 있겠어."

사디나와 실디나가 일제히 세이야를 삿대질했다.

"타쿠토."

"히데마사."

"똑같은 기운을 저 애가 내뿜고 있는걸."

"응."

사디나와 실디나는 나도 전부터 느끼고 있었던 점을 단호하게 지적했다.

"나도 그런 짐작이 들었어."

저 자신감 넘치는 태도와 대사, 그밖에 여러 가지 특성들을 바탕으로, 내 경험이 그렇게 말하고 있었다.

녀석은 파도의 첨병이라고 말이지.

"그게 아니라, 뭐랄까…… 뭔가를 내뿜고 있는 게 보인다는 이야기야."

"사디나랑은 다른 이야기지만, 혼도 이상해."

"무슨 뜻이지?"

내 질문에 사디나는 대답하기 곤혹스러운 듯 고개를 갸우뚱거렸다.

여기 온 지 얼마 안 됐으니, 말도 안 통하는 세이야의 정체를 완전히 꿰뚫어 보기에는 시간이 부족했겠지.

애초에 사디나와 실디나는 처음부터 세이야 쪽을 응시하고 있었다.

"그게 말이지, 이 누나는 한눈에 어렴풋이 알 수 있었다니까."

"사디나도 혼이 보여?"

"그런 건 잘 몰라. 다만, 뭔가 찌릿찌릿 느껴지는 게 있다고나 할까?"

"너희의 감이 어느 정도인지는 모르겠지만……."

세이야도 파도의 첨병이라는 건 아마 틀림없을 것 같군.

"죽어라아아아아아아아아아아아아아아!"

사방팔방에서 도시 주민들과 세이야 반점 점원들이 덮쳐들었다.

"알았어."

"진압은 우리가 맡을게."

"알았어."

나는 재빨리 소년을 들쳐 안고 파티 신청 지시를 보냈다.

"으음?"

"잔말 말고 수락해. 안 그러면 보호하기 힘들어."

"으, 응."

소년이 파티에 가입한 것을 확인한 후.

"스타더스트 미러!"

결계를 전개하고, 덮쳐드는 도시 주민들을 쳐다보았다.

얼굴이 완전 마귀가 따로 없군.

그야말로 뼛속까지 세이야 반점의 요리에 의존하고 있는 노예들이리라.

"마, 마로를 어쩔 셈이냐?!"

"배신자에게는 죽음을! 하아아아아앗!"

세이야 반점 점원이 우락부락한 팔로 마로를 비롯한 심사위원들을 죽이려 하고 있었다.

"어림없어요! 스타더스트 블레이드!"

라프타리아가 마로와 심사위원들을 보호하기 위해 스킬을 내쏘았다.

"큭…… 방해하지 말란 말이야아아아아아아아아아아아아!"

주위는 전장으로 변모해 있었다.

도시 주민들, 추가로 나타난 병사들, 그리고 거한으로 변한 여자들이 제각각 우리를 향해 덮쳐들었다.

우리도 이런 놈들을 상대하고 있을 만큼 한가하진 않으니 그냥 철수를 고려해 볼까?

까놓고 말해서 그리 강하지는 않지만 머릿수가 너무 많군.

"얘들아! 죽이면 안 돼!"

키즈나는 여전히 속 편한 소리를……. 우리를 죽이려 작정하고 덤벼드는 놈들까지도 봐주면서 싸우라니.

"당연하지!"

"나오후미 꼬마와 라프타리아 아가씨, 필로 아가씨도 알아듣겠지?"

"알아듣기 싫어."

나는 소년을 안아 들고 보호하면서 대답했다.

"어이, 여동생은 괜찮아?"

소년에게 그렇게 묻자, 소년은 세이야 반점이 보이는 골목에서 몰래 이쪽 상황을 훔쳐보고 있는 여동생 쪽을 쳐다보았다.

젠장, 은근히 멀리 떨어져 있잖아.

내가 보호해야 할 대상이 더 있다는 걸 세이야도 알아챘는지, 여동생 쪽을 가리키고 있었다.

"다들 들어! 마물들도! 늘 내가 만든 밥을 먹고 살고 있잖아! 먹은 만큼 밥값은 해야 할 거 아니냐! 저 녀석을 잡아!"

세이야 반점 상공을 선회하고 있던 마물이 세이야의 지시에 따라 소년의 여동생을 겨냥했다.

어림없는 짓을!

나는 소년을 안고 결계를 친 채로 내달렸다.

"필로! 뭘 해야 하는지 알겠지? 저 마물들의 접근을 막아!"

"알았어~!"

필로는 마물 형태로 변신하더니 펄럭 날갯짓을 해서 상공으로 날아올랐다. 그리고 세이야 반점 상공에 있는 마물들에게 덮쳐들었다.

"이 누나들도 도와줄게!"

사디나는 필로를 돕기 위해 작살을 휘두르며 돌격했고, 실디나는 부적을 이용해서 마법을 전개시켰다.

"후후후후후! 이게 우리의 힘이다! 여기 주민들은 너 같은 비겁한 놈 따위는 받아들이지 않아! 죽어라!"

우와아……. 마을 녀석들이 자기를 믿고 있어서 그런 거라는 식의 소리까지 지껄이는 거냐.

기가 막혀서 말도 안 나오는군!

"자! 세이야 님을 위해 순순히 이쪽으로 와라!"

선동당한 주민이 소년의 여동생에게 마수를 내뻗었다.

"꺄, 꺄아아아아아!"

"2식·유리 방패! 거울 감옥!"

"뭐야?! 이딴 거 깨부숴 주지! 뭐야, 안 깨지잖아?!"

좋아, 보호에 성공할 것 같군!

나는 서둘러 달려가서 결계로 적을 날려 버렸다.

"경강타(鏡强打)!"

"으…… 끄, 으으으윽."

거울이 변환시킨 방패의 스킬이었다.

원래는 실드 배시라는, 살짝 의식을 잃게 만들 뿐인 데다 마물에게는 별 효과가 없는 스킬이었지만, 주민의 움직임을 둔화시키는 것 정도는 가능했다.

젠장! 머릿수에서 너무 밀리잖아!

"라프짱! 이리 와! 컴온 라프!"

"라프~!"

라프짱을 불러들이는 마법을 사용한 후, 라프짱의 마법을 통해 주민들에게 환각을 보여줘서 혼란시켰다.

일단 효과는 있어 보이지만…….

"흥! 그딴 게 통할 줄 알고?"

마초 점원에게는 효과가 없었다.

요리사들까지 부엌칼을 들고 덮쳐드는 마당인 데다, 무엇보다 머릿수가 너무 많았다.

"하앗——!"

그때 세인이 나타나서는, 수없이 많은 실들을 출현시켜서 주민들을 옭아맸다.

하지만 그래도 다 묶기에는 턱없이 부족해서, 온 마을로부터 사람들이 몰려들었다.

이 정도면 아예 전쟁이라도 해도 과언이 아닌 차원 아닌가?

"이런 마당에 안 죽이고 싸우라는 건 말도 안 돼! 키즈나! 라르크!"

"나오후미 꼬마! 빌어먹을……. 테리스! 뭐 좋은 마법 좀 없어?"

"상태 이상 마법을 걸어 볼까 했는데, 잘 안 걸릴 것 같아. 대체 어떻게 된 거지?"

제아무리 용사라도 머릿수 앞에서는 무력한 건가?

뭐, 죽여도 무방하다면 싹 몰살시켜 버릴 수는 있을 것 같지만, 요리로 인한 세뇌 상태에 빠져 있는 자들에게는 마법이 잘 듣지 않는 건가.

"대규모 진압마법을 영창할 테니까 좀 기다려 봐."

"나도."

테리스와 실디나는 그렇게 말하고 마법 영창에 들어갔다.

"나오후미, 잠깐."

그때 키즈나가 나에게 말을 걸었다.

"뭔데?"

"실은 너희가 저주를 고쳐 둔 뒤로 계속 그랬던 건지도 모르 겠지만, 처음 이 도시에 왔을 때부터 나도 뭔가 이상한 기운을 느꼈거든."

"그래서?"

이상한 걸 느꼈으면 바로 보고했어야 할 거 아니야.

내 물음에, 키즈나는 츠구미의 보호를 받으면서, 저주가 해방됐 을 때 나온 무기…… 해체용 칼 같은 모양의 무기로 바꾸었다.

"츠구미, 고마워. 아마 이제 괜찮을 거야."

"키즈나?"

그리고 키즈나는 자세를 낮추며 외쳤다.

재빨리 사람들 사이를 누비고 내달리며 해체용 칼을 허리춤에 집어넣었다.

"0의 수렵구 · 혈화선(血花線)!"

푸슛 하고 뭔가가 튕겨 나가는 소리가 울려 퍼지고, 라프타리 아와 칼을 맞댄 채 힘겨루기를 벌이고 있던 쓰레기 3호로부터 무언가가 베어져 나갔다.

"흐으으으으으. 세이야 님의 위광에 거스르는 자에게는 죽음을—— 커헉……. 뭐, 뭐지?! 히, 힘이……."

"으흑……."

"으엑……. 힘이 빠져나가잖아."

"서, 서 있을 기운도 없어!"

그 공격에 베인 자들은 모두, 목숨은 멀쩡하지만 서 있을 기운조차 없는 듯 땅바닥에 고꾸라졌다.

거한으로 변한 여자를 일격에 처치하는 그 모습을 보고, 세이야와 그 여자들의 표정이 경악으로 물들었다.

"이, 이럴 수가! 내 파워업이 이렇게 허무하게……."

그리고 키즈나는 해체용 칼을 세이야에게 겨누고 선언했다.

"나는 네가 사용한 부정한 힘을 벨 수 있어. 사성 · 수렵구의 용사로서 선언할게. 순순히 투항해!"

오오, 키즈나는 인간을 상대로 한 전투는 불가능하지만, 이 녀석들은 벨 수 있는 대상에 해당된다는 건가?

파워업 때문에 마물로 분류된 건지, 아니면 무기에 있는 특별한 무언가로 부정한 무언가를 벤 건지는 모르지만.

이거 괜찮은데.

뒤이어 키즈나는 수렵구를 활로 바꾸더니, 수없이 많은 화살을 내쏘았다.

그 화살에 맞을 때마다 도시 주민들 한 명, 또 한 명이 고꾸라지고, 세인에게 제압되어 있던 주민도 손쉽게 쓰러졌다.

"끄악?!"

"뭐, 뭐야?! 히, 힘이 빠져나가잖아?!"

"히, 힘들어! 헤엑…… 헤엑……. 이상해. 우리는 분명 더 싸울 수 있을 텐데……."

물론 죽은 건 아니지만…… 파워업 효과가 해제되는 바람에 움직일 수 없게 된 모양이었다.

소년의 증언이 사실이었다는 뜻이리라.

"오오! 키즈나 아가씨 대단한데!"

"굉장해요, 키즈나!"

"나를 구해 줬을 때처럼 묘한 힘만을 골라서 절제한 건가."

츠구미가 마치 자기 일처럼 감동하고 있었다.

"헤헤, 이것도 다 너희가 나한테 준 힘이야."

분위기가 괜찮게 돌아가는군. 힘으로 모든 걸 다 해결할 수 있다는 듯이 굴던 세이야가 점점 밀리기 시작했다.

그런데 세이야 녀석은 아직 남아 있던 파워업 거한 여자들과 뭔가 속닥거리기 시작했다.

그리고 그 여자를 데리고 부엌칼로 라프타리아에게 덮쳐들었다. 라프타리아의 등 뒤에는 마로를 비롯한 심사위원들이 있었다.

"하아아아아아아아아아아아앗!"

"안 봐줄 테니 각오하세요."

라프타리아는 도를 움켜쥐고, 또 하나의 칼집에서도 도를 뽑아 하이퀵 상태로 거한 여자를 베었다.

그 일격은 벚꽃 꽃잎이 눈보라처럼 날리는…… 환상적인 일격이었다.

"앵(櫻)ㆍ세설(細雪)."

거한 여자를 재빨리 처치한 순간, 여자 뒤에 숨어 있던 세이야가 라프타리아에게 부엌칼을 휘둘렀다.

"흥!"

날카로운 소리와 함께 세이야의 부엌칼이 라프타리아의 도와 격돌했다.

"하하! 이제 나의 승리다!"

"안됐지만…… 그럴 일은 없어요."

"과연 그럴까?"

"그 얼굴은 전에도 본 적이 있어요."

"하앗!"

그때 키즈나의 화살이 라프타리아와 세이야 사이를 관통했다.

세이야 스스로는 피했다고 생각했겠지만, 키즈나는 애초부터 맞힐 생각이 없었던 것 같은데?

그리고…… 아무런 변화도 없다는 걸 깨달은 세이야가 어리둥절한 표정으로 주위를 둘러보았다.

"하아? 아니, 말도 안 돼! 뭔가 이상해!"

"뭐가 이상하다는 거지? 설마 자기가 무기를 빼앗았다고 생각했던 거냐?"

"그, 그걸 어떻게——."

말실수했다는 걸 깨달았는지, 세이야는 자기 입을 틀어막았다.

크큭크, 본색을 드러냈군.

키즈나가 얻은 0의 수렵구는, 부정한 힘의 연결고리를 끊어내는 능력이 있었다. 아까 키즈나가 꿰뚫은 게 바로 그 부정한 힘이었다는 거겠지.

"영창이 끝났어. 조정하는 게 귀찮았어."

"이쪽도 끝났어요."

실디나와 테리스가 나란히 마법을 발동시켰다.

『나 지금 그대에게 명한다. 부적이여…… 나의 말에 응하라. 저자들을 졸도시켜라!』

『뭇 보석의 힘이여. 나의 부름에 응해, 구현하라. 나의 이름은 테리스 알렉산드라이트. 동료들이여. 저자들을 잠재우는 힘이 되어라!』

"잠의 비."

"휘석(輝石)! 폭수연(爆睡煙)."

실디나가 내쏜 비와 테리스가 쓴 마법의 연기가 주위를 가득 채우고, 도시 주민들 거의 대부분이 고꾸라지듯 잠들었다.

거의 동시에서 하늘에서 필로가 마물의 목덜미를 짓밟으며 내려와서 승리의 포즈를 취했다.

"필로가 이겼다~! 주인님이 만든 밥 확보~."

마물을 해치운 필로가 승리 선언이라도 하듯 마물 위에서 의기양양하게 외쳤다.

"형세 역전이군."

"빌어먹을…… 아직 안 끝났어! 나는 이렇게 비겁한 짓거리를 하는 녀석에게 절대 지지 않아! 가라!"

"세이야 님을 위한 일이라면!"

마지막 하나 남은 마초녀가 우리를 향해 달려들었다.

"안됐지만, 우리도 질 수는 없어서 말이야."

키즈나가 재빨리 우회해서 여자에게 무기를 휘둘렀다.

썩싹 하고 뭔가가 베여 나가는가 싶더니 마초녀에게 걸려 있던 파워업 효과가 풀린 듯 우락부락한 근육이 쪼그라들고, 깡마른 몸으로 변해서 그대로 고꾸라졌다.

"으윽…… 세이야 님을 위한 일이라면."

그런데도 다시 일어서는 여자……. 오오, 근성은 제법이군.

"체크메이트라고, 아가씨들."

라르크가 세이야의 목덜미에 낫을 갖다 댔다.

"비, 비겁한 놈!"

"세이야 님이 뭘 잘못했다는 거야?"

"뭘 잘못했냐고? 네가 만든 요리 때문에 우리 가족들이 죽었단 말이다!"

내가 안고 있던 소년이 여자의 말에 격노해서 고함쳤다.

"무슨 헛소리를 하는 거야?"

"세이야 님의 요리 때문에 죽었다는 게 말이 돼?"

"농담도 정도껏 해야지."

도핑 효과가 사라져서 꼼짝 못 하는 신세가 됐는데도 이런 소리를 할 수 있는 그 정신에는 넌덜머리가 날 지경이었다.

"세이야의 부정한 파워업이 풀리자마자 그렇게 앙상하게 말라서 꼼짝도 못하는 신세가 된 너희가 그런 소리를 해 봤자 아무런 설득력도 없어."

"그 파워업이 수명을 단축시키는 부류인 게 분명하다는 뜻이겠지. 실제로…… 키즈나에게 베인 녀석들 상태가 꽤 위험해 보이기도 하고."

주위에서 신음 소리가 들려왔다.

우리 손으로 녀석들을 죽이지는 않았지만, 세이야에 의해 걸렸던 파워업…… 도핑의 반작용이 나타난 모양이었다.

용각의 모래시계에서 레벨을 리셋하는 것과는 다른…… 숨 쉬기도 힘들어하는 그 모습에, 나도 불안감을 느꼈다.

테리스가 응급처치로 한 명 한 명에게 회복 마법을 걸어 주기 시작했다.

그래야 할 만큼 위중한 녀석들이 여기저기에 뒹굴고 있는 것이다.

"이 녀석의 가족들은 그것 때문에 목숨이 다하고 말았다는 거다."

내가 그 말을 내뱉자마자, 몇 명의 여자들이 세이야 반점의 빌딩 안에서 나타나더니, 무릎을 꿇고 손을 모으며 고개를 조아렸다.

"저희는 세이야에게 속았어요! 증언은 얼마든지 하겠어요! 세이야는 부정한 재료를 사용해서 사람들을 선동한 악당 요리사예요!"

나는 터져 나올 것 같은 웃음을 꾹 참고 여자들을 가만히 쳐다보았다.

"너희 지금 무슨 소리 하는 거야?"

"한심하네요……."

"큭…… 끔찍한 기억을 되새기게 만들다니……."

키즈나와 글래스, 츠구미까지 기가 막힌다는 듯 여자들을 쳐다보았다.

어이, 츠구미. 네 동료들도 이런 식이었냐?

"너희?!"

여자들의 황당한 언동에, 당연히 세이야가 당혹스러운 목소리로 소리쳤다.

여자들은 그런 세이야에게 싸늘한 눈길을 보내면서 말했다.

"함부로 말 걸지 마, 이 악당 요리사!"

"정의로운 최고의 요리사가 승리한 것뿐이라구."

이거 뭐지……. 타쿠토 처형 때의 모습이 눈앞에서 재현된 것 같은 느낌이 든다.

아, 라프타리아도 탄식하고 있군.

"어느 세계에나 이런 분들은 다 있는 걸까요?"

"글쎄……."

"자! 악당 요리사의 재산은 모두 최고의 요리사님 것이 됐어요!"

"맞아요!"

"그건 그렇지만…… 너희도 공범이라고."

"어떻게 그럴 수가! 우리는 상관없어요!"

"맞아요!"

그 빠른 태도 변화를 보니 윗치가 떠올랐다.

"나는 너희 같은 여자는 질색이야. 라르크…… 빨리 처분해 버려."

"이상한 명령하지 마!"

라르크는 호응이 시원찮군.

"너무해요! 저희는 최고 요리사님 편이에요!"

여자가 나를 향해 달려들었다.

끌어안으려고 한 거겠지만 어림없는 짓이었다.

스타더스트 미러가 여자를 튕겨냈다.

"이 천박한 것들!"

참다못한 츠구미가, 들고 있던 봉으로 여자들을 있는 힘껏 후려쳤다.

"커헉?!"

"끄으······."

"너무해!"

덕분에 여자들은 조용해졌다.

"좋아, 잘했어, 츠구미. 나중에 요리를 대접해 주지."

츠구미는 이마에 손을 대고 휘청거렸다.

"그럴 생각으로 한 일은 아니었는데. 그럴 생각은 아니었다고······. 이 녀석들은 적, 용서해서는 안 돼······."

"츠구미?! 정신 차려! 나오후미도 분위기 파악 좀 해!"

뭔가 주절주절 중얼거리면서 정신의 문을 닫아 걸기 시작했다. 까다로운 녀석이군.

"빌어먹을!"

"어림없어요!"

세이야가 귀로의 사본을 사용하려 했기에, 라프타리아가 재빨리 후려쳐서 떨어뜨렸다.

놓칠 줄 알고? 애초에 고작 그걸 가지고 도망칠 수 있을 거라고 생각한 거냐?

"안됐지만 네놈들은 졌어. 용사를 얕잡아 보면 안 되지."

"네놈들 대체 뭐 하는 짓이야? 용사씩이나 되는 놈들이, 좋아하는 요리를 하면서 평화롭게 지내고 있던 내 행복을 방해하기나 하고!"

"평화? 그 평화라는 게 손님에게 전 재산을 내놓으라느니 하는 말도 안 되는 소리를 지껄이는 것도 모자라서, 아예 도시를 지배하려고 드는 짓을 말하는 거냐? 게다가 대결에서 지고 나니 폭력으로 자기 패배를 지우려고 했잖아. 네놈의 평화라는 건 참 난폭하군."

이것만 해도 죄를 묻기에는 충분할 것이다.

"게다가 아까 정체를 드러냈을 때 네 입으로 말했었잖아? 국가의 중진들을 요리로 매료해서 지배할 꿍꿍이였다고. 이건 국가 전복을 기도했다는 거 아니야? 네놈의 행복을 빼앗은 건 바로 그런 만행들이란 말이다."

자기 하고 싶은 대로 설쳐 놓고 피해자 행세를 하다니 구역질 나는 놈이다.

"순순히 패배를 인정하고 반성해서 여자들을 데리고 떠나 버렸으면 됐을 것을."

불씨를 키워서 날뛰어 댄 주제에 이제 와서 무슨 소리를 지껄이는 건지……. 황당해서 말도 안 나온다.

이 수상한 신흥종교 같은 음식점은 당연히 없애 버려야겠지.

"네놈의 이기적인 행복 때문에 도시 주민들은 완전히 뒤틀려 버린 것 같고 말이야."

그렇게 말하면서, 쓰러진 채 신음하고 있는 주민들을 쳐다보았다.

엄청난 인원이다. 내가 느끼기에도 보통 일이 아니라는 생각이 들 지경이었다.

"그럼 세이야. 우리는 요리 대결과 이 폭동에서 승리했으니까, 네 전 재산을 가져가도록 하지."

"누가 넘겨줄 줄 알고?"

"흥……. 규칙은 규칙이야. 힘으로 강짜를 부리려다가 졌으니까 순순히 받아들여."

그렇게 해서 나는 세이야가 팔에 차고 있던 액세서리를 빼앗았다.

그리고 내용물을 확인…….

"어이, 마로."

마로 쪽을 쳐다보니, 그는 두리번두리번 주위를 둘러보고 있었다. 너 말이야, 너.

"당신을 부르는 것 같은데요. 아마도."

라프타리아가 마로에게 말했다.

"마로 말인가?"

"그래. 안됐지만 세이야의 액세서리에는 요리할 수 있게 해주는 장치 같은 건 없는 모양이야."

나는 마로에게 액세서리를 던져 주었다.

"뭐라고? 아니, 아마 세이야 공만 쓸 수 있도록 인증장치가 걸려 있는 게 분명해."

"아니. 나는 액세서리 제작에 해박한 편이라고. 그러니까 그런 장치가 없다는 것쯤은 알 수 있어. 정 못 믿겠다면 네가 신뢰하는 정인한테 감정이라도 부탁해 보던가."

"그, 그럴 수가……."

"후후……. 내 요리는 내 독자적인 능력이란 말이다! 아무나 따라 할 수 있는 게 아니라고."

"호오……. 권속기를 빼앗는 능력 말고 그런 능력도 있다는 거군."

파도의 첨병이란 대체 뭘까?

단순히 무기를 빼앗는 게 전부라고 생각했었다.

그런데 그런 이상한 이능력도 있다는 건가……. 나중에 이츠키한테 물어봐야겠다.

그러고 보니 미야지는 악기의 권속기를 얻기 전에도 이 세계의 말을 할 줄 알았다고 했다.

그것도 모종의 능력 같은 것이었는지도 모른다.

파도의 첨병은 이들 말고도 더 있을 테니, 그 능력을 경계해 두는 게 좋겠군.

"키즈나, 라르크, 얘들아."

"응?"

"뭐지?"

나는 귓속말로 동료들에게 비밀 작전을 속삭였다.

"썩 내키는 방법은 아닌데."

키즈나가 난색을 표했다.

"하지만 이런 녀석들은 다른 처리 방법이 없어. 단순히 포박만 해 뒀다가는 또 성가신 말썽을 일으킬 거라고."

"키즈나 아가씨, 내 낫을 빼앗은 그놈도 첨병이었어. 이번에는 나오후미 꼬마의 제안을 따라 보자고."

"으음……."

라프타리아와 글래스는 거부의 뜻을 보이지 않았다.

묵묵히 받아들이겠다는 태도였다.

"좋아, 세이야. 조건에 따라서는 순순히 여기서 철수해 주지. 네 재산을 몰수하는 것도 면제해 주고. 이 도시에서 나간다면 말이야. 이 도시를 떠나겠다면 그냥 놔 주겠다는 거다. 다른 도시에 가서 또 음식점을 열지도 모르지만."

"뭐라고?!"

소년과 그 여동생이 나를 쏘아보았지만, 걱정 말라고 눈짓으로 신호를 보냈다.

츠구미는 내 생각을 읽은 듯 소년을 다정하게 쓰다듬으며 작은 목소리로 다독였다.

"큭…… 무슨 조건이냐!"

"네놈 배후에 뭐가 있지? 그걸 이야기하면 불문에 부쳐 주마. 아, 내용은 이 종이에 적어. 자료로 쓰고 싶으니까."

그러자 세이야의 표정이 환해졌다.

"뭐야, 그런 것쯤이야 ── 으 ──!"

세이야가 글씨를 쓰려고 한 직후, 그 얼굴이 울퉁불퉁하게 일그러졌다.

"끄아아아아아아아 ──!"

퍽하고 세이야의 머리가 폭발…… 사람들의 트라우마가 될 것 같았기에 재빨리 감옥을 출현시켜서 시야를 차단했다.

"하아…… 역시 장치가 돼 있었군."

파도의 첨병은 뭔가 알고 있는 걸 자백하려 하면 하나같이 혼까지 모조리 폭발해 버리는 성질이 있는 것 같군.

정보 은폐를 위해 제거된 것이리라.

글씨로 쓰는 것도 안 되다니 까다로운데.

더불어 키즈나의 수렵구로 이 폭발을 저지할 수 없을까 해서 감시시켰는데, 실패였다.

"애초에 나오후미의 이야기를 거짓이라고 생각하지도 않았었지만, 이 사실을 눈앞에서 보니 의심의 여지조차 없네요."

"대체…… 파도란 건 뭘까."

"글쎄."

파도의 흑막. 세계를 잡아먹는 자라는 존재는 수수께끼가 너무 많아서 통 알 수가 없다.

소년에게 보이지 않도록 시야를 막으면서 세이야의 최후를 지켜본 츠구미가 나를 보고 물었다.

"저 녀석도…… 역시 파도의 첨병이었고, 이 질문에 대답하려했더니 죽고 만 건가?"

"그렇겠지. 배후 관계를 알리면 자폭된다는 걸 알고 있는 녀석도 있는 것 같지만."

타쿠토가 그랬었다. 알고 있으면 어떻게 되는지 실험이라도 했던 것이리라.

어쨌거나, 이렇게 해서 우리는 파도의 첨병이 여기저기에 숨어 있다는 걸 똑똑히 실감했다.

"승리로군."

"너 말이야, 나중에 두고 보자고."

마로 녀석, 권력이 얼마나 무서운 건지 온몸으로 깨닫게 해 주마.

배신의 죄는 무겁단 말이지.

"으음?!"

내 살기를 느낀 건지, 마로를 비롯한 심사위원들이 라르크 뒤에 숨었다.

"그럼…… 어이, 이제 세이야 반점은 문을 닫는다. 어때?"

소년을 여동생과 같이 세워 놓고 말을 걸었다.

"이기기는 했지만……."

소년은 쓰러져 있는 주민들을 불안 섞인 표정으로 쳐다보았다.

"해독은 말끔하게 해 줄 테니까 걱정 마. 중독을 이겨낼 수 있을지 어떨지는 각 개인에게 달렸지만. 뭐, 근원을 박살 냈으니 좋건 싫건 이겨 내는 수밖에 없지만."

담배 중독은 대개 그 담배가 손이 닿는 범위 안에 있기에 이겨 내기가 어려운 법이다.

마약의 경우는 입수하기 힘들지만, 그쪽 중독자들은 어디선가 다들 입수해 오니까.

하지만 이번에는 근원인 제작 세이야가 사라지면 무슨 수를 써도 입수할 수 없게 된다. 그러니 극복하거나, 혹은 중독 증상에 의해 착란에 빠져서 죽는 수밖에 없다.

"그렇군……. 이제야 가족들의 원수를 갚았어."

소년은 안도한 표정으로 나를 올려다보았다.

"고마워, 쟁반 형."

빠직하고 공기가 찢어지는 소리가 들리는 것 같았다.

"아, 안 돼! 이건 쟁반이 아니야!"

츠구미가 소년 앞을 막아서면서 타이르듯 말했다.

라르크도 말을 이었다.

"그래, 맞아! 나오후미 꼬마가 들고 있는 건 방패로 변하는 거울이라고. 쟁반 같은 건 절대 아니야!"

"응? 그치만……."

"망할 꼬마 놈, 그렇게까지 말한다면 세이야가 만든 것보다 훨씬 더 무서운 요리가 있다는 걸 온몸으로 가르쳐 주는 수가 있어!"

"나오후미 님, 진정하세요!"

소년에게 달려들려는 나를, 라프타리아가 뒤에서 끌어안아서 제지했다.

헛소리 마! 내 무기는 쟁반이 아니란 말이다!

전에 냄비 뚜껑 운운하는 소리를 들은 적도 있었는데, 또 다른 명칭이 붙다니!

"어머나—?"

"어라—?"

"라프~?"

세인은 심사위원들에게 주고 남은 내 수프를 허락도 없이 벌컥벌컥 들이켜고 있었다.

나 참, 다들 제멋대로 산만하게 구는 것도 작작 해 줬으면 좋겠군.

"라프라~프."

라프짱이 한 방 먹었다는 듯 울고 있었다.

후일담을 좀 보고하자면, 도시 주민들은 처음에는 우리를 심하게 증오했다고 한다.

하지만 며칠…… 일주일쯤 지나니 세이야의 음식에 의한 중독 증상이 나타나서, 중독 때문에 자신들의 몸이 엉망이 돼 있었다는 것을 이해하기에 이르렀다.

뭐, 사후 지원을 위해 내가 파견돼서 산더미처럼 많은 요리를 만드는 신세가 됐지만.

세이야 반점에 패배해서 혹사당하던 요리사들도, 세이야의 요리에 굴복하지 않고 버티다가 풀려난 녀석들과 함께 주민들에게 음식을 베풀었다. 재료는 세이야 반점 안에 산더미처럼 쌓여 있었다.

움직이지 못하는 녀석들의 재활 과정에서는, 식사에 의한 강화 방법이 큰 활약을 했다.

뭐, 그래 봤자 딱 움직일 수 있을 정도로만 강화한 거지만.

그리고…… 세이야 녀석은 항상 능력을 이용해서 혼자서 요리를 도맡아 했기 때문에, 요리사들은 요리할 기회를 얻지 못한 채 식재료 관리, 쓰레기 청소, 주방 정리 등, 노예처럼 잡일만 떠맡아 왔다고 했다.

도시는 순식간에 황량해져 갔고, 그것을 우리 탓으로 돌리려는 녀석들도 있었던 모양이었다.

하지만 그런 자들 역시 세이야가 계속 도시를 점거하고 있었다면 주민들은 거의 다 죽어 버리고, 새로 찾아오는 방문객들이 번갈아 가며 같은 신세가 됐을 거라는 것쯤은 상상이 갔던 것 같았다.

나와 요리사들이 공들여 만든 음식들을 먹어 보고는, 세이야가 만들었던 음식보다 맛있다는 걸 대부분이 수긍한 것 같았고 말이지.

이제 도시 주민들은 초심으로 돌아가서 각자의 가정에서 스스로 요리를 하고 있다고 한다.

맛있는 음식을 먹고, 자기도 그걸 따라서 만들어 보는 것이야말로 건전한 방식이다.

그러는 대신 그저 의존하기만 하는 게 오히려 이상한 일이었다는 걸 깨달은 것만으로도 장족의 발전이라 할 수 있으리라.

훗날 그 도시는 요리의 도시라 불릴 정도로 발전하게 됐지만, 그건 이번 일과는 무관한 이야기이다.

"그나저나…… 꼬마가 만드는 폭력적인 요리에서 벗어나려고 유명한 요리사를 고용하러 갔다가 그 꼴을 당할 줄이야."

성의 식당에서, 라르크가 의자 등받이에 기대어 앉은 채 투덜거리기 시작했다.

"라르크, 네놈이 할 소리냐?"

가게에 클레임을 걸어서 그런 성가신 소동을 일으킨 주제에……. 상대방 잘못도 컸지만.

"고생이 많으셨나 봐요."

"후에에에에에……."

이츠키가 그런 우리를 보면서 말했다.

참고로 이츠키가 있던 세계의 이야기를 물어보니, 순간이동계 이능력은 있어도 수상한 음식을 양산하는 이능력은 없다는 모양이었다. 굳이 유사한 걸 찾자면 복제 능력이 가장 가깝지 않을까 하는 이야기도 나왔지만, 그것과는 좀 다른 것 같다.

"이 살인적인 요리를 먹다 지쳐 쓰러지지 않으려면 대체 어떻게 해야 할지……."

그렇게 이야기하면서, 츠구미가 적당량의 식사로 만족한 듯 젓가락을 내려놓았다.

그 모습을 보고 키즈나와 글래스, 라르크 등이 고개를 갸웃거렸다.

"어라? 그러고 보니 우리도 적당량만 먹고 이렇게 이야기를 하고 있잖아."

"그야 너희가 쓰러지지 않을 정도로 만들었으니까."

나는 아직 배가 덜 찼다면서 더 달라고 요청하는 필로와 세인, 사디나와 실디나의 자리에 음식을 가져다주고 대답했다.

"무슨 뜻이지, 나오후미 꼬마?"

"라프타리아도 이야기했었잖아? '익숙해지면 나오후미 님의 요리도 적응이 된다' 라고."

"그, 그야 그렇지만……."

라르크는 씩 납득이 가지 않는 기색으로 대답했다.

"설마…… 우리 위장까지 강화시킨 거냐? 큭…… 운동하고 와야겠군."

요모기가 전율에 찬 표정으로 지껄여댔기에, 식당에서 뛰쳐나가기 전에 막아섰다.

"그게 아니니까 좀 진정해. 마음 같아서는 나도 썩 내키지 않았지만, 네놈들이 이런 소동을 일으키는 바람에 말이지. 나도 좀 제어하기로 한 거라고."

"처, 처음부터 그렇게 해 줬으면 좋았을 텐데. 뭘 어떻게 한 거야?"

키즈나가 곤혹스러운 표정으로 물었다.

"아무리 맛있는 음식이라도 매번 먹으면 질리게 돼 있어. 질린다는 건 곧 너무 빠져서 과식하지 않는다는 뜻이기도 하지. 그 점을 고려해 가면서 음식을 내고 있다는 거야."

어떤 음식이든 매번 먹으면 맛에 적응이 돼서 물리기 마련이다.

그렇게 되지 않도록 다양한 수단을 써 가며 먹이고 있는 것이다.

어느 정도 제어하는 것쯤은 가능할 것이다.

"처, 처음부터 그렇게 했어야지!"

"제대로 강화시키고 싶었으니까 말이지. 맛있는 음식을 만들 수 있는 녀석을 스카우트하는 것도 괜찮다고 생각했어."

설마 그런 성가신 사건에 휘말릴 줄은 나도 미처 예상하지 못했었다.

"으음…… 제 말대로 됐다는 건 알겠지만, 어째 석연치 않네요."

"라프~."

"마을 녀석들은 제외야. 그 녀석들은 식욕에 환장한 놈들이라 살찌는 것에 대한 걱정보다 굶주림을 우선하니까. 양산형 필로들까지 포함하면 아무리 만들어도 부족할 지경이야."

끝없는 식욕을 가진 자들과 키즈나 일당을 비교하면 안 되겠지.

중점적으로 키우고 있는 전력이라는 차이도 있었다.

그 녀석들은 순수하게 성장을 위한 영양이고, 지금 우리가 하고 있는 것은 식사에 의한 강화라는 레벨업 작업이다.

먹는 데 필요한 각오부터가 하늘과 땅 차이다.

"썩 좋은 수가 아니지만 그래도 이해 좀 해 줘."

내 의도를 이해했는지, 라르크 일당도 순순히 고개를 끄덕였다.

"뭐, 세이야 반점에서 가져온 것들 중에 제법 괜찮아 보이는 식재료들이 있었으니까, 한동안은 그걸로 효율 좋은 음식을 만들 수 있어. 당분간은 재료 걱정은 없을 거야."

"그, 그렇다면 다행이겠지만…… 괜찮은 거냐?"

"신경 쓰면 지는 게 될 것 같은 느낌이 드네요. 일단 식사 문제는 뒤로 미뤄 두도록 해요."

"나 말고 다른 성무기나 권속기 소지자가 제대로 기를 불어넣어서 요리하는 법을 배우면, 나도 좀 편해질 텐데 말이지."

이 기회에 똑똑히 말해 둬야겠다.

그리고 최소한 키즈나한테는 요리의 기초를 철저히 가르쳐 주고 갈 작정이다.

회라도 좋으니 뭐든지 하나라도 제대로 익혀 두면 어느 정도는 자력으로 해결할 수 있지 않을까 싶었다.

적당한 수준으로 해서는 각 요리를 다 먹을 때마다 들어오는, 영속적 방어력 상승 +3 같은 우수한 스테이터스 보정은 못 얻게 되지만 말이지.

"하여튼, 이 정도면 어느 정도는 강화됐다고 봐도 되겠지."

이렇게 해서, 키즈나 패거리를 고민에 빠뜨렸던 식사 관련 문제는 일단 해결의 방향으로 나아가게 되었다.

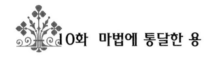

10화 마법에 통달한 용

세이야 반점 소동이 있은 지 며칠 후.

강화의 밑바탕을 갖춘 우리는, 다음 작전을 위해 움직이기로 결정했다.

그렇긴 하지만…… 무작정 돌진해서 밀어붙였다가는 승리를 장담할 수 없었다.

어떻게 해야 할지 회의를 열었다.

"나오후미 꼬마 말로는, 작살 가진 놈은 키즈나 아가씨만 있으면 제압할 수 있다고 했지?"

"그건 미야지와 맞붙기 전의 이야기야. 세인의 언니…… 그 세력이 암약하고 있다면, 꼭 그렇다고 장담할 수도 없어. 권리를 박탈하더라도 무기 자체가 속박당해 있으면 효과가 없을 가능성도 있고."

실제로 녀석들은 우리 세계의 칠성무기도 소유하고 있었다. 권리 박탈만 가지고 무기를 빼앗을 수 있을 만큼 만만한 자들이 아니었다.

게다가 세인의 언니는 순식간에 우리 전원을 날려 버리는 것쯤은 식은 죽 먹기일 만큼 강한 힘을 갖고 있었다.

적어도 우리의 지금 실력으로는, 무작정 덤벼들었다가는 승리를 장담할 수 없는 상대임이 분명했다.

게다가 세인의 언니는 간부일 뿐, 보스가 아니라는 점도 문제였다.

더 강력한 녀석이 뒤에 도사리고 있다면 지금의 우리 힘으로 이기기는 힘들 것이다.

상대가 나타나지 않는 이 틈을 활용해서 전력을 증강해야만 한다.

"한번 해 보고 싶었는데 말이지. 그 권리 박탈이라는 거."

"하지 말라고 한 적 없어. 한번 시험해 보는 것도 나쁘지 않을 거야."

키즈나가 있으니까 하지 않을 이유가 없었다.

"애초에 세인의 언니가 언급했던, 나와 이츠키의 무기나 마법을 튕겨내는 장치를 해제하는 것도 중요할 거야."

"그런데 그런 장치를 어떻게 해제해야 하는 거지?"

"세인의 언니가 한 이야기를 참고해 보면, 이 세계의 사성무기를 포박해서 다른 세계의 무기나 마법을 봉인하는 것 같으니까…… 즉 사성무기를 해방하면 해제할 수 있지 않을까 싶어."

내 제안에 다들 납득한 듯 고개를 끄덕였다.

"솔직히 말하면 키즈나만 구해내도 해제되기를 기도했었는데…… 그 점은 어떻지?"

"으음……. 안 된 것 같아. 뭐라고 해야 하지? 수렵구에서 느껴지는 감각대로 말하자면, 머릿수에서 밀리는 바람에 전환이 안 되는 게 아닐까 싶어."

"그럼 나와 이츠키의 무기와 마법을 쓸 수 있게 하려면, 앞으로 최소한 성무기 한 개는 더 해방시켜야 한다는 거군."

액세서리로 무효화시킬 수 있는 모양이지만, 만드는 법을 알 수가 없었다.

샘플만 입수하면 어떻게 해볼 수 있을지도 모르겠지만…….

불편해 죽겠군. 빨리 어떻게든 이 문제를 해결해야 한다.

"후에에에에에."

그때 리시아가 머뭇거리는 표정으로 손을 들었다.

그나저나 그 목소리는 필요 없어. 나도 모르게 고함칠 뻔했잖아.

"칠성무기에 내포돼 있는 스킬로 지원 강화 같은 걸 하는 건 어떨까요?"

본래 능력 강화는 마법을 통해 이루어지게 되어 있는데, 무기에 그런 지원 스킬이 있을 경우, 리시아라면 상당히 강한 효과를 얻어낼 수 있을 것이다.

"그런 게 있다면 당연히 하는 게 좋을 테지만……."

스킬이란 가장 가려운 곳을 긁어 주지 못하는 경우가 많단 말이지.

강화계 스킬이 별로 없었다.

뭐, 어차피 리시아에게 기대야 하겠지만.

"죄, 죄송해요. 그런 스킬은 아직 없어서……. 힘이 돼 드릴 수 있도록 꼭 찾아낼게요!"

"알았어. 하지만 결국은 강화를 무효화시키는 마법이 있어서…… 다람쥐 쳇바퀴 도는 꼴이 되고 마니까."

세인의 언니에게 지적 받은 문제가 여기서도 부각되었다.

"미궁 고대도서관에 들어가서 방법을 찾아보는 건 어때? 에스노바르트에게 부탁하면 자료는 찾을 수 있을 거 아니야?"

"저도 그러고 싶지만…… 그건 어디까지나 그 내용이 서적으로 존재한다는 전제가 깔려 있어서……. 이세계의 기술에 관한 건 찾기 어려울 것 같아요."

"간단히 생각하자면, 강화 해제계 마법을 무효화시키는 방법에 대한 기록을 찾으면 돼."

"한번 찾아볼게요. 하지만 너무 큰 기대는 하지 마세요."

"알았어."

지금으로서는 별다른 방법이 없다는 건가.

"그렇다고 그냥 앉아만 있으면 아무것도 해결 못해. 레벨을 올려서 불리한 상황을 조금이라도 벗어나는 수밖에 없어. 다행히 부정한 종류의 힘은 키즈나의 무기로 차단할 수 있을 것 같고."

지금 할 수 있는 일이라고는, 레벨을 올려서 강화 부족을 조금이라도 만회하는 것 정도가 고작이다.

"한계 돌파를 통해서 권속기나 성무기 소지자가 아닌 자들의 레벨을 끌어올리면 유리해질 지도 모르지……. 아니, 반대로 적이 그 방법을 사용해서 군단을 구축할 수도 있다고 생각하니까 으스스한데."

가장 염려하고 있는 게 바로 이 문제였다.

미야지와의 전투에서 행운이었던 건, 윗치와 갑옷남의 레벨이 생각보다 낮았다는 점이었다.

"성무기나 권속기 소지자들끼리 일대일로만 맞붙는다면 고생할 일도 없겠지만, 세상은 그렇게 만만하지 않아. 라르크 쪽도 전쟁이 벌어질 걸 전제해서 움직이고 있을 거 아니야?"

"그래."

"나오후미 쪽 세계에서는 성무기나 권속기 소지자 이외의 사람들도 레벨 한계 돌파가 가능하다고 했던가?"

"그래……. 사디나, 너 이제 슬슬 이 세계의 상한선까지 도달할 때가 되지 않았어? 어때?"

일단 날마다 틈틈이 레벨업은 해 두고 있었다.

키즈나는 특히 중점적으로 레벨업을 시키고 있으니, 지금쯤이면 우리를 앞서가지 않았을까?

이 세계는 은근히 레벨업 속도가 빠르니까.

"어머나? 그러고 보니 그러네. 이 누나들 레벨은 이미 그 상한선을 넘었는걸."

"그럼 의식만 거행해 두면 이세계에서도 상한선을 돌파할 수 있다는 이야기군. 하지만……."

그렇다고 우리 쪽 세계로 넘어가서 가엘리온을 통해 의식을 거행하는 건 문제가 있었다.

우선, 우리 쪽 세계로 넘어가려면 파도가 매치될 때까지 기다려야 한다.

그리고 한계 돌파를 한다고 해도 돌아올 수단이 빈곤하다는 것도 문제였다. 기껏해야 파도의 전송을 타고 넘어오는 것 정도가 고작인 것이다.

그렇게 성가신 과정을 거치는 동안에 적이 느긋하게 기다려 줄 리가 없었다.

"라프짱."

"라프?"

"혹시 가엘리온이 하던 한계 돌파 의식 할 줄 몰라?"

이 세계에 오기 전에, 라프짱이 원망 섞인 눈으로 가엘리온을 쳐다본 적이 있었다.

혹시나 의식을 할 줄 아는 게 아닐까 하는 의혹을 느낀 건 분명했기에 한 번 물어본 것이다.

"라프~라프라프."

라프짱은 할 줄 안다는 듯 손으로 원을 그렸다가, 땅바닥을 가리키며 고개를 가로저었다.

…….

"할 줄은 알지만, 이 세계에서는 아무래도 안 되겠대."

"랏프!"

필로가 라프짱의 말을 대변해 주었다.

어쩌면 각 세계마다 의식에 미세한 차이가 있는 건지도 모르겠다.

으음……. 가려운 곳까지 손이 영 안 닿는군.

"저기…… 은근슬쩍 그냥 흘려 넘길 뻔했는데, 라프짱이 어떻게 그런 걸 할 수 있게 된 거예요?"

라프타리아의 의문은 무시했다. 다재다능하다는 점이 라프짱의 장점이자 편리한 점 아닌가.

그때 테리스가 손을 들었다.

"키즈나 씨, 기억 안 나세요? 강화계 마법을 해제하는 방법에 대해 이야기해 준 적을. 그분과 이야기할 수 있다면…… 어쩌면 방법을 찾아낼 수 있을지도 몰라요."

"응? 으음……?"

누굴 두고 이야기하는 거지?

나와 만나기 전이나, 우리가 원래 세계로 돌아가 있던 사이에 있었던 일이겠지.

"테리스, 누굴 이야기하는 거야?"

라르크가 미간을 찌푸린 채 테리스에게 물었다.

뜸 좀 그만 들이고 이야기해 달라고.

"키즈나 씨가 이 세계에 소환된 이유를 생각해 보세요, 라르크. 전에 싸웠을 때 강화계 마법을 무효화시켰었잖아요. 그러니까 그런 것에 대해 잘 알고 있을 거예요."

"설마……."

"네, 명공님은 싸워서 이기신 적이 있다고 말씀하셨고, 부활시키는 방법은 이미 알고 있어요. 에스노바르트에게 조사를 부탁하는 것보다 더 빨리 해결할 수 있을지도 몰라요."

키즈나를 비롯해서, 글래스와 라르크까지 전율에 찬 표정을 지었다.

그렇게까지 위험한 상대인가?

하지만, 나도 이내 그게 누구인지 알아채고 기분이 더러워졌다. 그 비슷한 소리를 했던 기억이 난 것이다.

"싫어~!"

아, 필로도 그게 누구인지 알아채고 항의했다.

필로는 피해자니까 그럴 만도 하지.

하지만 빨리 해결할 수 있다면 나쁘지는 않은 방법이다. 마음에는 영 안 들지만.

"뭐, 문제가 생기더라도 키즈나가 또 처치해 버리면 그만이겠지. 대화가 안 통할 가능성이 높겠지만."

어떤 일에나 도전은 중요한 법이다.

그래…… 지금 테리스는 키즈나가 소환된 근본적인 이유가 되는 자를 가리킨 것이다.

알기 쉽게 설명하자면, 마룡을 부활시키자는 이야기.

또 나를 흡수하려 들면 주저 없이 없애 버릴 것이다. 그 점은 변하지 않는다.

"괜찮을까요?"

라프타리아가 약간 불안한 기색으로 내게 물었다.

"지금은 수단 방법을 가리고 있을 여유가 없으니까……. 이번 문제가 정리되고 윗치 패거리를 제거한다고 해도, 키즈나 진영 녀석들을 우리 쪽 세계로 데려가서 한계 돌파 같은 걸 시키는 건 너무 귀찮잖아."

그러니 차라리 현지에서 이용할 수 있는 녀석을 조달하는 게 빠를 것이다.

그렇게 해서 선정된 것이 바로 마룡이었던 것뿐이다.

우리 쪽 세계와 비슷한 규격이라면 모종의 지식을 얻을 수 있을 테고, 최악의 경우에도 드래곤을 키워서 용제로 만든 후에 마룡의 조각에서 지식만 추출하는 것도 하나의 방법이다.

이 세계의 한계 돌파 방법이 아직 판명되지 않은 상태라는 점은 우리에게 유리한 조건 중에 하나니까.

작살의 권속기 소지자 패거리를 상대할 때 세인의 언니에게 지배받는 자들 이외의 잡병들을 일소하기 쉬워지고, 신뢰할 수 있는 녀석의 한계를 돌파시켜 두면 파도의 첨병을 물리적인 방법으로 제압할 수 있게 된다.

그 실험의 측면도 있는 셈이다.

"지금 우리한테는 수단 방법을 모색하고 있을 시간이 없다는 거군, 나오후미 꼬마."

"바로 그거야. 먼저 키즈나가 좋아하는 대화부터 할 테니까, 나머지는 마룡이 하기에 달린 셈이겠지."

배신은 용서할 수 없지만, 우선 교섭이 먼저다.

키즈나 일행에 대한 원한이 깊은 만큼, 교섭이 어그러질 걸 전제로 생각해야겠지만.

"하아……. 알았어. 설마 내 손으로 마룡을 부활시키게 될 줄이야……."

키즈나가 탄식하듯 중얼거렸다.

글래스도 동의하는 기색이었다.

그렇게 해서 우리는 라르크의 지시에 따라, 국내에 있는 마물 상에게 드래곤 알을 발주했다.

참고로 이 세계에서는 마물문이 아닌 사역부라는 부적으로 마물을 부리고 있었다.

필로의 경우에는 마물문이 있는 탓에 사역부가 제대로 작동하지 않았지만.

사람들에게 붙잡힌 필로가 구경거리 신세가 되었던 가엾은 사건이 떠오르는군.

키즈나가 로미나의 가게에 가서, 내가 반납한 마룡 핵석을 가져다가 준비를 시작했다.

라르크의 성 정원에서 부화 의식을 하려는 모양이었다.

내 때는 한동안 알을 업고 다녔는데, 이쪽 세계에서는 다른 방법으로 부화시키는 건가?

"누구를 소유자로 할 거지?"

"키즈나로 하면 되겠지. 녀석 입장에서는 그게 제일 굴욕적일 테니까."

증오하는 대상의 소유물이 되는 굴욕을 녀석에게 맛보여 주는 것이다.

"그리고 드래곤은 부화할 때 성별을 고를 수 있다고 했던가?"

이 세계의 지식 담당인 에스노바르트가 의식 준비를 진행하면서 내 쪽을 쳐다보고 있었기에 그렇게 물어보았다.

"나오후미 씨 쪽 세계에서는 그에 대한 연구도 진행돼 있는 모양이네요."

"이쪽은 어떻지?"

"종류에 따라 달라요."

"우리와 비슷한 건가? 드래곤은 지역을 오염시키는 생물이라고 알고 있는데, 이쪽에서도 그렇게 생각해도 되는 거야?"

"네. 그 점은 같을 거예요."

이런 점은 공통적인 규격인가 보군.

"마물의 성별을 결정할 수 있다면 키즈나는 어느 쪽으로 하고 싶어?"

"응? 으음……. 나오후미는 어떻게 했어? 역시 여자애?"

"왜 나라면 여자애로 할 거라고 생각하는 건데? 그리고 암컷이라고 해."

"이 반응을 보니까……."

"가엘리온 씨는 수컷이에요. 제가 듣기로는 나오후미 씨가 수컷이 되도록 지시했다는 모양이에요."

이츠키가 키즈나에게 말했다.

"우리 집에 워낙 시끄러운 녀석이 있어서 말이지. 그런 마당에 암컷 개체로 만들면 녀석이 어떤 소동을 벌일지 몰라서 수컷으로 지정한 거야."

"누구 이야기야~?"

너 말이야, 너.

결국 초인종 장난이나 마룡 소동 같은 성가신 말썽들을 산더미처럼 일으켰지만.

그 대신 렌과 이츠키, 모토야스에게 용맥법을 가르쳐 주기도 하고, 한계 돌파 클래스업을 알선해 주기도 했으니까 결과적으로는 잘된 일이라고 생각하는 수밖에 없다.

참고로 필로는 언제든지 도망칠 수 있도록 멀찍이 떨어진 곳에서 대기하고 있다.

가엘리온과는 그냥 대놓고 다퉜지만 마룡은 아무래도 대하기 껄끄러운 건가.

"일리 있는 말씀이네요……. 만약에 교섭이 성공적으로 이루어졌을 때 성가신 말썽이 벌어지지 않도록, 소유자와 같은 성별로 하는 게 좋을지도 모르겠어요."

"왜 그래, 글래스?"

글래스가 내 전례를 참고해서 키즈나에게 제안했다.

"성가신 말썽이라……. 글래스도 고생이 많군."

"그 대사에 대해서는 여러모로 따지고 싶은 게 있는데 그래도 괜찮을까요?"

"아니, 나는 그쪽에 대해서는 별 생각 없는데?"

츠구미와 노는 키즈나를 보고 질투라도 하고 있는 건가.

"후에에에에……."

"나오후미 님, 글래스 양을 너무 도발하지 마세요. 리시아 씨가 겁에 질려 계시잖아요."

"알았어, 알았어."

라프타리아의 충고를 받아들여서, 그 문제는 무시하고 넘어가도록 하지.

참고로 츠구미 쪽은 세이야 반점이 있던 도시에서 뒷정리를 하고 있는 중이었다.

무슨 일이 생기면 불러 달라고 그랬었지.

요모기도 현재는 자기 나라로 돌아가서 파도에 대비하는 중.

"하지만 나는 마물들이 별로 안 좋아해서 말이지—."

"펭?"

하긴, 마물 전용 무기인 수렵구의 용사를 마물들이 좋아한다면 그게 오히려 더 이상한 일일 것이다.

"그 점에서 보면 나오후미는 마물들이 잘 따르던데."

"무기 때문이겠지. 다들 나를 우습게 봐서 난감할 정도야."

"라프으~."

준비 중에는 한가했기에 라프짱을 쓰다듬었다.

아, 그리고 또 하나, 테리스의 액세서리 수리가 이제 거의 끝났다.

조금만 더 있으면 전용 액세서리라는, 제법 로망이 있는 물건이 완성될 것이다.

사디나와 실디나는 의식을 거들고 있다.

수룡의 무녀인 만큼 의식 관련 지식도 풍부할 것이다.

"신주(神酒)다, 신주──. 마룡도 술은 좋아하겠지?"

"안 마시면 내가 마셔야지."

……수정해야겠다. 이 녀석들은 술을 노리고 돕고 있는 것뿐이다.

"지, 그럼 이제 슬슬 시작하죠."

에스노바르트가 준비를 마치고 우리에게 선언했다.

"키즈나가 소유주가 되기로 하고…… 그럼 이 사역부에 피를 묻혀 주세요."

"으, 응."

에스노바르트는 알에 붙어 있는 부적을 가리키며 키즈나를 유도했다.

키즈나는 지시대로 손가락 끝을 살짝 찔러서 피를 내고 부적에 묻혔다.

그런 의식은 우리 세계의 것과 비슷한 면이 있군.

"보통 드래곤이라면 이제 부화 의식이 끝난 셈이지만……."

"녀석은 마룡이니까. 부화 전에 할 수 있는 걸 해 두지."

키즈나가 가져온 마룡의 핵을 알 위에 얹었다.

이렇게 해서 조금이라도 변화가 생긴다면 횡재하는 건데…….

그렇게 생각하고 있으려니, 마룡의 핵이 스르륵 알 속으로 들어갔다.

보아하니 무사히 마룡의 핵을 집어넣는 데 성공한 모양이었다.

"이제 부화 작업에 들어갈게요. 여러분, 뒤로 조금 물러나세요."

에스노바르트는 이쪽 기술에 대해 해박하다니까. 전투 능력은 떨어지더라도, 이런 면에서 도움이 되고 있는 것이리라.

이제는 전투도 할 수 있게 됐으니 키즈나 진영 중에서는 상당히 우수한 포지션이다.

마음 같아서는 필로와 트레이드해 버리고 싶은 심정이군.

"우~! 주인님이 뭔가 실례되는 생각을 하고 있는 것 같은 느낌이 들어~!"

칫! 예리한 녀석.

이츠키는 에스노바르트를 지원하기 위한 연주를 하고 있었다.

효과가 있긴 한 걸까? 그나저나 요즘 이츠키는 악기 연주에 맛이 들렸는지 실력이 쑥쑥 향상되고 있군.

열심히 연습하고 있는 거겠지만.

그렇게 생각하고 있으려니, 파직파직 알에서 스파크가 일어나면서 공중에 떠올랐다.

"괘, 괜찮은 거야?"

"괘, 괜찮아요. 이 정도는⋯⋯."

그렇다면 다행이겠지만.

일단 무슨 일이 일어나도 대처할 수 있도록, 모두 각자의 무기를 움켜쥐고 경계태세를 취했다.

공중에 떠오른 알은 얼마쯤 시간이 지나자 바람을 휘감고, 뒤이어 물을 만들어 냈다. 다음에는 받침대 밑의 땅이 부풀어 오르고, 받침대에 놓여 있던 신주에 불이 들어가서 병으로부터 뿜어져 나왔다.

사디나와 실디나 자매가 안타까움 가득한 표정으로 신주를 쳐다보고 있었다.

이윽고 눈부신 빛을 내뿜은 후, 새까만 어둠을 휘감는가 싶더니…… 알 속에서 희미하게 윤곽이 보이기 시작했다.

알 안에서 꿈틀꿈틀 무언가가 형성되고, 껍질에 금이 가기 시작했다.

빠직하는 소리를 내며 드래곤의 새끼…… 가엘리온을 보라색으로 바꾼 것 같은 녀석이 알에서 나왔다.

알에서 머리만 내민 채 연신 눈을 깜박거리더니…… 주위를 둘러보고, 어째선지 내 쪽을 보며 한마디.

"뀨아!"

그 억양은 틀림없이 가엘리온과 똑같았다.

뭐지? 뭔가 실수라도 한 건가? 끝없는 절망감에 사로잡히는 심정인데…….

"끄윽…… 너……. 이 자식, 나에게 쓸데없는 잔수작을 부리다니…….."

직후, 드래곤이 신음하듯 말하며 알 껍질을 깨고 나왔다.

그리고 드래곤은 언제든지 싸울 수 있도록 경계하고 있는 우리를 향해 양손을 들었다.

"이런 허약한 몸을 가진 내 앞에서 너무 철두철미한 태세로 대비하고 있군, 수렵구의 용사."

"네가 마룡이라고 생각하면 되는 거 맞지?"

키즈나가 대표로 나서서 물었다.

"그렇다……. 그럼, 나를 되살리는 어리석은 짓을 저지른 것에 어떤 의도가 있는지를 물어보도록 할까. 내가 아는 건 방패 용사 쪽의 경위밖에 없어서 말이지."

"내 쪽의 경위?"

"그래, 방패 용사 쪽 용제의 몸 쪽이 미련을 못 버리고 성가신 짓을 저지르려고 들어서 말이야. 하마터면 내가 지워질 뻔했지 뭐냐."

지워질 뻔했단 말이지.

가엘리온 녀석, 마룡에게 무슨 짓을 하려고 한 거지?

뭐, 상대가 이 녀석이라면 그 정도는 해도 될 것 같다는 생각도 들긴 한다.

"그 영향이 좀 남아 있어서 말이지. 약간 남아 있는 핵석을 통해 방패에 대한 걸 알 수 있게 돼서, 방패 용사 쪽의 기억도 다소 남아 있는 거다. 파도의 첨병이라 불리는 자들과 싸우고 있다는 것이나, 그쪽의 용제가 강력해졌다는 걸."

"가엘리온 녀석이 무슨 짓을 한 거지?"

"으음. 방패 용사, 이쪽 세계로 넘어오면서 인원을 선정했었지? 그때 저쪽 세계에 남게 된 것에 불만을 느낀 저쪽 세계의 용제가 이런 사태를 예상하고, 반납할 예정이었던 내가 깃든 조각을 강탈하려고 들었다."

우와! 가엘리온 녀석, 그렇게까지 나와 동행하고 싶었던 거냐.

아마 필로는 가는데 자기는 남겨졌다는 게 싫었던 거겠지.

라프짱을 매섭게 노려보고 있었기도 하고.

"그냥 사라지는 편이 차라리 낫지 않았을까요?"

글래스는 그렇게 뇌까리고, 제법 강한 적의를 드러내며 마룽을 쏘아보았다.

"작작 좀 우쭐대는 게 좋을 텐데, 부채의 권속기 소지자!"

마룽도 지지 않고 마주 보면서 살기를 내뿜고 있었다.

뭐, 자칫 잘못하면 자신이 지워질 뻔했던 모양이니 노려보는 것도 무리는 아니겠지.

그나저나…… 외모만 보면 가엘리온에서 색깔만 바꿔 놓은 것처럼 생겼는데, 눈매가 험악해서 태도도 험악하게 보인다. 아버지 가엘리온과도 좀 달라 보이는 눈매다.

둘 사이에 여러모로 응어리가 있다는 걸 한눈에 알 수 있었다.

그 점만 가지고 따지자면 우리와의 사이가 그다지 틀어지지 않은 아버지 가엘리온은, 좀 한심하긴 해도 우수한 건지도 모른다.

인간 측에 대해 경멸의 눈빛 같은 건 보이지 않으니까.

"그런데 방패 용사, 무슨 일로 나를 깨운 거지?"

"왜 나오후미만 쳐다보고 있는 거야?"

"네놈들과 이야기해서는 끝이 안 날 것 같아서 말이지."

이런 상황에서 사이에 끼면 귀찮으니까 나는 좀 끌어들이지 말았으면 좋겠는데……. 애초에 나와는 이야기가 통할 거라고 생각하는 근성부터가 대단하다.

이 녀석, 우리한테 했던 짓을 완전히 없었던 일로 치려 들고 있잖아.

"나를 흡수하겠다면서 덤벼들었던 녀석이라고는 믿기 힘든 태도군."

"흥, 방패 용사, 그대에 대해서는 나도 그럭저럭 이해하고 있다. 어차피 이대로 나를 없애 버릴 수는 없는 처지잖나? 그러니 대화라도 해야지."

"참 불쾌한 이해력이네요."

나도 라프타리아의 그런 의견에 동감이었다.

이 녀석은 왜 이렇게 나를 이해한다는 듯이 구는 건지…….

하지만 여기서 말다툼이나 하고 있어 봤자 아무 소득도 없다는 것 또한 사실이다.

"딱히 널 믿는 건 아니고, 네가 저지른 짓을 생각하면 네 힘을 빌리고 싶지는 않지만 말이지."

그렇게 말하고, 우리는 지금까지의 경위를 마룡에게 설명한 다음, 앞으로의 작전을 제안했다.

그러자 마룡은 이마에 손을 짚고 한탄하듯 뇌까렸다.

"이것 참…… 나를 처치한 용사 놈들이 고작 그런 자들에게 무참한 꼴을 당했다고 생각하니 눈물이 다 나는군, 방패 용사."

"왜 나한테 동의를 구하는 건데?"

"잘 생각해 봐. 너를 처치해서 세계 평화를 이룩하겠다! 라느니 하는 소리를 떠들어 대던 놈들이 무참한 추태만 보인 것도 모자라서, 숙적인 나에게 기대기까지 하고 있지 않나? 그대가 보기에 이 세상은 평화롭나? 응?"

"……."

대놓고 시비를 거는군.

하지만 실제로 이 세계는 인간들끼리 싸우고 있고, 파도의 첨병에 의해 난장판이 돼 있다.

키즈나나 글래스 입장에서는 정곡을 찔려서 아무 대꾸도 할 수 없겠지.

"자네도 과거에 범죄자 취급을 받아 쫓기는 신세가 되고, 그 추적자 놈들이 파도나 이세계 사람들에게 무참하게 패배하던 광경을 목격하고 그 뒤치다꺼리를 떠맡는 신세가 된 적이 있으니, 내 심정도 이해가 가지 않나?"

으헥……. 그런 말을 들으니 내가 이세계에서 겪은 일들을 훑어보는 것 같아서 기분이 더러워지잖아.

"그래서 마룡, 너는 어떻게 하고 싶지?"

"흐음……. 계속 이대로 거절했다가는 곧바로 목숨이 날아갈 게 불 보듯 뻔하니까 말이지."

뭐, 그건 그렇겠지. 그러려고 이렇게 경계하고 있는 거고.

"무엇보다, 내가 손에 넣어야 할 세계가 난장판이 되는 꼴이 영 마음에 안 드는 것도 사실이다."

"간섭 안 하기로 약속만 하면 세계의 절반을 주겠다느니 하는 식의 제안은 들을 생각 없어."

키즈나가 뭔가 중얼거리고 있었다.

그야말로 정석적인 마왕이 지껄일 것 같은 대사군.

아, 그러고 보니 이놈은 마물의 왕인 셈인가?

우리 세계의 용제도 일단은 마물의 왕을 자처했고 말이지.

"흥, 네놈들이 그런 조건에 양보해 줄 리가 없지……. 그러니 100년간의 유예기간을 주마. 용사 놈들은 어차피 100년만 있으면 거의 죽어 있을 테니. 그때가 오면 마물의 세계를 만들어 주지."

"대체 왜 그런 조건을 들고 나오시는지……."

에스노바르트가 곤혹스러운 표정으로 뇌까리자, 마룡은 에스노바르트를 보고 눈이 휘둥그레졌다.

"큭…… 그 도서토가 부활한 거냐? 이거 성가시기 짝이 없게 됐는데. 게다가 그 힘의 흐름은…… 내 평생의 숙적이 될 것 같은 예감이 드는군."

아, 에스노바르트가 약을 마신 걸 알아챈 건가.

"하지만 네놈도 원래는 마물 쪽이니, 오랜 세월 살다 보면 인간의 어리석음을 깨달을 날이 오겠지."

"건방진 소리 작작 좀 지껄이시지?"

라르크마저도 평소답지 않게 적의를 드러내고 있군.

양자 간의 불화가 그만큼 심하다는 뜻이겠지.

"이 녀석이 이 세계에서 무슨 짓을 저지른 건데? 뭐가 어떻게 된 건지 잘 모르겠는데."

"자기 지배지에서 마물들을 지휘하면서 인간을 노예처럼 혹사하고 있었어."

으음…… 그렇다면……?

"뭐야, 그냥 차별 전쟁이었잖아."

마물과 인간 간의 싸움이라는 단순한 분쟁이 일어났다는 건가.

너무 단순한 문제라 부럽기까지 할 지경이다.

어쩌면 우리 세계 쪽이 너무 복잡한 건지도 모르지만.

"왜 그 이야기를 듣고 그렇게 황당해하는 거지?"

"말로만 설명하면 엽기적으로 느껴지긴 하네요……."

키즈나의 말을 듣고, 라프타리아가 동정 어린 말투로 중얼거렸다.

"그렇다. 역시 수인 국가의 용사. 너라면 문화와 인식의 차이에 대해서도 이해할 거라 믿고 있었다."

마룡은 마룡대로, 어째선지 나에 대해 우호적으로 굴었다.

"내 쪽 세계의 인간들은 종교적으로 아인과 수인들을 마물 같은 존재…… 요컨대 적으로 취급하고 있어. 나는 그런 자들에게 마물 세력의 용사로 취급돼서 몹쓸 짓들을 많이 당했지."

돌이켜 보면 나도 고생 참 많이 했다니까.

"종족 간의 항쟁도 있어요."

"그야 그렇겠지만, 마물도 일종의 인종이라고 인식하면 그 필두와의 전쟁이라 생각할 수 있겠지."

키즈나 패거리가 규탄하는 건, 아마 마물이 인간을 노예처럼 부려먹은 과거에 대한 비난일 것이다.

하지만 그건 키즈나 패거리 입장에서 악당으로 보이는 것뿐, 우리 세계로 따지자면 실트벨트의 경우처럼 찾아보면 얼마든지 찾을 수 있는 광경이었다.

반대의 경우도 존재하고, 따지고 보면 나와 필로의 관계도 주인과 노예의 관계다.

"인간이 세계의 왕이라고 지껄이는 거만한 자들에게 마음을 줄 생각 따위는 없어."

"헤~에……. 그래서, 너는 어떻게 하고 싶은데?"

"아까도 말했을 텐데. 나의 인간 지배를 100년 동안 미뤄 주겠다고."

"100년 후에는 멋대로 굴 테니까, 그때까지는 협조해 주겠다?"

"몇 번을 물어보는 거냐. 애초에 세계가 멸망해 버리면 모든 게 도로아미타불 아닌가? 파도를 이겨내는 게 선결 과제다. 우선순위를 제대로 파악해."

하긴, 이 녀석의 말은 일리가 있었다.

키즈나 패거리와의 응어리를 풀 생각은 없지만, 파도에 대해서는 함께 맞서 싸울 의사가 있다는 것이다.

"일단 당장은…… 흐음, 이 몸은 암컷 개체인가. 마침 잘됐군. 방패 용사, 네가 최종적으로 나를 품으면 더 적극적으로 협조해 주마."

무슨 소리를 지껄이는 거냐, 이 정신 나간 용이?!

"좋아, 더 이상의 대화는 필요 없어. 마룡을 죽이자."

나는 거울을 움켜쥐고 키즈나 패거리에게 명령했다.

뭐지? 키즈나 패거리가 어째 넋이 나가 있잖아?

"방패 용사도 양보할 줄 모르는 놈이군. 내가 이렇게까지 양보했는데도 싫어하다니, 대체 뭐 하는 짓이지?"

나를 흡수하려는 생각을 접은 건 환영할 만한 일이지만, 내가 왜 네놈을 안아야 한다는 거냐.

"헛소리 마세요!"

"우~! 안 돼!"

"라프~!"

라프타리아와 필로가 분노하고, 라프짱은 마룡을 위협했다.

"대, 대체 왜 나오후미에게 그런 짓을 시키려는 건데?"

키즈나가 묻자, 마룡은 팔짱을 끼고 경멸이 어린 눈매로 대답했다.

"이해 못 하겠느냐? 방패 용사의 방패 안에 있을 때, 이 녀석의 밑바닥에 있던 증오의 감정이 얼마나 좋던지……."

그런 걸 어떻게 이해하라는 거냐.

키즈나 패거리도 이해가 안 된다는 표정이잖아.

"그건 정말 근사했었어. 세상 모든 것을 증오하는 그 끝없는 분노……. 이 정도라면 흠모하는 것도 이상할 게 없지 않나?"

황홀한 표정으로 그딴 소리 하지 마!

"어머나─?"

"어라─?"

이츠키의 담담한 통역을 들은 범고래 자매가 고개를 갸웃거리고 있었다.

"아…… 나오후미 꼬마도 성가신 녀석 눈에 들었군."

"그러니까 교섭은 결렬이야. 쓱싹 해치워 버리자."

"그러게 말이에요. 이야기할 가치도 없어요."

라프타리아도 동의했으니, 내 판단이 틀렸을 리가 없다.

암컷 개체로 부화시킨 게 패착이었군.

키즈나를 주인으로 설정했는데도 키즈나를 따르지 않고 나를 노리다니, 그럼 주인을 누구로 했건 상관없었던 거잖아.

"수컷으로 부화시킬 걸 그랬어."

"후…… 방패 용사도 생각이 안이하군. 고작 성별 따위로 나를 막을 수 있을 것 같은가? 드래곤은 그런 장애물쯤은 가볍게 넘을 수 있어."

아니, 무슨 사랑의 승리라도 역설하는 것 같은 대사를 지껄여 봤자 난 전혀 안 흔들린다고.

"애초에…… 아니지, 이건 잠자코 있는 게 더 재미있을 것 같군."

"뭐지? 또 뭘 숨기고 있는 거냐."

"궁금하거든 조건을 받아들이면 된다."

"죽어도 싫어."

"후후후…… 나는 어느 쪽이건 나쁠 것 없어."

그냥 이 녀석을 처치해 버려서 이야기를 끝냈으면 좋겠다.

언제까지 나한테만 집중적으로 성희롱 발언을 할 셈이냐.

"드래곤은 환경을 오염시킨다고 라트 씨가 말씀하신 적이 있었지만, 설마 나오후미 님까지 오염시키려 들 줄이야……."

"후…… 나는 딱히 방패 용사의 총각 딱지를 노리고 있는 게 아니다. 너는 도의 용사이자 천명이라는 모양인데, 너희가 충분히 사랑한 뒤에 해도 늦지 않아."

"그렇게 양보하신다고 해도 받아들일 생각 없어요."

"맞아, 맞아!"

머릿속이 제정신이 아닌 놈이잖아!

"인간이란 이렇게나 어리석은 생물이군. 우수한 개체를 보면 유혹해서 자손을 잠기고 싶어 하는 것이야말로 생명의 선천적인 본능 아닌가? 상대가 방패 용사쯤 되면, 틀림없이 우량 인자를 갖고 있을 게 분명하지 않나?"

실트벨트에서도 이런 음란한 짓에 휘말릴 뻔한 적이 있었지.

제발 작작 좀 하란 말이다.

"하려면 키즈나를 상대로 해. 키즈나는 이 세계의 사성용사니까, 성별의 벽을 뛰어넘어서 하면 되잖아."

"왜 나를 끌어들여?!"

"키즈나한테 뭘 시키시려는 거예요?!"

이번에는 글래스가 나에 대해 적의를 보이고 들었다.

아아, 귀찮아 죽겠다. 마룡에게 휘둘리고 있잖아!

"흐음……. 뭐, 나도 방패 용사에 대해서는 이해하고 있다. 이번에는…… 어느 정도는 양보하도록 하지. 여기서 살해되면 본전도 못 찾으니까."

오? 기분은 엄청 더럽지만, 어쨌거나 마룡이 물러섰군.

"그럼…… 본론으로 돌아가지. 협조는 해 주마. 지금 당장 원하는 게 뭐지?"

교섭이 진전되고 있다는 생각은 전혀 안 들지만, 마룡이 협조 의사를 보여주고 있으니 이야기를 진행하는 수밖에 없겠지. 가능하면 죽이는 방향으로 끌고 가고 싶군.

"이 세계의 한계 돌파 방법에 대해 아는 거 없어?"

"알고 있고말고. 수렵구 용사 일행에 의해 깨진 파편 중에, 내가 바로 그 정보가 담긴 파편이니까."

어째 서글픈 기분이 드는 건 나뿐인가?

내 쪽 세계에서는 타쿠토의 용제가 갖고 있었던 정보가, 실은 이미 아군 손에 있었을 줄이야.

키즈나 쪽 세계에서 용사 이외의 전력을 끌어올리는 열쇠가 이렇게 가까운 곳에 있었다고 생각하니…….

"방패 용사의 그런 표정을 보니 짜릿하군. 이렇게 유쾌할 수가 없어."

"죽여 버리는 수가 있어!"

내 정신에 이렇게 직접적인 타격을 주는 녀석도 오랜만이다.

게다가 악의가 아닌 정욕을 통해 접근해 온다는 것이 더더욱 짜증을 돋웠다.

범고래 자매가 유사한 예인 것 같다는 느낌도 든다. 그 자매가 수룡이라는 녀석의 영향 때문에 그렇게 된 거라면, 드래곤류는 다 비슷한 성격이라는 이야기가 되잖아. 그럼 윈디아도 교육을 제대로 안 해 두면 위험해지겠군.

나중에 렌이나 라트에게 주의를 주기로 하고…… 일단은 하던 이야기부터 계속해야겠지.

"한마디로 한계 돌파를 해서 뭔가 역경을 이겨내고 싶다는 거지? 하지만 나는…… 정보를 통제해야겠어. 나머지 내 조각을 넘겨라."

"우리는 아직 널 신뢰한 게 아니야. 조각을 넘기자마자 거대화해서 덮쳐들지 않는다는 보장이 없을 텐데?"

라르크가 마룽을 향해 도발적으로 대꾸했다.

그러자 마룽은 황당하다는 듯 눈초리를 치켜 올리고, 한심하다는 듯 한숨을 지었다.

"벌써 몇 번을 말했을 텐데. 지금으로서는 너희 용사들과 싸울 생각이 없다고. 이렇게 티끌처럼 작은 조각에, 이제 갓 태어난 허약한 육체를 가지고 내가 뭘 할 수 있다는 거지?"

말 자체는 일리가 있지만, 아군으로 삼고 싶지는 않았다.

"애초에 너희 용사들은 내 조각을 통해 나온 무기로 나를 상대하고 있지 않느냐. 조금이라도 경의를 보였으면 좋겠군."

아…… 그러고 보니 마룽 소재 무기는 우수한 것들이 제법 많아서, 키즈나 일행은 기본적으로 마룡 무기를 쓰고 있었다.

그렇게 생각하니, 나도 지금껏 꽤 신세를 졌던 무기들의 근원인 셈이군.

"사사건건 나에게만 기대려는 자세는 좋지 않을 텐데?"

"으윽……."

"그리고 잘 생각해 봐라. 마물을 상대로 절대적인 힘을 가진 수렵구의 용사가 있지 않느냐? 내 잔꾀 하나 못 이겨내면서 무슨 용사 노릇을 하겠다는 거지?"

남을 얕잡아 보는 이 태도 좀 고칠 수 없을까?

"그냥 죽여 버리고 드래곤을 새로 키우는 식으로 덧씌우는 게 어때?"

"안이하군. 뒤통수를 맞을 가능성은 달라지지 않아. 용제에게 마물 사역부 따위는 없는 거나 마찬가지다. 아무리 친하게 지내더라도, 내가 아는 한 결론이 달라질 일은 없어."

이 녀석은 어떻게 그렇게 확신을 갖고 말할 수 있는 거지?

뭔가 이유가 있겠지만, 인간을 너무 증오하는 거 아닌가?

"방패 용사, 용제가 너를 따르는 것은 네 인덕 덕분이다. 충분히 자부심을 가져도 좋아."

아니, 됐어. 딱히 기쁘지도 않고, 자랑할 마음도 들지 않았다.

"이제 그냥 모든 게 다 귀찮으니까, 괜히 경계만 하지 말고 대담하게 한번 해 보는 게 어때? 어차피 문제가 생기더라도 처분해 버리면 되잖아."

"역시 방패 용사. 그 시원시원한 성격 때문에 너에게 눈독을 들인 거다."

"어련하시겠어."

"그야 그렇긴 하지만……. 하아, 하는 수 없지."

키즈나는 반쯤 체념한 듯, 마룡에 대한 적의를 거두었다.

"괜찮을까요?"

"여기서 티격태격해 봤자 시간 낭비인 건 사실이고, 이야기 같은 것에도 나오잖아? 인간이 거만한 짓을 되풀이하면 제재를 가한다는 식의 이야기. 100년 동안 주어진 유예기간 안에, 마룡이 공격할 수 없는 상황을 구축하는 수밖에 없어."

"귀찮은 말썽거리를 떠안게 됐군."

"그리고 어차피 흩어진 마룡 조각에서 언제 부활할지 장담할 수 없는 상황이었던 것도 사실이잖아? 라르크의 성에 모아서 봉인한다고 해도, 언젠가 다른 사람의 손에 넘어갈 날이 올지도 모르고……. 그렇게 돼서 날뛰도록 하는 것보다는, 자기가 알아서 목줄을 차려 드는 지금을 이용하는 편이 결과적으로 나을지도 몰라."

타일런트 드래곤 렉스나, 쿠텐로에 봉인돼 있던 마물이 떠올랐다.

어설프게 봉인했다가 나중에 그 봉인이 풀리면 괜히 피해만 키우는 셈이니까.

"뭐, 나도 받기만 하고 입 싹 씻을 생각은 없어. 빨리 가져오기나 해."

"가져온다고 해도, 로미나나 다른 대장장이들한테 무기 제작을 맡길 때 써서 말이지."

"용케도 저런 녀석 조각을 쓸 생각을 했군."

"그만큼 뛰어난 소재였으니까."

이렇게 해서 키즈나 패거리는 보관하고 있던 마룡의 조각을 모으러 갔다.

마룡은 키즈나 패거리가 모아 온 자신의 조각을 흡수해서 힘을 되찾아 나갔다.

"다음은 용사들의 무기에 깃든 조각 차례군. 용사들이여, 나를 향해 무기를 내밀어라. 그러면 무기에 들어 있는 조각만 받아 올 수 있으니까."

그 자리에 있던 용사들 중 마룡 소재 무기를 갖고 있던 용사들이, 그 말대로 마룡을 향해 무기를 내밀었다.

무기에서 반짝거리는 빛의 조각 같은 것이 튀어나와서 마룡을 향해 날아갔다.

"흐음……. 이제 대강의 사정은 파악할 수 있게 됐다. 조각들 간의 의식 공통화도 끝났다. 아무 문제없어. 나, 드디어 부활했다!"

왜 양손을 치켜들고 퀴즈 정답이라도 맞힌 것 같은 표정을 짓는 거냐!

웃기려고 들지 말란 말이다!

설마 내 기억을 열람하고 있는 건 아니겠지?

"하지만 나도 마룡 체면에 그냥 받기만 하고 있을 순 없지. 보답으로 이걸 줄 테니 받아 두도록."

그러게 말하고, 마룡은 손가락을 튕겼다.

그러자 나를 포함한 용사들의 무기가 번쩍였다.

진·마룡 거울의 조건이 해방되었습니다.

진·마룡 거울

능력 해방 완료

……장비 보너스, 스킬 『배화(倍化)의 거울 조각』, 「합체 스킬 위력 강화」, 「용마법 자질 개화」, 「용의 성장 보정(특대)」, 「저주 무기의 위력 상승」

전용효과 「용의 비늘(대)」, 「C임의속성 마탄(魔彈)」, 「전속 성 내성(중)」, 「마력소비 경감(중)」, 「SP소비 경감 (중)」, 「강화 성공률 상승」, 「마법영창 단축(대)」, 「마룡의 가호」, 「성장하는 힘」

전용부여혼 「마룡」

"오오, 끝내주는데! 지금까지 쓰던 마룡 무기보다 쓰기도 편하고 능력도 올라갔어!"

"용마법 자질 개화? 뭔가를 쓸 수 있게 된 건가?"

라르크와 키즈나가 해방된 무기를 확인하며 흥분한 기색을 드러냈다.

"어디 마음껏 써 보시지……. 우리 마물의 힘을……."

왜 써서는 안 되는 기술이라도 허가해 주는 것 같은 말투를 쓰는 건데?

권속기가 허락했으니 딱히 문제 될 건 없겠지.

"이 정도 성능이면 나쁘지 않을지도 모르겠는데, 글래스."

"네……. 그래도…… 정말 괜찮을까요?"

"저도 불안하기는 해요."

키즈나의 말에 글래스와 라프타리아가 일말의 불안을 느끼는 건 나도 이해가 간다.

"당분간은 이거 한 자루면 모든 전투를 해결할 수 있지 않을까 싶을 만큼 쓰기 좋아."

새로 나타난 무기가 마음에 들었는지, 키즈나는 무기를 휘둘러 대고 있었다.

내 경우는…… 성능 면에서는 영귀갑 거울 쪽이 더 높군.

자비의 방패의 변형판인 자비의 거울이 자동으로 섞이는 것 같았다.

"부우…… 저쪽 세계에서 가엘리온한테 느껴지던 기분 나쁜 느낌이랑은 다른 이상한 느낌이 들어~."

필로는 어째 토라져 있었다.

"허밍 페어리는 종족적으로 드래곤을 싫어하는 건 아닌 모양이니까."

필로리알이 이 세계에 존재하지 않기 때문에 드래곤 혐오 본능이 겉으로 드러나지 않아서, 유전자적으로 혐오하는 것과는 별개의 감정이 필로에게 영향을 주고 있는 것 같았다.

참고로 이쪽 세계의 필로에게서 빠진 깃털 같은 걸 무기에 넣어서 얻은 무기도 있긴 있지만, 이츠키 말고는 제대로 다룰 수도 없는 음악계 기능이 많단 말이지.

"방패 용사, 그대가 원하기만 하면 분노를 부여할 수도 있다. 그대 안에 들어앉아 있는 자비와 내 힘은 상성이 별로 좋지 않으니까."

"안됐지만 분노의 방패는 자비의 방패 때문에 못 쓰는 상태야."

"그걸 쓸 수 있게 해 주겠다는 이야기다. 나는 그대의 분노를 그럭저럭 제어하지 않았었나?"

"나오후미 님에게 이상한 유혹 하지 마세요!"

"라프프!"

라프타리아와 라프짱이 마룡에게 주의를 주었다.

될 수 있으면 피하고 싶은 건 사실이다.

"뭐…… 알았다. 방패 용사가 마음에 들어 하는 영귀라는 녀석의 힘도 제법 강해졌으니까. 필요할 때만 내 힘에 기대면 된다."

불길한 제안이군. 복선이냐.

봉인된 분노를 강제적으로 발동하다니……. 지나치게 강화된 그 방패의 힘을 빌릴 날이 영원히 오지 않기를 기도할 뿐이다.

"자…… 이제 지식과 힘은 어느 정도 되찾았다. 이제 레벨만 올리면 나도 그럭저럭 힘을 쓸 수 있게 될 거다. 어디 보자……."

마룡은 두둥실 떠올라서, 생각에 잠긴 듯 팔짱을 끼며 멋대로 내 어깨에 앉았다.

다짜고짜 손으로 후려쳐서 떨어뜨리려 했지만, 날렵하게 피해 버렸다!

"나한테 올라타지 마! 거기는 라프짱이 앉는 자리란 말이다!"

"그것도 좀 이상하지 않아요?!"

"라프~."

"좋겠다~. 필로도 타고 싶어~."

넌 또 무슨 소리를 하는 거야?

"한계 돌파는 이미 할 수 있다. 그 밖에는 지원 강화 마법 해제에 대한 대응 수단이 필요하다고 했던가?"

"그래, 맞아. 우리와 싸웠을 때 테리스가 쏜 마법을 해제시켰잖아? 뭐 좀 아는 거 있어?"

"나는 이 세계의 모든 마법을 망라하고 있는 마룡이란 말이다. 해제 마법도 당연히 알고 있긴 한데…… 하지만 너희에게 그냥 가르쳐 줘 봤자, 기본적인 해결에 다다르지는 못할 거라는 생각이 든단 말이지."

"뭐가 더 있는 거야?"

"먼 옛날의 용사와 싸웠던 용제의 기억 중에 비슷한 것이 있다. 해제 마법을 거부하는 기술이지."

오? 지금의 우리에게 안성맞춤인 스킬에 대한 이야기잖아.

"어떤 무기를 통해 얻을 수 있는지 알아?"

"그냥 싸우기만 한 거라서 말이지. 나도 그것까지는 모른다. 하지만…… 그래도 찾아보면 나올 거다. 부채의 권속기 소지자…… 그건 바로 네 유파의 시조가 썼던 거다만?"

"제 유파라고요?"

아……. 하긴 부채로 싸우는 글래스라면 그런 세세한 기술을 알고 있을 것 같아 보이기는 한다.

"단순히 기술인지, 아니면 스킬인지는 알 수 없어. 다만 네 유파의 시조가 썼던 걸 보면, 거기에 힌트가 있는 것 아닌가?"

"그, 그렇군요."

"나중에 조사해 봐요. 잘만 풀리면 적을 물리칠 비장의 카드가 될 수도 있어요."

"그리고 방패 용사. 네가 기라고 부르는 기술과 마법을 섞으면 그것과 유사한 기능으로 승화시킬 수 있는 것 아니냐?"

"기라……."

세인 쪽을 쳐다보니, 세인은 고개를 가로저었다.

모른다는 말이군.

그건 상관없지만…… 마룡 봉제 인형을 만들고 있는 것처럼 보이는 건 내 착각이겠지?

가엘리온의 색깔만 바꿔 놓은 것처럼 보이는데, 도움이 될 일이 있는 거냐?

"지식이 있다면 용사의 무기 강화 방법 같은 건 몰라?"

"기억에 구멍이 나 있는 부분이 많아서 그것까지는 모르겠군."

어차피 그럴 거라고 예상은 했었지만.

"어찌 됐건…… 100년간의 맹약을 했으니, 나도 이제부터 세계를 위해 힘을 보태도록 하지. 내 성장을 잘 도와줘야 할 거다, 용사들이여."

이렇게 해서…… 영 기분 나쁜 녀석이 우리의 동료로 들어오게 되었다.

11화 의용병

마룡이 동료로 가입하고 며칠 뒤.

글래스 유파의 총본산은 제법 거리가 먼 모양이라서, 일단은 신뢰할 수 있는 자들에 대한 한계 돌파 의식부터 치르기로 했다.

마룡 육성도 해야 하고, 할 일이 태산 같군.

야생 마물과 마룡은 구조가 달라서, 경험치를 충분히 모으지 않으면 레벨이 오르지 않는다고 했다.

물론 이 세계의 마물이라 대지의 결정에 의한 레벨업은 불가능했다.

그게 가능했다면 손쉽게 레벨을 올릴 수 있었을 텐데.

아, 그리고 레벨에 관한 이야기를 좀 더 하자면, 라르크 일당은 현재 135까지 레벨을 올렸다고 한다.

제법 많이 올랐단 말이지. 내 레벨은 현재 100이고 라프타리아는 115, 사디나와 실디나는 105밖에 되지 않는다.

이제 레벨업 효율이 점점 떨어지고 있다.

키즈나와 라르크의 이야기에 따르면 강력한 마물이 서식하는 엄청 강력한 미궁이 있다는 모양이기에, 장래를 위해 본격적으로 거기까지 원정을 갈 계획을 세우는 중이다.

그리고 마룡은 내 전투 스타일 등에 대해 관심이 있는지, 이런 저런 질문을 해 왔다.

최근 내가 은근히 자랑스럽게 여기고 있는, 윗치의 마법을 되받아친 일에 대해서는 특히 더 큰 관심을 보여주었다.

본론으로 돌아가서, 차후 계획에 대한 이야기를 해 보자.

에스노바르트의 배를 빼앗긴 상태인지라, 언제 적이 습격해 올지 알 수 없었다. 그렇기에 경계를 강화해야만 했고, 그러면서 자신들의 강화도 게을리할 수 없으니 여간 버거운 상황이 아니었다.

게다가 사성용사의 수가 줄어든 영향으로 파도의 주기가 짧아진 상황이었다.

　그래도 파도가 발생한 틈을 타서 적이 싸움을 거는 일은…… 적어도 아직까지는 없었다.

　혹시 만에 하나라도 우리 세계와 매치되기라도 하면 우리의 레벨이 껑충 뛰어오르니, 그걸 경계하고 있는 것이리라.

　뭐, 상대방도 레벨업을 하고 있다면 꼭 그렇다고 장담할 수는 없지만.

　최악의 경우, 나나 이츠키는 담당 세계로 돌아가서 강화 마법을 걸고 추격해 온 녀석을 해치우는 식의 선택지도 있다.

　적이 바보였으면 좋겠지만…… 그렇게 뜻대로 되지 않아서 답답할 따름이다.

　파도 때 본격적으로 위험한 상황이 벌어지면 어떻게 될지 장담할 수 없는 이상, 무작정 모험을 할 수도 없다.

　세계 융합이라는 게 일어나지 않도록 애써야 한다는 건 분명하다.

　참고로 사람들의 주거지에서 떨어진 곳에 있는 용각의 모래시계는, 마룡의 부하인 마왕군이라는 자들이 철저히 관리하고 있다……고 한다.

　그렇게 통제가 잘되고 있는 건 부러울 따름이군.

　내 쪽 세계에서는 피트리아가 담당하고 있다는 모양이지만.

　하여튼, 우리는 마룡의 한계 돌파를 통해 아군의 전력을 강화하면서, 내 전이계 스킬을 활용해서 글래스 유파의 총본산을 향해 이동하는 중이다.

거울만 갖고 다니면 되니 편하다면 편한 이동방법이다. 그 틈틈이 전력 증강에 힘쓰는 형국이다.

이츠키와 리시아는 에스노바르트와 함께 고문서 해석에 매달리고 있다.

지금까지 해독이 되지 않았던 부분이 드디어 해독될 것 같다면서, 미궁 고대도서관을 연구실 삼아 틀어박혀 있다.

해독 작업을 보조하고 있는 이츠키의 말에 따르면, 이제 곧 전모가 드러날 것 같다고 했다.

그리고 그날, 성의 주방에서 식사를 준비하고 있으려니……

"의용병들이 모여들었습니다. 어떻게 할까요?"

글래스가 찾아와서 나와 키즈나에게 보고했다.

지금까지 전설로만 전해지던 한계 돌파가 실현됐다는 소문이 퍼지고 있다는 모양이었다.

"어디서 소문을 들은 건지……."

"키즈나 쪽은 정보 관리가 허술한 편이니까 말이지……."

사실 요모기나 츠구미의 부하 중에 스파이라도 있는 게 아닐까 하는 의심을 하는 중이었다.

"키즈나가 마룡을 퇴치하던 당시의 동료들도 온 거야?"

"아마 만나러 오기는 할 거예요. 지금 이렇게 파도를 잠재울 수 있는 것도 각지로 흩어진 동료들 덕분이니까요."

"마룡을 부활시켰다는 이야기를 들으면 어떤 표정을 지을지……."

키즈나가 탄식하듯 뇌까리고 있었다.

"세상일이란 뭐가 어떻게 될지 장담할 수 없다니까."

"키즈나, 상대가 누구든 친구가 될 것 같은 네가 할 소리가 아닐 텐데."

"나오후미는 나를 어떻게 보는 거야?"

천하태평한 바보, 라고 솔직하게 말하면 화낼 것 같군.

업신여기는 게 아니다. 키즈나 같은 용사가 있다 해도 나쁠 건 없다.

사람들의 기대를 짊어져야 한다는 의미에서는 키즈나 같은 녀석이 오히려 더 나을지도 모른다.

"의용병이라……. 파도의 첨병이 섞여 있을지도 모르겠군……. 사디나, 실디나."

"알았어, 나오후미."

"응."

사디나와 실디나는 자기들이 파도의 첨병들을 알아볼 수 있다고 했으니, 이번 의용병들에 대한 감정을 맡기면 되겠군.

뭐, 여자들을 끌고 다니는 자칭 천재들은 수상한 녀석이 많다는 이야기가 세간에서도 어느 정도 화제가 되고 있는 모양인데, 그게 어느 정도 인지되고 있을지가 관건이겠군.

상대의 경력을 확인도 하지 않고 수하로 들였다가, 낫을 빼앗겼을 때처럼 뒤통수를 얻어맞으면 웃기는 일이니까.

라르크 일당은 외교를 통해, 쿄나 타쿠토, 세이야처럼 태어났을 때부터 천재 소리를 듣던 자는 파도의 첨병일 가능성이 높다는 정보를 전해 주었다.

그러자 곧 각국에서 반발 반응이 나타났다.

당연하다면 당연한 일이겠지만, 라르크 세력은 여러 용사들이 모여 있는 만큼 그런 경고는 안 좋은 방향으로 받아들여지기 십상인 모양이었다.

그리고 천재에 의한 기술적 발전의 가능성을 포기하는 바보 같은 짓을 할 나라는 얼마 없는 법이다.

뭐, 그런 자들을 일단 방치해 뒀다가 소동을 일으키면 그걸 빌미로 개입하는 방법도 있지만.

어쩌면 비밀리에 연계하는 자들이 나타날지도 모른다.

사디나와 실디나의 판별이 정확하다는 게 증명되면, 키즈나 쪽 세계의 파도의 첨병 사냥을 대대적으로 벌이는 것도 괜찮겠군.

우리 쪽 세계는…… 뭐라고 그랬더라? 타쿠토가 그런 작업을 하고 있었다는 보고를 본 적이 있었다.

파도의 첨병들 간에도 분쟁을 벌이는 성질이 있는 건가?

그런 성질은 아직 파악되지 않았지만…… 쿄도 그렇고 타쿠토도 그렇고, 타인과 협조하려는 타입은 아닌 것 같았단 말이지.

내가 제일이라고! 다른 녀석은 미소녀 말고는 인정 못해!

자기와 비슷한 녀석은 쓰레기니까 죽이겠다는 식의 정신머리를 가진 놈들이니까.

이런 녀석들이라면, 같은 파도의 첨병이라도 동료로서는 원만하게 지내지 못할 것 같군.

어째 귀에 익은 것 같은 느낌인데……. 뭐였더라?

뭐, 상관없다.

그리고 이번 의용병 감별 업무의 경우, 사실 다들 각자 맡고 있는 임무가 있다 보니 참가할 수 있는 인원이 얼마 되지 않았다.

이츠키와 리시아, 에스노바르트는 고문서 해독을 위해 자리를 비운 상태다.

무슨 일이 있으면 그들과 동행중인 세인이 소식을 전해 줄 예정이다.

세인은 한참을 투덜거렸지만, 필요할 때 바로 움직일 수 있는 게 세인뿐이라 어쩔 수 없었다.

라르크와 테리스는 마룡 관련 보고 회의 때문에 외국에 나가 있는 상태다.

마룡은 의식 준비를 위해 용각의 모래시계에 가 있다. 필요한 장비를 조달해 와야 한다고 했다.

역시 내 쪽 세계와는 차이가 있는 모양이다.

그렇게 해서 나, 라프타리아, 라프짱과 테리스, 키즈나와 글래스, 사디나와 실디나가 의용병 판별을 맡게 되었다.

필로? 산책 나가고 없다. 아까 봤을 때는 콧노래를 흥얼거리며 성의 해자 근처를 걷고 있었다.

그리고 성 앞에 모인 의용병들을 살펴보았는데…….

"어머나―…….."

"있네."

사디나와 실디나가 살짝 황당해하며 중얼거렸다.

"호오…… 어떤 녀석이지?"

"먼저 저 애. 다음으로 저 애. 그리고 저기서 뭔가 만지작거리고 있는 애."

줄을 이어 튀어나오는 식인데…….

"수상쩍은 놈은 벌을 줘야지. 뻔뻔하게 나타난 놈들을 함정에 빠뜨려 주도록 할까. 사디나, 실디나, 너희 판단이 틀리면 어떻게 될지는 알고 있겠지?"

"당연하지―."

"틀림없어."

확신에 찬 목소리로 대답하는 범고래 자매를 향해 의심 어린 시선을 보내며, 그 둘이 지적한 자들을 은근슬쩍 빼내도록 병사들에게 지시하려 했을 때.

라프타리아와 라프짱이 대열의 한 곳을 가리켰다.

"저기 숨어 있는 건――."

도를 뽑아서 경계태세를 취한 순간, 놀랍게도 세인의 언니가 웃는 얼굴로 사람들 속에서 나타났다.

우리가 요리나 마룡을 통해서 강화를 시도한 이유도, 이 녀석에게 대처할 힘이 필요했기 때문이었다.

그런 성가신 녀석이 태연하게 나타난 것이다.

왜 여기서 적 간부가 갑자기 튀어나오는 거냐! 경비는 왜 손 놓고 있었던 거야?!

"이런이런이런― 역시 들켰나 보네."

"이 자식――?!"

녀석이 미지의 기술을 들고 나오면 우리도 제대로 대처할 수 없다.

게다가 은근히 경비가 허술한 곳에 쳐들어왔군.

"듣던 대로 이와타니의 오른팔에 해당하는 아이는 은폐나 인식 방해를 간파하는 데 일가견이 있구나."

세인의 언니와 동행하던 일동 주위에 인간 띠가 생겼다.

의용병들이 사태를 파악하고 거리를 벌렸기 때문이다.

"야호— 상황은 좀 어때? 놀러 왔어."

"놀러 왔다니…… 지금 장난하자는 거냐?!"

"꼭 그런 건 아닌데 말이야—."

"아아, 이 녀석들이군. 나머지 사성과 권속기 소지자라는 놈들이."

세인의 언니 곁에는, 쿄나 타쿠토, 미야지나 세이야…… 요컨대 파도의 첨병과 비슷한 분위기를 풍기는 녀석이 서서, 깔보는 태도로 이쪽을 쳐다보았다.

주간 이번 주의 적—— 같은 느낌이 드는 건 왜인지 모르겠군.

이제 나도 질리기 시작했다. 용케도 매번 이런 놈들을 끌고 오는군.

"그 녀석이 네놈들 보스냐? 그리고 윗치는 어디 갔지?"

"……맞아."

그러자 세인의 언니는 미간을 찌푸리고, 이번 주의 새로운 적 같은 녀석 모르게 손을 좌우로 흔들었다.

아니…… 눈치껏 알아서 생각하라는 건가?

내 물음에, 이번 주의 새로운 적 같은 놈 뒤에 있던 여자가 앞으로 나섰다.

"또 그 이름으로 불렀어! 어때요? 제가 그랬잖아요? 저 녀석은 사사건건 마르티 아가씨에 대해 악담을 해 댄다고 말이에요! 저런 자를 용서할 수는 없잖아요?"

"네가 그렇게 말하는 걸 보니 분명 못된 놈이겠지."

으음…… 저 녀석, 어디선가 본 적이 있는 것 같은데…….

내가 고개를 갸웃거리며 쳐다보고 있으려니, 그 여자는 혐오

감을 노골적으로 드러내며 떠들어 대기 시작했다.

"엘레나 씨와 같이 창 용사의 부하로 있던 사람이에요."

응? 아아, 그리고 보니 그런 녀석이 윗치 옆에 붙어 있었지.

아아, 그 녀석이었군. 못 알아봤다.

까놓고 말해 배경 인물 2 같은 느낌이었으니 말이지.

엘레나가 여자2였던가? 어차피 정하지도 않았었고, 다 잊어버렸다.

"뭐야?! 지금 나를 잊어버렸다는 거야?!"

"그랬다면 어쩔 거지?"

"뭐가 어째? 너만 없었으면 마르티 님이 그런 꼴을 당할 일도 없었다구! 이 인간 말종!"

"아무리 지껄여 봤자 너나 윗치가 하는 욕지거리는 내 입장에서는 패배한 개가 짖는 소리로밖에 안 들려. 어디 마음껏 짖어 보라고, 패배자."

"헛소리 작작 해! 내가 꼭 숙청해 주고 말 거야!"

할 테면 해 보시지.

그나저나…… 이 여자, 말을 하면 할수록 윗치 2호 같은 느낌이 드는군.

지금까지는 이 여자보다 지위가 높은 윗치가 있었기에 두드러지지 않았던 거겠지.

"그나저나 너, 왜 그렇게 윗치 편을 드는 거지? 존경이라도 하는 거냐?"

까놓고 말해서 그런 쓰레기 같은 여자와 친하게 지내는 녀석이 있다는 건 상상도 안 간다.

엘레나도 자기 이익을 위해서 맞춰 주고 있는 것뿐이었는데 말이지.

"⋯⋯그래!"

아, 잠깐 망설였다. 찔리는 구석은 있나 보군.

"너만! 너만 없었더라면 우리는 행복하게 생활할 수 있었어!"

"그래, 어련하시겠어. 그래서? 그 윗치는 어디 있지?"

보아하니 여긴 없는 것 같군.

어딘가에 숨어 있는 거라면 이번에야말로 저승에 보내줄 생각이었는데, 모습을 찾아볼 수 없었다.

사람들 틈에 숨어 있는 것도 아닌 것 같았다.

"네가 입힌 부상이 심해서 요양 중이야!"

"요양이라는 명목으로 호의호식하는 중이라는 거지? 같이 호의호식 못하게 돼서 안됐군."

내 대답에 정곡을 찔렸는지, 여자2가 새빨개진 얼굴로 분노를 드러냈다.

"입 닥쳐! 네가 말썽을 일으켜서 그런 거잖아! 세계의 병균 같은 놈!"

"그건 내가 아니라 네놈들일 텐데? 권력자에게 빌붙는 기생충이자 세계의 쓰레기."

"여, 역시 거울의 용사로 선택받은 건 우연이 아니었네요. 똑같은 말로 맞받아치고 있을 뿐이잖아요."

글래스, 그런 대목에서 납득하지 마.

귀 따갑게 악다구니를 써 대는 여자2를 무시하고 세인의 언니가 대답했다.

"그만 진정하렴. 그래, 그 애는 사정이 있어서 요양 중이야."

"빨리 쫓아내는 편이 신상에 이로울걸. 솔직히 말해서 쓰레기 같은 짓만 골라 하는 녀석이야. 죽여 버리는 게 세상을 위하는 길이지."

진심으로 그렇게 생각했다.

세상에는 죽여 버리는 편이 나은 녀석도 있는 법이라는 걸 실감하게 만들어 준 여자가 윗치였으니까.

그 녀석이 뭔가 득 되는 것을 만들어 낼 일은 절대로 없을 것이다.

그러자 세인의 언니는 여자2에게 경멸의 시선을 보낸 다음, 아무 일도 없었다는 듯 우리 쪽을 쳐다보았다.

"그럴 수도 없단 말이지. 한창 파도가 일어나고 있는 중에 테러리스트들이 출몰해서, 그쪽 세계에서 결박하고 감금해 뒀던 마지막 성무기 소지자를 죽이기 직전까지 몰고 갔었거든. 하마터면 세계가 파도에 멸망해 버릴 수도 있는 상황이었다구. 우연히 저 애들이 그 자리에 조우해서 위기 상황을 모면하게 해 줬거든. 그래서 저 애들은 귀한 대접을 받고 있단 말이야."

뭐라고? 세인의 언니 세력에도 위험한 상황이 있었던 건가?

그대로 멸망해 버렸으면 좋았을 텐데 말이지.

"참고로 너희 일행과 만나기 전에 있었던 일이야."

그래서 너는 윗치 패거리의 불상사를 막는 데 의욕을 보이지 않는 건가?

"너희, 지금 무슨 이야기를 하는 거야?"

아, 한동안 화제에서 소외됐던 이번 주의 적이 우리를 쏘아보았다.

"그 녀석들을 동료라고 생각하지 않는 게 좋을걸? 배신을 밥 먹듯 하는 집단이니까."

"무슨 헛소리야? 내가 믿고 있는 이 녀석들이 그런 짓을 할 리가 없잖아?"

"그래, 맞아."

"당연하지!"

조금 전까지 악다구니를 써 대던 여자2가 이번 주의 적에게 기대고 그 팔에 배…… 특히 하복부를 들이대면서 동의했다.

우와…… 노골적인 성적 어필.

냉정한 척하고 있지만, 이번 주의 적이 여자2의 가슴과 그 아래 부분에서 시선을 떼지 못하고 있다.

회유라도 당한 상태인가. 새로운 여자를 손에 넣었다고 생각하고 있는 걸까?

그나저나…… 이 녀석들, 이런 여자들이 자기편이라는 게 비참하게 느끼지는 않는 건가?

"라프타리아! 이 언니들도 질 수 없지 않겠니?"

"맞아, 맞아. 우리도 어필."

"어, 아…… 네."

범고래 자매가 뭔가 라프타리아를 선동하면서 저 녀석들과 같은 짓을 나에게 하려 들었다.

점점 비참한 기분이 들기 시작했다.

"긴장감 떨어지니까 집어치워!"

"흥. 하렘 컬렉션이냐? 유치한 자랑이나 하는 놈 같으니."

이번 주의 적이 기다렸다는 듯 깔보는 시선을 내게 퍼부었다.

내가 왜 네놈한테 그런 소리를 들어야 하냐! 너도 여자들한테 둘러싸여 있잖아!

"라프타리아까지 따라 할 것 없어! 평소에 했던 것처럼 태클을 걸어야지!"

라프타리아, 너까지 이 바보 자매에게 낚이면 내 체면이 엉망이 되잖아.

아트라의 부탁 덕분에 다소 관대해진 건 사실이지만, 이런 곳에서 성적인 장난에 놀아날 만큼 한가하지는 않다.

"아, 네! 어……?"

고개 갸우뚱거리지 마. 서글퍼지니까.

"본인이 그런 걸 받아들일 생각이 얼마 없다는 점에서 동정심이 드네요."

"어쩨 나오후미가 불쌍하게 느껴지기 시작했어."

어쩐지 글래스와 키즈나가 동정 어린 눈길로 나를 쳐다보았다.

"아마 저 녀석은 너희도 내 하렘 멤버로 치고 있을걸."

"그건 너무 억울하네요. 네…… 억울해요. 정말 억울해요."

왜 세 번이나 말한 거냐? 아니, 내 입장에서도 억울하다고.

"나오후미는 친구이고 동료이긴 하지만, 나는 그런 감정은 전혀 없어!"

키즈나는 상황을 이해하지 못한 건가?

역시 완곡한 비유 같은 건 안 통하는 타입이군.

"포울을 데려오는 게 나았을지도 모르겠군. 아니면 라르크나."

남자들이 어느 정도 있으면 분산돼서 하렘이라 불릴 일은 없을지도 모른다.

"나오후미…… 그랬다면 오히려 다른 게 더 연상되지 않았을까? 남색가라는 식으로."

나를 중심으로 문란한 관계가 구축되어 있다는 착각이 생길 거라고?

그럼 차라리 마물 같은 걸 사역해서 데리고 다니는 게 나을까?

마룡이 기다렸다는 듯 들이대는 광경이 뇌리에 떠올랐다.

그건 그것대로 또 다른 오해를 부를 것 같군.

"그럼 나더러 어쩌라는 건데!"

그나저나…… 이렇게 오랫동안 이야기하고 있는데도 세인이 안 달려오네.

내가 주위를 둘러보고 있으려니, 세인의 언니가 의도를 알아챈 듯 사슬을 쓰다듬으며 말했다.

"아아, 세인은 못 올 거야. 방해 수단을 썼으니까."

"방해라……."

"그리고 당신 쪽 이동계 스킬의 문제점도 알고 있어. 마법 같은 걸로 주변을 뒤틀어 놓으면 전이해 갈 수도, 올 수도 없게 되잖아?"

완전히 해석당했잖아.

성가신 걸 넘어서 구역질이 날 지경이군.

"이 세계 이동수단의 문제점도 파악했어. 용각의 모래시계에 간섭하지 않으면 이동할 수 없는데, 지원군을 부를 시간이 있겠니?"

"내 전이 스킬을 잊은 거 아니야?"

전이경과 전송경이라는 스킬을 사용하면 동료를 데려오는 것쯤은 식은 죽 먹기다.

"그렇다고 해서 도망치면 어떻게 될지 알고 있을 텐데? 이와타니, 당신 스킬은 당신이 사용자로서 거울을 통해 이동하고, 사용하려면 일단 모두 합류해야 한다고 알고 있는데?"

으윽…… 이 자식, 아픈 구석을 찌르는군.

역시 평범한 바보녀는 아니다. 윗치보다도 영리한 녀석이다.

"뭐, 혹시 도망치더라도 이번에는 그냥 철수하면 그만이니까. 공격하는 건 참 편하다니까―. 일방적으로 당하고만 있을 수는 없어서 한번 맞받아쳐 봤는데, 어때?"

"넌덜머리 나는 놈들."

갖가지 수단으로 공격해 들다니!

그것도 경비가 허술할 때……. 우리 쪽에 스파이가 잠복하고 있을 거라는 의혹이 본격적으로 대두되는군.

"저게 말로만 듣던 세인의 언니?"

"아아, 수렵구의 용사구나. 당신이 석상으로 변했을 때 본 적이 있어."

세인의 언니와 키즈나의 눈길이 마주쳤다.

기분 나쁜 대면이군.

"운이 좋은 줄 알라구. 그분의 세계와 연결된 파도가 발생하면 파괴할 예정이었는데. 안 그러면 세계를 멸망시킨 보상을 얻을 수 없어서 말이야."

세계를 멸망시키면 보상을 받을 수 있다……. 그러고 보니 그런 이야기를 들은 적이 있었지.

어디서 받을 수 있다는 건지는 모르겠지만.

"내 생각에도 운이 좋았던 것 같긴 해."

"만에 하나라도 그렇게 됐다면……. 정말 큰일 날 뻔했어요."

그렇겠지. 세계가 멸망한다는 건 상상이 잘 안 가지만.

"그건 제법 장관이라구. 갑자기 태양이 사라져서 주위가 전부 생명 하나 없는 밤의 황야처럼 변하기도 하고, 모든 것이 붕괴돼서 무(無)의 세계로 사라져 버리기도 하는걸. 물론 그 세계에 있던 생명들은 모조리 절멸하지만."

그런 쓰레기 같은 감상을 늘어놓아서 어쩌자는 거냐.

"키즈나, 물러나 계세요. 당신이 죽으면 모든 게 끝장이니까요."

"어머나? 파도도 일어나지 않았는데 그런 짓 할 생각 없어. 그리고 이 세계를 멸망시켜서 뭘 어쩌겠어?"

"무슨 얘길 하는 건데? 다른 언어로 이야기하면 알아들을 수가 없잖아."

이번 주의 적이 미간을 찌푸리고 세인의 언니에게 물었다.

세인의 언니는 사슬의 보석을 다시 쓰다듬고 교태 어린 목소리로 대답했다.

"녀석들만 알아들을 수 있는 언어로 이야기한 거예요. 파도 때문에 세계가 멸망한다는 거짓말은 좀 그만 퍼뜨리라고."

무기의 번역 기능을 끌 수도 있는 건가.

거짓말 좀 작작 지껄이시지!

"그랬었군. 파도를 왜 그렇게 두려워하는 건지 모르겠다니까. 오히려 우리가 강해지는 데 필요한 현상인데 말이지."

파도 때문에 세계가 멸망한다는 생각은 티끌만큼도 하지 않는 모양이군.

보아하니 우리 이야기에 귀를 기울일 생각은 전혀 없는 것 같다. 설명해 봤자 헛수고다.

세계에는 수많은 사람들이 있는데도 불구하고 주저 없이 파도의 첨병 쪽에 붙는 이 녀석들도 사다나나 실다나 같은 능력을 갖고 있는 건가?

"라르크베르크 왕의 적 맞지? 네놈들을 해치우면 일등 공신이 될 수 있어!"

의용병들이 살기등등하게 적을 향해 무기를 겨누었다.

이 포진 속에 들어온 적들이 어리석다고 볼 수도 있지만……적은 세인의 언니이니 방심은 금물이다.

"왕에게 바치는 선물로 딱 좋군! 우리를 위해서! 얌전히 붙잡히시지!"

"잠깐! 그 녀석들은 너희 힘으로는——!"

키즈나와 나의 제지에 귀도 기울이지 않은 채, 의용병들이 이번 주의 적을 향해 덤벼들었다.

한편, 사다나와 실다나가 간파한 두 명과 그 동료들은 거리를 둔 채 일반인 행세를 하고 있었다.

"칫! 떼거리로 몰려드는 것 밖에는 할 줄 아는 게 없는 놈들! 분수를 알아야지!"

이번 주의 적이 손을 내밀자, 투명한 벽이 나타나서 그들을 포위한 의용병들을 가로막았다.

그 형태는 사각형——. 이번 주의 적 일행이 있는 정중앙 부분에만 구멍이 뚫려 있었다.

"뭐, 뭐야 이건?!"

"방어 장벽 마법과 비슷해 보이는데——."

"젠장! 뭐야 이거! 뭐가 이렇게 단단해?!"

의용병들이 어쩔 줄 몰라 하며 일제히 벽을 후려쳤지만 벽은 꿈쩍도 하지 않았다.

그리고 이번 주의 적 발치에서 투명한 바닥 같은 것이 나타나서 드높이 뻗어 올랐고, 녀석들은 유유자적하게 우리를 굽어보았다.

"이건 정당방위다. 네놈들, 나를 공격했으니 목숨으로 그 죄를 갚아!"

그리고 그가 손을 움켜쥐자, 장벽이 의용병들을 가둔 채로 좁혀들기 시작했다.

"으윽…… 아아아아."

"너, 너무 좁아!"

"누, 누가 좀! 제발 살려 줘!"

이건…… 만화 같은 것에서 본 적이 있는 공격 수단이군.

알기 쉽게 이야기하자면, 벽이 좁혀 들어서 짓눌러 버리는 것과 유사한 공격이었다.

안에 있는 자들은 짓이겨져서 죽게 될 것이다.

이런 공격도 할 줄 아는 거냐.

"칫…… 저 녀석들을 구해 주자!"

"네!"

"다짜고짜 싸움에 들어가다니! 아직 준비도 제대로 안 됐는데!"

"그래도 해야지 어쩌겠어요."

키즈나가 부적을 꺼내서 크리스를 소환하고, 라프타리아와 글래스는 의용병들을 압축시키려 드는 투명한 벽…… 결계를 향해 공격을 퍼부었다.

"1식 · 2식 · 유리 방패!"

압축된 결계 내에 유리 방패가 설치되어 의용병들을 보호했다.

쨍 하는 소리와 함께, 압축되어 가던 결계의 침공이 멎었다.

"엉? 방해하지 마. 나를 공격한 녀석은 살아남을 가치도 없어."

"안됐지만 네놈의 적은 곧 우리 편이라서 말이지. 죽게 내버려 둘 수는 없어. 얘들아!"

"네! 라프짱!"

"갑니다! 크리스도 힘을 빌려주세요!"

"라아프!"

"펭!"

라프타리아와 글래스가 라프짱과 크리스를 어깨에 태우고, 이번 주의 적이 만들어낸 벽에 각각 공격을 가했다.

"몽환 · 하일문자(霞一文字)!"

"윤무 파(破) 형 · 빙설 귀갑 쪼개기."

환영을 깃들인 라프타리아의 하일문자가 연신 결계를 베고, 글래스는 방어 무효 효과를 가진 스킬에 얼음 마법을 부여해서 합성 스킬을 내쏘았다.

흐음…… 라프타리아 쪽은 원래 한 발밖에 쏠 수 없었던 하일문자를 합성 스킬로 사용함으로써 한 번에 여러 발을 쏠 수 있게 됐고, 글래스 쪽은…… 아마 상대의 움직임을 둔하게 만드는 상태 이상, 혹은 경우에 따라서는 상대의 몸을 얼음처럼 단단하게 변화시키는 상태 이상을 부여하는 공격이었던가.

이제 두 사람 모두 은근히 비열한 공격을 하는군.

마룡 덕분이긴 하지만.

라프타리아와 글래스의 공격은 이번 주의 적이 친 결계의 일면을 가까스로 깨는 데 성공했다.

"큭…… 단단하네요."

"그러게 말이에요. 그래도 그럭저럭 깨는 데 성공했어요! 어서 도망치세요!"

"어딜! 그냥 내버려 둘 줄 알고?"

이번 주의 적이 라프타리아와 글래스가 뚫은 구멍을 막기 위해 힘을 불어넣었다.

결계의 형상이 서서히 바뀌어서 구멍을 막으려 하고 있군.

"그럼 나는 가만히 있을 줄 알았냐?"

나는 천천히 다가가서 부유경(浮遊鏡) 두 장을 사용해 구멍이 막히는 것을 저지했다.

"이, 이 기회에 여기에서 나가야 해!"

"오, 오오!"

의용병들이 우르르 구멍으로 몰려들어 탈출을 시도했다.

"거치적거리니까 네놈들은 물러서 있어!"

완전히 일반인은 아니겠지만, 이렇게 꼴사납게 당하는 걸 보면 전력에 포함하기는 힘들어 보였다.

우리의 보호 없이는 전투다운 전투도 할 수 없는 녀석들이라면 차라리 이 자리에 없는 편이 낫다.

내 목소리를 듣고 상황을 이해한 의용병들은 일사불란하게 그 자리를 떠나갔다.

그리고…… 사디나와 실디나가 간파한 파도의 용병 둘도 이 혼란을 틈타서 도망쳐 버렸는데, 어디로 간 건지 알 수가 없었다.

뭐, 다시 접근해 오면 범고래 자매가 다시 간파하겠지.

"헛! 방어하기에도 버거운 모양이군."

이번 주의 적이 그렇게 내뱉었다.

무슨 헛소리를 지껄이는 거야? 공격은 지금부터라고.

"이 누나들도 잊으면 안 된다구——."

"맞아맞아."

사디나는 한 손에 보석을 든 채 마법을 영창하고, 실디나는 부적을 든 채 영창을 시작했다.

"최근에 한 훈련의 성과를 보여줄게! 테리스에게 배운 마법을 용맥법으로 응용해서 나오후미와 같은 방식으로 영창할 수 있게 만든 마법, 한번 받아 보라구!"

사디나가 들고 있는 보석 액세서리가 강렬한 광채를 토해 내고, 마법이 발동되었다.

"주얼 아쿠아 블래스트!"

실디나는 부적을 이용한 영창을 완전히 마스터한 모양이었다.

『나 지금 그대에게 명한다. 부적이여…… 나의 말에 응하라. 저자들을 썰어 버려라!』

"*카마이타치!"

---

* 카마이타치(鎌鼬) : 일본 전설에 나오는 족제비 요괴. 회오리바람을 타고 다니며 사람들에게 상처를 내고 다닌다고 한다.

사디나에게서는 거대한 얼음 덩어리가, 실디나에게서는 진공의 칼날이 날아가서 이번 주의 적과 세인의 언니, 여자2 등의 패거리들에게 날아갔다.

"뭐야 이건?! 하지만, 이 정도로는 어림없지!"

이번 주의 적은 스스로를 보호하기 위해 결계를 만들어 내서 범고래 자매의 마법을 막아 냈다.

날아간 마법은 이번 주의 적이 만들어낸 결계를 뚫지 못하고 사라져 버렸다.

칫…… 돌파에 실패했군.

"어머나…… 단단한걸."

"기를 섞어서 벤 거였는데……."

"네, 손쉽게 깰 수 있을 줄 알았는데, 별 효과가 없었어요."

라프타리아를 비롯한 동료들이 이번 주의 적이 만든 결계에 대한 감상을 주고받고 있었다.

기를 이용해서도 깨지 못하는 결계라니……. 어떤 장치를 해 놓은 거지?

"꺄아—! 멋져요! 빨리 저기 저 방패의 마왕을 죽여 버려요—!"

"피 튀기는 순간을 빨리 보고 싶어—!"

"역시 대단하세요—!"

재수 없는 악다구니가 들려왔다.

저 녀석은 이런 여자들을 데리고 있는 게 비참하지도 않은 건가?

"……."

세인의 언니는 여전히 우리와 제대로 맞붙을 생각은 없어 보였다.

운이 좋은 건지, 나쁜 건지.

정말 제대로 마음먹고 맞붙는다면, 지금의 우리 실력으로는 당해 내기 버거울 것이었다.

가능하면 지난번처럼 궁지에 내몰아서 후퇴로 내몰고 싶은 심정이었다.

지금 우리가 도망치면 라르크의 나라가 유린당할 것은 불 보듯 뻔하다. 그렇게 되면 우리의 거점을 잃게 되는 건 물론이고, 이 나라에 대한 다른 나라들의 여론이 더더욱 악화된다. 도망치는 것만은 피해야 할 것이다.

"스타더스트 블레이드!"

라프타리아가 멀리서 이번 주의 적과 그 패거리들을 향해 별을 내쏘았다.

하지만 이번 주의 적이 전개하고 있는 결계를 돌파하지는 못했다.

"흥! 고작 그따위 공격이 통할 줄 알고?"

"기를 더 불어넣고 '점'까지 응용했는데도 별 효과가 없다니⋯⋯."

단순한 내구력과는 별개의 무언가가 개입되어 있는 건지도 모른다.

어떻게든 돌파할 방법을 생각해 내야 한다.

"흥! 죽어라!"

이번 주의 적이 외치는 동시에, 내가 내쏜 스타더스트 미러에 별안간 불꽃이 튀었다.

위치로 보아 내 목을 노린 것 같군.

"뭐야? 저 결계 안에서는 만들어 낼 수 없나?! 귀찮은 놈!"

이 공격으로 미루어 보아…… 저 결계는 절단 효과를 이용한 공격도 가능할 것 같군.

아아, 알겠다. 공격이 메인이라서 그렇게 된 거라는 거지?

"라프타리아, 글래스, 그 녀석의 결계는 방어 같아 보이지만 실제로는 공격이야. 힘겨루기를 할 때 기를 내쏘면서 쑤셔 넣으면 효과가 있을지도 몰라."

"알았어요! 한번 해 볼게요."

"네."

"이런……. 우리라고 그걸 그냥 보고만 있을 리가 없잖아?"

세인의 언니가 기다렸다는 듯 뇌까리고, 천천히…… 뭐지?

검은 공 같은 것을 꺼내서 던졌다.

그러자 그 공에서 얼기설기 꿰매어진…… 몸은 사자, 머리는 소처럼 생긴 커다란 괴물이 튀어나왔다.

자세히 확인해 보니 눈 부분에는 바이저 같은 철판이 있고, 그 철판에서 두 개의 눈이 인상적인 빨간빛을 내뿜고 있었다. 가슴 부분 역시 금속적인 갑옷으로 덮여 있었다.

이름은…… 인공 베히모스라고 나왔다.

"끄허……."

독기 어린 색깔의 숨을 내뱉으며 착지해서 주위를 둘러보는가 싶더니, 이내 우리 쪽을 응시하기 시작했다.

"자, 저 녀석들을 처치해 버리렴."

세인의 언니가 그렇게 명령하자, 알았다는 듯 짐승 특유의 살기를 내뿜으며 거리를 좁혀들었다.

"끄허어어어어어어어!"

인공 베히모스가 덤벼들었다!

빠르잖아?!

"1식 · 2식 · 3식 · 유리 방패!"

나는 재빨리 유리 방패를 다중 전개해서 라프타리아와 글래스를 보호하면서 앞으로 뛰쳐나갔다.

하지만 인공 베히모스는 나의 방어 따위는 안중에도 없다는 듯 모조리 깨부수고, 우리를 날려 버렸다.

스타더스트 미러까지 순식간에 깨져 버렸잖아?!

"으윽?!"

"꺄아?!"

"이, 이건?!"

나가떨어진 뒤에야 알아챌 수 있었을 만큼, 인공 베히모스의 움직임은 엄청나게 빨랐다.

덤벼들 거라는 걸 알고 있었는데도 몸이 따라잡지 못했다! 기를 응용해서 우격다짐으로 몸을 반응시켰는데도 대처하지 못했다.

나가떨어져서 벽에 부딪치기 직전, 몸이 둥실 떠올랐다.

"나 참, 왜 이렇게 시끄럽나 싶어서 와 봤더니 상황이 성가시게 돌아가고 있나 보군."

"주인님, 괜찮아?"

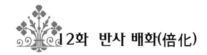# 12화 반사 배화(倍化)

목소리에 고개를 돌려 보니, 마룡과 필로가 있었다. 우리가 벽에 격돌하기 직전에 구해 준 모양이다.

"어머어머어머, 지원군? 하긴 지위가 지위이니만큼 지원군이 없을 리는 없겠지. 하지만 태평하게 날아다니고 있으면 표적이 되기 십상일 텐데?"

"받아라!"

이번 주의 적이 나를 향해 결계 공격을 내쏘았다.

그나저나 결계인 주제에 아까부터 절단 공격만 해 오다니, 아예 본질이 뒤바뀌어 버린 거 아니야?

"스타더스트 미러!"

쿨타임은 이미 지나 있었기에, 결계를 쳐서 공격을 막아냈다.

우리의 사방에서 불꽃이 튀었다.

일단 결계 공격 자체는 방어에 성공한 모양이다.

뭐랄까…… 결계의 본래 용도가 뭐였지? 방어하기 위한 힘 아닌가?

그걸 공격에 사용해 봤자, 방어에만 온 힘을 기울인 내 결계가 뚫릴 리가 없다.

내가 착지하는 순간을 노려서 인공 베히모스가 육박해 왔다.

"끄어어어어어어어어어!"

인공 베히모스가 발톱을 크게 휘둘렀다.

"어림없는 짓!"

『내가 가진 뭇 핵석의 힘이여. 내 부름에 응하고 따라 마의 힘을 양식 삼아 구현하라. ……나는 세계를 통치하는 용제. 저자를 막아서는 장벽을 만들어 내라!』

"마룡! 팔면경(八面鏡)!"

예전에 마룡이 우리를 상대로 썼던, 장벽을 만들어 내는 마법을 영창했다.

뽀각뽀각 장벽이 한 장 한 장 깨져 나갔지만, 인공 베히모스의 공격 동작이 점점 무뎌져 갔다.

"와! 위험해~."

딱히 필로의 목소리에 반응한 건 아니지만, 일동은 모두 공격을 회피했다.

내가 막아서서 대응할 수 있는 상대가 아니다!

대체 얼마나 강화된 거야! 최근에 우리가 한 강화 따위는 새 발의 피밖에 안 됐던 거냐!

"여기까지 오는 동안 마력을 담아 영창해서 발동한 마법이 이렇게 손쉽게 깨져 나가다니……."

"마물은 내가 맡을게! 즉석 거대 마물 전용 함정!"

키즈나가 수렵구를 땅에 박자, 인공 베히모스 바로 앞에 별안간 구멍이 나타나고, 인공 베히모스의 하반신이 그 구멍에 끼었다.

"으…… 뭐야 이거?! 엄청난 힘이야! 우격다짐으로 뛰쳐나올지도 몰라!"

"어머어머, 아무래도 이것까지 당해내기는 힘든가 보네―?"

마룡이 내 어깨에 앉아서 인공 베히모스의 가슴을 쏘아보았다.

"호오…… 지독하게 일그러진 괴물을 만들어낸 모양이군."

마룡이 노기 섞인 목소리로 세인의 언니에게 쏘아붙였다.

마룡은 인간에 대해서는 항상 얕잡아 보는 태도로 대하지만, 마물에 대해서는 동료 의식을 갖고 있는 모양이었다.

"알 게 뭐야. 나는 실험 삼아서 가져온 것뿐인걸."

"이렇게 마물을 농락하다니……. 마물의 왕인 나에게 이건 용서할 수 있는 범위를 벗어난 일이다!"

"맞아맞아! 우리가 시험적으로 개발한, 이 세계 성무기와 권속기의 강화 방법을 모조리 다 투입한 인공물이라구."

뭐라고?! 그 말인즉슨, 이 마물은 용사들의 강화 방법을 전부 다 실시한 마물이라는 거냐?

"그렇겠지. 방패 용사, 재미있는 걸 가르쳐 주마."

마룡은 인공 베히모스의 흉부로 시선을 돌렸다.

"저기에 오염된 이 세계의 성무기들을 수용해서 저 마물을 유사 사성용사로 만들어낸 다음, 모든 강화 방법을 다 실시했다. 말하자면 마물판 사성용사인 셈이지."

"뭐라고?!"

어쩐지 일격이 강해도 너무 강하더라니!

나는 비록 지금은 거울 용사이지만, 방패만큼은 아니라도 상당히 높은 방어력을 갖고 있다.

그걸 손쉽게 돌파하다니, 대체 얼마나 흉악한 공격을 하는 거냐?!

열두 무기의 강화 방법을 실천한 괴물과, 절단 결계 능력을 가진 파도의 첨병, 게다가 세인의 언니와 그 밖의 패거리들까지 상대해야 하다니, 아무리 우리의 진영이라는 이점이 있다 해도 너무 어려운 상황이잖아!

"그래 봤자 시제품이란 말이지. 스킬이나 마법까지는 재현하지 못했지만…… 당신들한테 얼마나 통할지 시험해 보려는 거야."

그런 위험한 걸로 인체 실험을 하면 어쩌자는 거냐!

"나오후미가 이야기했던 것처럼 권한을 박탈할 수는 없는 거야?"

"아마 안 될 거다. 너무 심하게 오염됐어. 그 근원을 파괴하기 전에는 어떻게 해 볼 도리가 없다."

마룡의 충고를 들으면서, 키즈나가 수렵구에 손을 얹었다.

"그런 것 같네. 수렵구에서 목소리가 들려. 안 될 거라고."

"하하하하하하! 용사가 고작 그 정도라니, 생각보다 너무 약한 거 아니야?"

이번 주의 적이 높은 곳에 서서 여유만만하게 내려다보며 소리쳤다.

"이 녀석이 강하다고 해서 네놈까지 강한 건 아니란 말이다!"

"약한 녀석일수록 짖어 대는 법이지. 억울하면 날 이겨 보시든가! 멍청한 놈!"

"또 그 소리냐! 그 약육강식론은 네놈들의 정해진 대본 같은 거냐?!"

이번 주의 적은 대놓고 깔보는 눈매로 지껄여댔다.

정말이지, 파도의 첨병이라는 놈들은 하나같이 성격이 판박이라 넌덜머리가 난다니까!

파도 때 발생하는 마물처럼, 인간의 형태를 한 다른 무언가 같은 건가?

"흐음……. 얕봐도 너무 얕보는군……. 어찌 됐건, 방패 용사에 대한 욕설은 내가 용서 못해."

마물 대표가 어째선지 내 편을 들고 있는데…… 너도 별반 다를 것 없다고.

마룡이 둥실 떠올라서 손을 내밀고 말했다.

"방패 용사의 허밍 페어리, 힘을 빌려줘라."

"응? 뭘 하려는 건데? 별로 안 하고 싶어."

"이대로 가면 호구가 될 뿐이다. 지금의 나는 아직 약해서 말이지. 네 힘이 필요하다."

"싫어!"

"에에잇! 귀찮은 놈!"

마룡이 울화에 찬 표정으로 필로를 쏘아보았다.

너는 자기가 필로에게 한 짓을 까맣게 잊어버린 거냐.

"또 필로를 흡수하려는 거냐? 그야 싫어하는 게 당연하지."

"그게 아니야. 난 그저 힘을 빌려달라는 거다! 평소처럼 노래해서 마력을 방출해라! 곡은 활의 용사가 자주 연주하는 영웅의 선율을 최대한 비슷하게 따라 하기만 하면 돼!"

"응? 알았어!"

필로가 착지해서 노래하기 시작했다.

"힘이 필요할 땐 너희 같은 식신이 더 효율적이다. 그대들, 상황은 이해하겠지?"

"라프!"

"펭!"

라프짱과 크리스가 마룡의 요구에 응하듯 고개를 끄덕이고 마룡에게 다가갔다.

그러자 라프짱과 크리스의 몸이 반투명해지고, 마룡의 힘이 강화된 것처럼 보였다.

뭐, 뭘 하려는 거지?

"고도의 영창을 하기에는 일손과 마력이 부족해. 수룡의 무녀 자매라고 했던가? 그대들도 도와라."

"어머나? 나오후미, 어떻게 할까?"

"어라—? 드래곤의 명령을 들으니 수룡님 생각이 나는걸."

범고래 자매가 내게 방침을 물었다.

"도와주도록 해."

"알았어. 그런데 이 누나들은 뭘 하면 되지?"

"의식 마법과 유사한 걸 할 생각이다. 그동안에 보석과 부적의 마법을 영창해라."

으음…… 어째 우리 편이 마룡의 지휘하에 움직이고 있는 것 같은 느낌인데?

이래도 괜찮은 걸까?

"수렵구의 용사, 너는 자기가 어떤 무기의 선정을 받았는지 알고 있겠지? 이 세계의 모든 것을 지배하려는 마룡을 토벌한 그대가 저런 짐승 한 마리도 못 처치한다면, 그러고도 용사라 할 수 있겠나?"

"우와! 너무 터무니없는 요구를 하는데—."

"잘난 척하긴……."

키즈나와 글래스가 투덜거렸다.

"나는 용제이자 마룡, 원래 잘났으니 잘난 척을 좀 해도 상관없다."

"키즈나 혼자 힘으로는 힘들 것 같은데."

"흥. 방패 용사, 그대는 이 세계에서 수렵구의 용사가 어떤 존재인지를 이해하지 못하고 있는 것 같군."

키즈나가 자세를 낮추고, 해체용 칼 형태로 변형한 수렵구를 움켜쥐었다.

"끄어어어어어어어어억?!"

함정의 결박을 뿌리치고 구멍에서 나온 인공 베히모스가 포효를 내질렀다.

당장에라도 덤벼들려 하던 인공 베히모스가, 키즈나의 자세를 보자마자 펄쩍 뛰어 물러섰다.

"이런…… 담아 둔 힘이 빠져나갔나 보네. 나도 아직 멀었는걸."

뭐지? 인공 베히모스 녀석, 그렇게 강한 힘을 갖고 있으면서도 키즈나를 경계하고 있잖아?

"어머어머어머. 이게 대체 어떻게 된 거지? 두려움이라는 감정은 없을 텐데? 아니면 애초에 성능이 이 정도밖에 안 되는 거야?"

"수렵구는 인간을 상대로 한 전투 기능을 모조리 버린 대가로 마물에 대해서는 강력한 전투 능력을 얻었다. 거기에는 방어력이나 속도도 포함되어 있지."

마룡이 질문에 대답했다.

그러고 보니 키즈나는, 적어도 쿄를 상대로 싸울 때는 힘이 부족해 보이는 면은 찾아볼 수 없었다.

글래스 패거리의 신뢰도 두터웠었고.

단지 사람을 상대로 싸울 수 없을 뿐.

"방패 용사, 너는 주위 사람들을 보호하는 것에 집중해라."

"아, 알았어."

그때 이번 주의 적이 우리를 향해 결계 공격을 내쏘았다.

접근전은 시도하지 않는군.

전부 다 그 공격으로 해결하려는 꿍꿍이라는 것쯤은 짐작할 수 있었다.

"우리를 잊으면 곤란하지!"

"맞아맞아!"

동조하는 여자2의 목소리가 신경을 긁었다.

"갑니다! 스타더스트 블레이드!"

"저도 도울게요! 윤무 무(無)형 · 달 쪼개기!"

라프타리아가 내쏜 스타더스트 블레이드의 별들과 글래스가 내쏜 스킬의 칼부림이 이번 주의 적이 내쏜 결계에 명중해서, 결계를 깨 나갔다.

"칫! 약했나 보네! 하지만 다시는 안 통해! 내 결계를 얕보지 마!"

라프타리아와 글래스의 공격은 이번 주의 적이 내쏜 두 번째 결계에 막히고 말았다.

"패턴을 한 번 바꿔 봤는데…….."

"너무 단단해서 힘으로 돌파하기는 힘들 것 같네요."

젠장, 스타더스트 미러 덕분에 설치를 방해할 수는 있지만, 자칫 놓쳤다가는 목 바로 밑에 설치해서 절단하려 들 수도 있으니 성가시기 짝이 없다.

나만 집중적으로 노리는 건 타쿠토와 마찬가지로 페미니스트라서 그런 건가?

어쨌거나 키즈나 쪽을 노리지 않는 건 나로서는 다행이다.

그리고 결계 속에 틀어박힌 채 원거리 공격만 하니까 방어하기 수월했다.

뭐, 상대방 입장에서도 함부로 덮쳐들었다가 자기 여자 동료가 시제품 마물의 공격에 휩쓸려 죽는 건 싫을 테니까 그러는 거겠지만.

글래스는 키즈나와 인공 베히모스의 공방전을 보좌하고, 라프타리아는 기습을 통한 유격전을 벌였다.

"글래스 양! 위험해요!"

라프타리아가 두 번째 도로 발도술을 사용해서, 하이퀵 상태로 글래스를 인공 베히모스의 공격으로부터 보호했다.

키즈나가 전위, 글래스가 보좌, 라프타리아가 방어를 맡는 진형으로 시간을 벌어 주고 있었다.

"요, 용사 여러분!"

성의 병사들이 달려왔다.

"너희는 쓸데없는 공격을 하지 마! 가능하면 물러나 있어."

"하, 하지만……."

"너희가 죽으면 내가 라르크한테 잔소리를 듣는다고. 지원 사격을 한다고 해도 상성이 안 좋아."

병사들에게 그렇게 주의를 주자, 우리의 생각을 깨달은 병사들은 멀찍이 물러나서 성 밑 도시의 혼란에 대한 진압 작업에 나서 주었다.

"젠장…… 타이밍이 너무 안 좋아서 못 해 먹겠군."

이츠키와 리시아, 세인과 에스노바르트가 오려면 아직 멀었나?!

라르크 일당이 우리의 위험을 알아채기는 힘들 것이다.

이런 최악의 상황에 혀를 차고 있으려니, 마룡이 말을 걸었다.

"내가 어떤 존재인지를 똑똑히 이해해라. 나는 이 세계의 모든 마법을 숙지하고 있는 마의 왕이라 자부하는 용제. 마법이란 어떤 것인지…… 그 진수를 보여주마."

마룡이 내 위에서 뭔가 마법 영창에 들어가는 동시에 나를 쳐다보았다.

"방패 용사의 세계에서는…… 아마 칠성용사 중 지팡이 용사의 주특기였을 거다. 나중에 나의 위용을 마음껏 떠벌리도록 해라. 마법이 얼마나 근사한 것인지를!"

그와 동시에 머릿속에 목소리가 들려왔다.

가끔 가엘리온이 하곤 하는 비밀 이야기다.

『전에 방패 용사가 이야기한 적이 있었지. 증오의 대상인 그 여자에게 최근에 해 줬다고 자랑했던 일 말이다. 이제부터 그걸 할 거다.』

윗치를 상대로 했던 것…… 아아, 상대가 쏜 마법을 거울로 반사해서 되쏘는 것 말이군.

살의를 가득 담아 내게 내쏘았던 마법을 윗치에게로 되쏘아서 불덩이로 만들었던 그 기술이다.

자기가 쏜 업화의 불길에 휩싸여서 나뒹굴던 윗치의 모습이 너무나도 꼴사나워서, 통쾌한 기분이 들었었지.

그건 그렇고, 마룡은 내가 그때 그걸 해 주기를 바라는 모양이다.

『공중에 거울을 만들어 낼 수 있지 않나? 내가 할 것은 첫 번째는 공격이고, 다음은 지원이다. 잘 운용하도록 해라.』

나는 나대로 계획을 짜서 싸워야 한다니 너무한 거 아니야?

그래도…… 마룡이 생각하고 있는 계책 자체는 나쁘지 않아 보이는군.

내가 고개를 끄덕이는 걸 확인한 마룡이 오른손 손목을 가볍게 돌리며 영창에 들어갔다.

『나의 뭇 협력자들이여. 내 부름에 응하고 따라 마의 힘을 양식 삼아 구현하라!』

고밀도의 마력 영역이 전개되는 것이 느껴지고, 마룡의 눈앞에 마법의 덩어리가 생성되어 갔다.

막대한 마력이 마룡에게 흘러들어 가고 있는 게 느껴졌다.

뭔지는 모르겠지만 용맥법을 활용하고 있는 것 같군. 어디선가 힘이 흘러들어 오고 있었다.

우리는 마룡이 그 마법의 반죽 같은 무언가로, 찰흙을 주무르듯이 형태를 만들어 가고 있음을 느낄 수 있었다.

우리 세계에서의 싸움과는 전혀 달랐다.

사디나와 실디나의 힘까지 빌려 가며, 합성 마법이나 의식 마법과 유사하지만 어딘가 다른 마법을 구축해 나갔다.

"아하하, 제아무리 잔꾀를 부려 봤자 이 단단한 방어가 뚫릴 일은 없지만 말이야."

"그렇고말고, 이제 그만 포기하는 게 신상에 이로울걸. 받아라!"

여자2가 이번 주의 적에게 기대면서, 마법을 영창하는 우리를 도발했다.

이번 주의 적이 키즈나와 글라스와 라프타리아를 향해 결계 공격을 날려댔지만, 이 셋은 움직임이 워낙 빠르기에 움직임을 봉쇄당하기 전에 피해 버렸다.

목이 아니라 다리나 팔을 노리는 탓에 제대로 명중하지 못하는 것 같았다.

하지만 그렇다고 포위해서 압박 공격을 하기에는 인공 베히모스가 거치적거리고, 게다가 인공 베히모스의 공격 때문에 결계가 파괴되기까지 하는 지경이었다.

"방패를 출현시켜서 움직임을 방해하는 공격을 안 하는걸."

이런! 세인의 언니가 우리의 의도를 분석하고 있잖아!

빨리 좀 해, 마룡!

『그 힘은 폭발하는 업화, 모든 것을 섬멸하는 마도(魔導)의 진수, 나의 적을 섬멸하는 기술일지니…… 세계를 통치하는 용제가 명한다! 태양처럼 불살라라!』

『그 힘은 승리의 복선, 모든 것을 섬멸하는 마도의 진수, 우리가 수하에게 베푸는 자비일지니…… 세계를 통치하는 용제가 명한다! 전능한 힘을 하사하라!』

마법이 이중으로 들리잖아?!

실다나가 영창하는 마법과 비슷해 보이는 건 내 착각일까?

"어머나— 굉장한걸. 동시 영창이라니."

"나도 할 수는 있어."

아, 범고래 자매가 영창하면서 잡담을 주고받고 있잖아.

범고래 자매와…… 라프짱, 필로와 크리스가 각기 다른 마법을 담당하고 있음을 느낌으로 알 수 있었다.

"가자, 방패 용사! 힘을 낭비하게 하지 마라!"

"힘닿는 데까지 해 보긴 하겠지만, 너무 기대하지는 말라고!"

내 목소리와 동시에 마룡이 마법을 품은 채 빨갛게 타오르는 덩어리를 나에게로 던졌다.

"우와—! 제대로 연계 작전도 못 쓰잖아! 자기들끼리 서로 방해하고 앉아 있네! 바보 천치들!"

"호호호호호, 저 녀석들, 자기들끼리 싸우고 있어요! 완전 바보들이라니까요!"

손가락질을 해 대면서 웃고 있지만, 잘못 본 거라고.

"어머어머어머."

세인의 언니가 그렇게 말하면서 사슬을 원형으로 만들더니…… 그 안으로 통과했다.

직후, 세인의 언니가 사라져 버렸다.

이건 전이 스킬이다. 틀림없다.

칫! 쓸데없이 감 하나는 예리한 여자군.

하지만 시끄러운 구경꾼들을 없애는 게 먼저겠지!

"실수하지 말고 제대로 써야 해!"

"알았어!"

전투 시면 항상 전개하고 있는 두 장의 부유경을 움직여서……
날아온 마법 덩어리를 반사시켰다.

"으랏차아아아아아아아아아아아!"

이 충격…… 야구는 해본 적이 거의 없지만, 방망이에 공이
맞았을 때처럼 은근히 시원한 기분이었다.

요컨대, 거울에 힘을 담아서 되받아치는 것.

그 사선에 부유경을 설치해서 다시 각도를 조정.

첫 번째 거울로 마법을 반사시키고, 두 번째 거울로 결계 밖으
로 내보낸다.

"1식·2식·유리 방패!"

마룡이 내쏜 마법 덩어리의 의도치 않은 이동을 막기 위해, 기
를 충분히 담아 유리 방패를 출현시켰다.

각도 조정은 이 정도면 되겠지.

하지만…… 큭, 기를 너무 많이 소모했군.

쨍 하고 첫 번째 유리 방패에 마법이 명중, 깨져 나가면서도
마법을 적절한 각도로 반사시켜서 두 번째 유리 방패로 연결시
켰다.

기를 담은 거울이며 유리 방패에 명중할 때마다 마룡이 영창
한 마법 덩어리는 점점 더 커져 갔다.

이번 주의 적도 표정이 약간 심각해지긴 했지만, 엉뚱한 방향으
로 날아가는 마법을 보고는 안도한 듯 싱글싱글 미소를 지었다.

"3식·유리 방패와 전송경을 응용한…… 유리 감옥!"

마지막으로 두 장째 유리 방패와 세 장째…… 오? 이번 주의
적이 친 결계 안에 설치되잖아?

설치가 안 된다 해도 배후에 설치할 작정이었지만 말이지. 그리고 나는 거울을 전송경으로 변화시켰다.

"뭐, 뭐야?! 어떻게 내 결계 안에——!"

이번 주의 적과 여자2와…… 그 밖의 여자들이 거울 감옥 안으로 사라졌다.

"어이, 윗치의 패거리, 전에 윗치가 쏜 마법을 반사시켰을 때도 위력을 강화해서 맞받아친 거였지만, 그건 한 장의 거울로 한 거였지. 윗치 때 일을 기억하고 있었더라면 도망치자고 제안했어야지."

우리의 의도를 알아채지 못한 것이, 쓸데없이 감이 좋은 세인의 언니와의 차이점이겠지.

결계를 없애도 쏜살같이 도망쳤더라면 살아남을 수 있었을지도 모르잖아?

특히 여자2, 세인의 언니가 피난하는 걸 봤으니, 주의를 줄 시간은 충분히 있었다.

"크크크, 이게 바로 세계를 절망으로 물들였던 이 몸이 영창한 마법…… 마룡·구천양염(九天陽炎)이다. 방패 용사에 의해 증폭된 마법을 얻어맞고 숯덩이가 되어 버려라."

미리 생각해 둔 대사인 양, 마룡은 남은 마법 구슬을 공중에 띄워 놓은 채로 소리쳤다.

이 마법을 처음에 쏜 게 너인 건 사실이지만, 명중시킨 건 나라고.

결계 안에 틀어박혀서 꼼짝도 안 하고 있으니 맞히기도 쉬웠다.

이윽고 거울 감옥 안에서 쿵! 하는 충격이 뿜어져 나왔다.

"끄아아아아아아아아아아아아아아아아아아?! 뜨거워어어
어어어어어어어어어어어어어어어어?!"

"꺄아아아아아아아아아아아아! 누, 누가 좀 살려 줘어어어
어! 죽겠어어어어어어어어어!"

결계 내부에서 심상치 않은 절규 소리가 터져 나왔다.

"인간의 비명이란 참 듣기 좋단 말이지⋯⋯."

야, 마룡, 그건 악역들이나 지껄이는 대사라고.

아니, 뭐, 속 시원한 절규였던 건 사실이지만!

"먼저 내가 직접 쳐내고, 부유경 두 장으로 반사시켜서 유리 방
패로 한층 더 증폭, 그리고 두 장의 유리 방패가 전송경으로 변화
돼서⋯⋯ 너희를 보호하고 있는 결계 안으로 날아가면⋯⋯ 과연
그 살상력이 어느 정도나 될까?"

전송경은 전이 스킬인 동시에, 거리를 단축시켜 주는 지원 스
킬이기도 한 것이다.

거울이라는 매개체가 반드시 필요하다는 단점이 있지만, 폭
넓은 용도로 활용할 수 있다.

나를 적대할 때라면, 엉뚱한 곳에 거울이 나와 있을 때는 항상
조심했어야지.

적어도 이 거리에서는.

기를 담으면 출현시킬 수 있는 거리도 그럭저럭 늘릴 수 있고
말이다.

"별안간 사방에 유리 감옥이 나타나고, 그 안에서 마법이 폭
발하면서 난반사를 되풀이하면⋯⋯."

쨍그랑 하는 소리와 함께 거울 감옥이 터져 나가는 동시에, 고

밀도로 압축된 불기둥이 뿜어져 나왔다.

그 뒤에는…… 응, 아무것도 안 남았군.

말살 종료!

음? 마룡이 숨을 크게 들이쉬더니…… 뭔가를 우물우물 씹기 시작했다.

"역시 절망과 고통으로 물든 인간의 혼은 참 맛이 좋아. 으음, 그리고 다른 세계의 혼은 별미로군. 이 세계의 인간과는 다른 맛이 느껴져."

혼도 먹는 거냐!

혼이 남아 있으면 부활할 가능성이 있으니 마침 잘된 셈이긴 하지만, 그래도 너를 내 동료로 취급하기 싫어진단 말이다.

"엉뚱한 걸 먹었다가 다른 녀석에게 몸을 빼앗겨서 지배당하기라도 하면 가차 없이 죽여 버릴 줄 알라고!"

"나를 그런 잔챙이와 비교하지 마라."

이 녀석은 진짜 너무 사악해서 같은 편으로 받아들이기 싫어질 정도다.

"우와…… 잔인한 공격을 다 하네."

인공 베히모스의 공격을 종이 한 장 차이로 피한 키즈나가 중얼거렸다.

"키즈나! 위험해!"

"앗차……. 그나저나 이 마물, 처음 움직임은 빠르고 굉장하다고 생각했었는데……."

키즈나는 인공 베히모스가 휘두른 발톱을 최소한의 움직임으로 피하고, 그 팔뚝을 발판 삼아 등에 올라타려 하다가 곧바로 튕겨 나갔다.

인공 베히모스의 뒤이은 발톱 공격을 얻어맞았지만, 그 공격을 교묘하게…… 허공에 뜬 나뭇잎과도 같은 움직임으로 흘려보냈다.

아니, 저게 뭐야…… 용사의 강화를 고려해도 너무한 거 아니야?

뭐, 필로의 지원도 걸려 있는 덕분에 평소보다 다소 강해진 거겠지만.

내가 미간을 찌푸린 채 키즈나를 쳐다보고 있으려니, 글래스와 마롱이 설명해 주었다.

"키즈나는 수렵구……. 마물에 특화된 용사예요."

"내가 패배한 것도 그 때문이었지."

"흘려보내는 전법을 병용하면, 마물을 상대로는 나오후미의 방어에 필적하는 방어력을 발휘할 거예요."

그렇게 방어가 탄탄하다는 건가?

하여튼, 세인의 언니를 비롯한 적 세력도 키즈나의 능력을 지나치게 얕봤다는 거겠지.

"강화를 전부 다 실시했다……. 하지만 스킬과 마법은 사용할 수 없다고 했던가? 그리고 녀석들이 거울과 악기의 강화 방법까지 알아냈는지 어떤지는 알 수 없고, 무기가 있어야만 적용할 수 있는 강화도 사용하지 않았으니, 기껏해야 이 정도겠지. 그리고…… 지능이 단순한 야생 마물 수준이니까."

한숨 섞인 목소리로 말하며 착지하는 키즈나를 향해, 공격이 통하지 않는 것에 분개한 인공 베히모스가 포효를 내질렀다.

아니, 뭘 그렇게 여유만만하게 구는 건데? 키즈나의 수렵구를 써도 공격이 하나도 명중하지 못하고 있잖아.

아니, 명중했는데 튕겨 나간 건가?

"그런 단조로운 공격은 제발 좀 피해 달라고 하는 거나 마찬 가지야. 1식 · 2식 · 3식 · 짐승덫!"

키즈나가 그렇게 뇌까리자, 달려들던 인공 베히모스의 한쪽 앞다리와 양쪽 뒷다리가 착지하는 위치에 덫이 출현해서, 있는 힘껏 그 다리들을 깨물었다.

"끄허어어어어어어어어어어어어어어?"

분노에 찬 포효를 내지르며, 나머지 앞다리를 키즈나에게로 있는 힘껏 후려쳤다.

"순순히 포기하면 좋을 텐데…… 하앗!"

뭐야?! 키즈나 녀석, 인공 베히모스가 휘두른 공격을 해체용 칼로 쳐냈잖아.

다만 앞발 공격의 충격파에 의해 키즈나가 서 있던 자리가 함 몰되었다.

키즈나가 두르고 있던 외투 일부가 잘려 나갔다. 공격의 위력 자체는 여전한 모양이었다.

아까 내가 나가떨어졌을 만큼 강한 일격일 텐데?

"그럼 이제 슬슬 숨통을 끊도록 하지, 수렵구의 용사."

마룡이 키즈나에게 말을 건 다음, 나를 향해 마법 구슬을 던졌 다.

"수렵구의 용사에게 정확히 맞혀라."

"그런 어려운 주문을 하면 어쩌자는 거냐!"

아직 쿨타임이 다 안 찬 스킬이 많단 말이다!

아까 마법을 반사시키면서 깨져 나간 부유경을 다시 출현시켜서, 마룡이 내쏜 지원 마법 구체를 거울로 쳐내 가며 각도를 조절, 키즈나에게 날렸다.

"짐승은 역시 움직임이 단조롭네. 나머지 앞다리가 나한테 닿을 것 같으니까, 덫을 완력으로 파괴하기보다 공격을 우선했어."

키즈나가 펄쩍 뛰어 뒤로 물러서서, 내가 증폭시킨 지원 마법 구체에 몸을 갖다 댔다.

구체가 하얀빛으로 변해 키즈나를 휘감았다.

이건 반사를 노린 전법인데, 자칫 잘못해서 적이 끼어들기라도 당하면 난감하겠군.

강화 마법의 효과를 가로채기당하는 셈이니까 말이다.

"마룡 · 가조(歌鳥)의 가호."

"그럼 이제……."

키즈나가 무기를 낚싯대로 바꾸어서 루어를 던졌기에, 나도 거기에 맞춰서 배화의 거울 조각을 던졌다.

이것을 끝으로 SP가 바닥났다.

회복시키려면 혼유수 등의 도구가 필요하겠지.

"끄어어어어어어어어어어!"

격앙된 인공 베히모스는 온몸의 근육을 한층 더 부풀려서 스스로를 꽉 옥죄고 있던 덫을 파괴하고, 키즈나를 향해 돌진했다.

나를 날려 버렸을 때보다 힘이 더 강해졌다는 걸 척 봐도 알 수 있었다.

저 거대한 덩치를 이용한 돌진은 그것 자체만으로도 경이적인 일격이 될 것이다.

덤프트럭에 치이는 것에 필적할 정도의 충격이리라.

피하는 수밖에 없다. 그런데도 키즈나는 피하려는 기색조차 보이지 않은 채 공격 태세를 취했다.

"그럼…… 이제 숨통을 끊어 줄게!"

키즈나는 가만히 자세를 낮추더니, 무기를 해체용 칼로 되돌리고 돌진했다.

『내가 가진 뭇 핵석의 힘이여. 내 부름에 응하고 따라 마의 힘을 양식 삼아 구현하라. 나는 세계를 통치하는 용제. 어리석고 욕된 존재인 마물을 없애는 어둠을 내쏘아라!』

"자, 네가 수렵구의 용사라는 걸 똑똑히 증명해 보여라! 마룡·심연탄!"

마룡이 어느새 마법을 영창해서 키즈나를 지원하기 시작했다.

넌 도대체 이 짧은 시간에 몇 번이나 연속으로 마법을 써대는 거냐!

"마룡과 힘을 합쳐서 합성 스킬을 쏘게 될 줄은 몰랐는데."

시커먼 어둠이 만들어낸 궤적이 인공 베히모스의 온몸을 휩쓸었다.

"암식(暗式)·혈화선!"

척 하는 소리와 함께, 키즈나가 해체용 칼에 묻은 어둠의 일부를 털어냈다.

"어어어어어어어어어어어——!"

인공 베히모스는 형언할 수 없는 절규를 내지르는가 싶더니…… 시커멓게 물드는 동시에 갈가리 찢어져 버렸다.

유사 배침(倍針)과 배화의 거울 조각이 합쳐져서 위력이 4배가 된 데다, 마룡의 지휘에 따라 필로가 부른, 영웅의 선율을 응축시켜서 효율이 3배가 된 지원 마법까지 건, 숨통을 끊는 합성 스킬이었다.

제아무리 용사의 강화 방법을 거의 다 적용한 마물이라 해도, 이런 걸 얻어맞으면 단번에 끝장이다.

"좋아! 결국 처치했어······. 하지만, 누가 나한테 회복 마법 좀 걸어 줘."

뒤를 돌아보며 미소를 짓는 키즈나의 온몸에서 피가 뿜어져 나왔다.

"키, 키즈나!"

"키즈나 씨?! 대체 어떻게 된 거죠?!"

"스킬로 대미지를 지연시켜 뒀었는데······ 으······."

"어머나—."

"야단났네!"

사디나와 실디나도 놀라서 소리치며 키즈나에게 달려갔다.

실디나가 부적을 꺼내서 회복 마법을 걸기 시작했다.

"라, 랏프!"

"펭!"

영창에 집중하고 있었던 건지, 아니면 마룡에 의해 강제로 그것만 생각할 수밖에 없는 상태가 됐던 건지, 마룡이 손가락을 튕기자 반투명 상태였던 라프짱과 크리스가 원래대로 돌아왔다. 그리고 그제야 정신을 차리고 놀라며 저마다의 주인에게 달려갔다.

"주인님, 더 노래해~? 필로 마력이 빨려 나가서 피곤해~."

"그래, 좀 더 노래해."

영웅의 선율보다 성능이 못한 지원의 노래이긴 하지만, 없는 것보다는 낫다.

"허술한 놈들!"

그 직후, 지금까지 모습을 감추고 있던 파도의 첨병 둘과 그 일행이 우리에게 덮쳐들었다.

"당신들에 대한 경계는 아까부터 하고 있었어요!"

"맞아요!"

라프타리아와 글래스가 곧바로 일어서서, 적들의 공격을 저마다의 무기로 맞받아쳤다.

"장난이 너무 심하면, 이 누나가 용서 못한다구."

사디나가 수인 형태로 변신, 닻을 휘둘러서 상대의 가슴을 꿰뚫었다.

"꺄아아아아아아아아아아아?!"

"──니이이이이이이임!"

파도의 첨병을 따라다니던 떨거지 여자가 절규를 내질렀지만, 사디나는 짜증이 솟구친 듯 창으로 파도의 첨병을 휘휘 돌려서 내던졌다.

"끄흑……"

공격하는 타이밍이 최악이었군.

나와 마룡이 영창하는 타이밍을 노려서 덤벼들었다면 성가셨을 텐데.

어쩌면 아까 그 녀석들과 이놈들은 횡적인 연결고리는 없었던 건지도 모르겠군.

"어부지리나 노리는, 예절을 못 배워 먹은 비겁한 사람들 같으니. 이 누나가 제일 경멸하는 인종이라니까—."

"어쨌거나 이기기만 하면 장땡이라고 생각하는 거 아니야?"

"그렇겠지. 나오후미, 성 사람들을 동원해서 붙잡는 게 좋을 것 같아."

"당연하지."

나 원 참, 방심할 틈이 없다니까.

그때 세인의 언니가 어디선가 스으 나타났다.

"어머어머어머, 전멸당할 줄은 몰랐는걸. 역시 시제품은 시제품일 뿐인가 보네."

사슬을 뻗어서 인공 베히모스의 시체로부터 핵으로 보이는 구형 물체를 끄집어냈다.

그것이 오염된 성무기라는 걸 어렴풋이 짐작할 수 있었다.

"그거 이리 내!"

"내가 순순히 내놓을 것 같니?"

절대로 내주지 않겠다는 듯, 세인의 언니는 사슬로 묶은 그 물체를 짊어진 채 업신여기듯 지껄였다.

"뭐, 어차피 이제 조금만 더 있으면 세인도 모래시계를 통해서 달려올 테니까, 그만 돌아가는 게 좋겠네. 문제점은 충분히 찾아냈고 말이야. 수렵구의 용사를 상대로는 써먹기 힘들겠는걸."

거의 키즈나의 압승이었으니까.

"그때 놓쳐 버린 게 정말 아까워 죽겠다니까."

"순순히 보내 주진 않을 줄 알아."

비틀비틀 일어선 키즈나가 무기를 0의 수렵구로 바꾸고 움켜쥐었다.

"나는 알 수 있어. 이 무기는 그 액세서리에 대해 효과가 있다는 걸……. 반드시 해방하고 말 거야."

"어머어머어머, 그것 참 무서운걸."

할 수 있을까?

어찌 됐건 세인의 언니는 도망치려는 기색이 역력하다.

"어머나—."

그런 실랑이 속에서, 사디나가 세인의 언니를 보며 말을 걸었다.

"진지한 대화를 하고 있다는 건 이 언니도 알겠지만, 하나 좀 물어봐도 되겠니?"

뭐지? 사디나가 이 여자한테 무슨 볼일이 있다는 거지?

아니면 뭔가 알아챈 거라도 있는 건가?

"뭔데 그러지?"

"당신의 그 태도 중에는, 본심이 아닌 마음이 얼마나 섞여 있는 거야?"

"……."

세인의 언니는 거만한 태도를 버리고, 퉁명스러운 얼굴로 사디나를 쏘아보았다.

"적어도 조금 전까지 같이 있던 여자애들과는 많이 달라 보여서 말이야. 나오후미가 증오하는 애와도 다르고……. 뭔가 다른 생각을 갖고 있어 보여. 이번에 여기 온 진짜 목적이 뭐지?"

"어머어머어머, 엉뚱한 추리는 하지 않는 게 신상에 이로울 텐데? 사람들이 오해하잖니?"

"과연 그럴까? 이야기하면 할수록, 이 언니가 느끼는 게 단순한 착각은 아니라는 생각이 드는데."

"……."

그 말이 어지간히도 거슬렸는지, 세인의 언니는 장난스럽던 태도를 완전히 지우고 사디나를 노려보았다.

사디나와 세인의 언니는 한동안 눈싸움을 벌였으나, 문득 세인의 언니가 살기를 흩어 버리고 등을 돌렸다.

"김샜어. 어차피 돌아갈 생각이었고."

"그래?"

"솔직히 말해서, 당신, 껄끄러운 타입이야."

"어머나— 그러니? 이 언니는 당신 같은 사람 싫지도, 껄끄럽지도 않은데 말이야."

뜬금없이 둘이서 웬 소통을 하고 있는 거야?

"내 리듬이 흐트러지는 게 싫어서 그래. 그럼, 나는 그만 돌아가 봐야겠어."

"안 보내 줄 거라고…… 내가 분명 이야기했을 텐데! 내가 붙잡아 놓을 테니까, 얘들아! 부탁할게!"

아직 지원 마법이 걸려 있는 상황에서, 우리 동료들 중에서도 상당히 빠른 축에 속하는 키즈나가 세인의 언니를 향해 돌격했다.

하지만 세인의 언니는 사슬로 키즈나를 손쉽게 결박했고, 그 결박을 찢어발기고 돌진해 오는 키즈나를…… 농락하듯이 그 등을 발판 삼아 우리의 등 뒤로 도약했다.

"흐엑?! 너, 너무 빨라서…… 맞힐 수가 없잖아."

"아아, 맞아, 맞아. 강화 마법을 받아서 자신감이 넘치는 것 같으니까 다시 한 번 가르쳐 줄게. 이런 마법은 무효화시킬 수 있다는 걸."

그것은 아주 짧은 영창처럼 보였다.

아마 본인의 원래 속도 같은 것도 관련이 있을 것이다.

"으음?!"

마법을 본 마룡의 눈빛이 확 달라졌다.

"해제탄·토둔폭(土遁爆) 4!"

이 마법은? 세인의 적 세력 중에 처음 만났던 녀석이 쓰던 것과 비슷하잖아!

범위 마법인 듯, 주위에 마법의 띠가 퍼져서 우리를 통과해 갔다.

"어, 지원 마법의 효과가…… 사라졌어?!"

"우…… 영웅의 선율을 못 부르겠어~. 뭐야, 그 마법~?"

지금까지 계속 노래하고 있던 필로가 항의했다.

"무효화됐다고 해도."

"이번에는 그만큼 다시 만회해 보이겠어요."

라프타리아와 글래스가 세인의 언니에게 덮쳐들려 했다.

"확실히 요전에 만났을 때보다는 강해진 것 같지만, 그래 봤자 지금 당신들의 힘은 어차피 뻔한 수준이라니까? 하지만 느긋하게 당신들을 상대하고 있다가는 세인이나 다른 용사들까지 올 거 아니야? 그럼 내가 불리해질 테니까 이만 돌아가 봐야겠어. 운 좋게 목숨 건진 줄 알라구."

그렇게 말한 세인의 언니는 사디나를 한 번 쏘아보고 내게 손을 흔들었다.

"바—이."

그리고 순식간에 사라져 버렸다.

자기 말마따나 전송 스킬 같은 걸 써서 돌아간 것이리라.

"저게 적이란 말이군……. 확실히 무시무시할 만큼의 힘을 갖고 있는 것 같다. 우리는 녀석의 변덕 덕분에 살아남은 것일 뿐이야."

하긴 그렇겠지.

그나저나, 세인과 다른 용사들이 온다고 해서 상황이 크게 달라질 것 같지는 않은데 말이지.

사디나의 반응으로 미루어 보아 뭔가 목적이 있는 건지도 모르겠지만…….

"잘 모르겠는걸."

세인의 언니가 떠나간 자리를 바라보며 사디나가 중얼거렸다.

"무슨 소리지?"

"그렇게 오래 이야기한 건 아니라서 이 누나도 단언할 수는 없겠지만, 저 사람…… 살의를 갖고 있지 않단 말이야. 말 그대로 놀러 온 것 같다니까."

"지금 혹시 네 이야기 하는 거야?"

까놓고 말하자면 사디나도 평소에 전투를 할 때 살의 같은 건 그다지 보이지 않는다.

"어머나?"

뭐…… 본심을 잘 드러내지 않는 술고래라서 세인의 언니와 통하는 게 있는 건지도 모르지.

쓸데없이 강하기만 한 바보녀인 줄 알았는데, 뭔가 비밀이 있는 건지도 모르겠다.

그건 그렇고 말이다.

"라프타리아! 드디어 윗치의 패거리 하나를 해치웠어!"

엄지를 추켜세우며 승리의 미소를 지었다.

말단 중의 말단이겠지만, 윗치와 오래 어울려 다닌 쓰레기녀 하나가 이 세상에서 사라져 버리다니, 속이 다 시원하다니까!

살인을 대놓고 기뻐하는 게 좀 꺼림칙하긴 하지만, 그 녀석들도 나를 죽이려고 들었으니 동정할 이유가 없다.

녀석들에게 당한 피해자들은 헤아리는 것도 지긋지긋할 만큼 많으니까.

"득의양양하게 할 이야기는 아닌 것 같지만…… 그분들이 말썽을 일으키는 것도 사실이니까, 참 복잡한 문제네요."

좋아, 라프타리아의 허가가 떨어졌군. 사악한 미소를 지어 주마.

"큭큭큭……."

"하하하하하하."

어째선지 마룡이 나와 같이 웃기 시작했다.

반사적으로 내 웃음이 그쳤다.

"웃지 마! 왜 너까지 웃는 거냐!"

"어리석은 인간이 이 세계에서 사라진 걸 보고 웃지 않으면 언제 웃으라는 거냐."

그러고 보니 이 녀석은 원래 마물들의 왕으로, 인간과는 적대 관계라고 했었지.

어리석은 인간이라는 표현은 부정할 수 없겠군.

쓰레기녀에게 농락당해서 맛이 가 버린 채 약육강식론을 주장하던 놈과, 남자를 속여서 자기 마음대로 이용한 것도 모자라서 사치를 부리지 못하게 되면 히스테리를 부리기까지 하는, 내가 생각할 수 있는 최악의 여자들이니까.

"게다가 방패 용사와 같이 웃는 거니까. 유쾌하지 않을 리가 없지."

뭐야, 이 자식. 쓸데없이 나한테 우호적이잖아.

"내 파트너가 되기에 부족함이 없는 웃음이었다. 나와 같이 어리석은 인간들을 유린하고, 더 좋은 세계를 만드는 게 어떠냐."

"아니, 나는 인간 전체가 어리석다고 생각하는 건 아니라고."

"후후후, 그렇게 생각할 수 있는 것도 지금뿐일 거다, 방패 용사여……."

은근슬쩍 유혹하려고 들지 마……. 세상에 어리석은 놈들이 많다는 건 인정하지만.

"언젠가는 나와 함께 진정한 의미에서 방패의 마왕이 되는 게 옳다는 생각 안 드나?"

"나오후미 님을 이상한 길로 유혹하지 마세요!"

마룡은 그렇게 꾸짖는 라프타리아를 경멸 어린 시선으로 바라보았다.

"그건 방패 용사가 결정할 일이다."

"딱히 마왕이 될 생각은 없는데……. 뭐, 적대하는 놈들은 이미 마왕으로 취급하고 있겠지만."

삼용교도에 관련된 녀석들은 자주 마왕이라고 부르고 말이지.

"하여튼, 지금은 함께 웃는 게 어떻겠나! 하하하하하하하!"

"……김새네."

왜 이렇게 내 의욕을 꺾지 못해 안달하는 놈들이 많은 건지……. 한탄이 절로 나온다.

"사, 사이가 좋아 보이네."

키즈나의 동정 어린 목소리가 내 가슴을 뼈아프게 찔렀다.

 **13화 전생자**

전투가 끝난 지 어느 정도 지나자 세인과 이츠키, 리시아와 에스노바르트가 달려왔다.

지금 우리는 전투로 인해 손상된 성의 정원 정리 작업을 지켜보고 있었다.

세인의 언니는 원래부터 단시간에 승부를 볼 작정이었던 모양인데, 세인은 제때 도착하지 못한 것에 대한 울분에 차 있었다.

세인이 오기 전에 냉큼 물러난 것만 봐도, 그 녀석의 상황 판단 능력이 얼마나 뛰어난지를 짐작할 수 있었다.

다만, 사디나가 보기에는 뭔가 의도가 있는 것 같다는데……무슨 꿍꿍이지?

파도의 첨병들도 그다지 강하지는 않았고, 공격의 주력은 사성무기를 내포한 인공물이었다.

단지 시비를 걸기 위해 직접 나타난 걸까?

뭐, 작살의 용사를 데려왔다면 결계가 어떻게 됐을지 장담할 수 없긴 하지만.

"그건 그렇고, 생포한 파도의 첨병 말인데……."

사디나와 실디나가 파도의 첨병인 듯한 자들을 쳐다보고 있었다.

"젠장! 이거 놔!"

"우리가 뭘 잘못했다는 거냐!"

"아니, 공격해 놓고 무슨 소리야?"

뭐랄까, 이런 녀석들은 뻔뻔함과 몰상식 같은 게 기본 사양으로 탑재돼 있는 거 아니야?

남의 이야기를 제대로 듣는 녀석이 없으니 말이지.

게다가 자기들이 먼저 공격했다가 퇴치당하면, 우리는 아무 잘못도 없어!라는 듯이 오히려 발끈해서 화를 낸다.

성무기나 권속기 소지자를 공격하면 그들을 보호하고 있는 나라가 어떻게 생각할지, 어떤 식으로 대처할지, 그런 생각은 티끌만큼도 할 줄 모른다.

그것 때문에 세계 각지에서 말썽이 벌어지고 있는데도 말이다.

뭐, 현재의 정세상 천재로 알려진 자들이 살기 힘든 세상이 된 건 사실이지만, 그것도 다 네놈들 같은 자들이 저지른 일 때문이라고.

그나저나 이런 녀석들은 언동이 좀 이상하다는 것과 떨거지 여자들을 데리고 다닌다는 점을 제외하면 일반인들과 구분할 방법이 없단 말이지.

얌전한 척하고 있으면 대처할 방법이 없는 것이다.

그런데 범고래 자매는 그것을 한눈에 분간할 수 있다는 모양이었다.

"뭔가 차이점이 있는 거야?"

"글쎄, 뭔가 딱 감이 온다고나 할까?"

"으음……."

"라프!"

아, 라프짱이 가슴을 쫙 펴고 사디나의 어깨에 올라탔다.

자기도 분간할 줄 안다는 걸 과시하는 태도였다.

대단한 일이긴 하지만, 라프짱의 경우는 알아채는 데 약간 시간이 걸리니까, 범고래 자매 쪽이 더 도움이 된다.

"달려왔──."

"세인 님께서는 나오후미 님 곁에 곧바로 달려오지 못한 것을 안타까워하고 계십니다."

"아……."

쿠텐로에 쳐들어갔을 때쯤에 보였던, 나에게 착 달라붙으려드는 태도의 전조가 다시 한 번 엿보이고 있었다.

잘 때까지 감시하고 든단 말이지.

은근히 긴장되니까 그런 건 좀 그만해 줬으면 좋겠는데…….

"워낙 너에 대해 잘 아는 녀석이니까 의표를 찔리는 건 어쩔 수 없잖아. 별다른 손실은 없었으니까 기쁘게 생각하자고."

그렇게 격려해 주었지만 세인은 여전히 납득하지 못하는 기색이었다.

한동안은 나한테 착 달라붙어 다니겠지.

라프타리아 쪽을 쳐다보니 동정 어린 시선이 날아왔다.

실제로 손실은 거의 없었는데 말이지. 당해내기 버거운 상대는 세인의 언니밖에 없었고, 적이 동원한 무기가 얼마나 흉악한 것인지를 짐작할 수 있는 기회가 되기도 했다.

느긋하게 여유 부리고 있다가는, 적이 그런 괴물을 몇 마리씩 끌고 공격해 올지도 모른다.

그런 의미에서는, 성가시긴 해도 대비할 계기가 됐으니 다행이라고 할 수 있겠지.

이 지식을 헛되이 하지 않고 미래로 나아가야겠지.

머지않은 시일 내에 글래스 유파의 총본산에도 가 볼 생각이다.

"사태가 엄청 심각했나 보죠?"

키즈나가 담담한 목소리로 내게 물었다.

"그래. 하지만 세인처럼 빨리 달려오지 못한 걸 한탄할 필요는 없어."

솔직히 스타더스트 미러로 보호할 수 있는 인원은 아까 그 정도가 한계였으니까.

이제 슬슬 상위 스킬인 유성벽에 상응하는 스킬을 익혀야 할 텐데 말이지.

"적에 대비한답시고 한곳에 뭉쳐 있는 게 어리석은 짓이라는 건 애초에 알고 있었고, 이번에는 운 나쁘게 안 좋은 타이밍에 공격당한 것뿐이야."

"스파이라도 있는 걸까요?"

"그렇겠지. 세인과 마찬가지로 전이 위치를 볼 수 있는 스킬을 사용하고 있을 가능성이 있어. 솔직히 말해서 세인, 너는 나를 보호하는 것보다는 상대의 도주를 저지하는 장치를 만드는 일을 맡아 줬으면 좋겠어."

내 부탁에 세인은 꾸벅 고개를 끄덕였다.

그렇다. 만약에 우리가 우세에 놓인 상황에서 적이 도망쳐 버리면, 그보다 귀찮은 일도 없는 것이다.

예상외의 사태가 벌어졌을 경우에도, 상대의 움직임을 방해하지 못하면 놓칠 수밖에 없다.

그렇게 되면 김이 확 샐 것이다.

근본적인 해결책을 내놓지 못하면 언 발에 오줌 누기밖에 안 된다.

그리고…… 세인의 적 세력 녀석들 중에 권속기 소지자와 맞닥뜨렸을 경우의 대처 방안도 생각해 봐야 한다.

우리와 같은 수준이라면 성무기나 권속기의 강화 방법을 모두 실시했을 가능성이 높다.

그 차이를 좁히기 위한 강화 방법도…… 상대방 역시 사용할 줄 아는 데다, 무효화 기술까지 갖고 있다.

무기를 빼앗겼다는 핸디캡을 어떻게 극복할 수 있는가 하는 근본적인 문제가 현재의 당면 과제일 것 같다.

게다가 그 문제는 최대한 빨리 해결해야만 했다.

"본론으로 돌아가서, 스파이 의혹 말인데…… 어떻게 찾아내야 하지?"

"이 누나, 그런 사람을 찾아내는 데에는 일가견이 있다구."

"나도—."

사디나와 실디나가 나란히 손을 들었다.

"살육의 무녀라는 별명은 괜히 붙은 게 아니라니까—."

"응, 살육할 거야."

"……."

이 녀석들은 영 긴장감이 없다니까.

뭐, 고문 같은 것도 해 본 적이 있겠지. 내부감사 같은 일도 해 봤을 테고.

"이런 일은 웬만하면 시키고 싶지 않기도 하고, 애초에 언어도 모르니까 쉽게 하기는 힘들 텐데."

테리스 같은 정인이나, 성무기 및 권속기 소지자가 있다면 대화할 수 있지만…… 그 이외에는 말이지.

"그럼 테리스랑 라르크의 도움을 받아서 한 명 한 명 면담해 보면 되지 않을까? 이 누나, 한번 열심히 해 볼게."

"그런 방법으로 알아낼 수 있다면야 그것도 괜찮겠지만……."

"후후, 나오후미의 다정한 마음이 가슴속에 스며드는걸."

"다정하다느니 하는 건 상관없어. 성가셔서 그런 거지."

의용병들 사이에 숨어 있는 파도의 첨병에 대한 문제만으로도 정신이 사나운 상황이다.

정말 있는지 어떤지 확신할 수도 없는 스파이까지 찾다가는 쓸데없는 시간 낭비가 너무 크다.

그러느니 차라리 한 번이라도 더 레벨업을 하는 게 낫다.

"아, 맞아요. 리시아 씨와 에스노바르트 씨가 고문서의 중요한 기록을 해독하는 데 성공했어요."

"드디어 해냈나 보지?"

"하지만 리시아 씨 이야기로는 오역일 가능성도 있다는 모양이에요."

뭐, 리시아와 에스노바르트의 성격상 그렇게 나올 만도 하지.

원래부터 자신만만하게 들이대는 성격도 아니니, 중요한 일을 자신만만하게 이야기했다가 틀리거나 하는 사태는 피하고 싶은 것이리라.

"리시아 씨."

이츠키가 리시아와 에스노바르트를 손짓해 불렀다.

"자, 두 분, 아까 판명된 것들을 말씀해 주세요."

"하지만 그건 어디까지나, 아직 단편에 불과한 것들을 이츠키 님이 이어 붙이신 것뿐인걸요."

"네, 아직 그 글을 완전히 해석하지는 못했으니까 틀린 내용이 있을지도 몰라요. 적의 습격 소식을 듣고 서둘러 달려오기도 했고요."

두 사람 모두 자신이 없어 보였다.

아마 이츠키의 주도로 확신을 얻은 거겠지.

"경과보고 수준이면 충분해요. 어서요."

"뜸 좀 그만 들여."

"뭔데뭔데―? 왜 그래, 나오후미?"

우리 이야기를 들은 키즈나도 다가왔다.

"키즈나 씨도 마침 잘 오셨어요. 자, 리시아 씨, 에스노바르트 씨, 어서 이야기해 주세요."

"우, 네에에⋯⋯. 저기, 파도라는 현상에 관해서 판명된 게 있는데, 세계 간의 충돌 현상이 빈번하게 일어나는 경우에는 아마 고의적으로 파도를 일으키는 존재가 있을 가능성이 높대요.

세계끼리 운 나쁘게 격돌하는 경우도 가끔 있긴 하지만, 그건 아주 희귀한 일이라는 모양이에요."

"그 이야기는 방패의 정령과 아트라한테서 이미 들었어."

중요한 건 흑막의 존재잖아? 어떤 녀석들인지는 모르지만.

세계 간의 충돌이 희귀한 일이라는 건, 밤하늘에 떠 있는 별들이 각각 하나의 세계라고 가정해 보면 쉽게 이해할 수 있다.

커다란 별들이 서로 충돌하는 경우는 별로 없다. 게다가 생물이 존재하는 별들이 충돌했다는 이야기는 한 번도 들어 본 적 없었다.

애초에 내가 인식하기로는, 지적 생명체가 생존하는 별은 지구밖에 없었으니까.

쿄처럼 특정 세계에 잠복해서 파도를 일으키고 있는 걸까?

"물론 거기까지는 확신을 갖고 해석할 수 있었지만, 문제는 그다음 내용인데……."

"무슨 내용인데 그래?"

"시, 신을 참칭하는 존재가 파도를 일으키고 있다고 고문서에 적혀 있었어요."

"우와…… 무슨 황당한 소리야?"

리시아와 에스노바르트가 자신 없어 하는 것도 이해가 가는군.

이 마당에 적의 정체가 신이었다니, 황당해도 너무 황당한 이야기잖아.

하지만 파도 같은 초자연적인 현상을 일으키는 존재가 있다면, 그런 자를 신이라 표현하는 것도 아주 틀린 말은 아닌 것 같기도 하다.

"그리고 고문서에 의하면, 성무기와 권속기는 파도에 의한 피해를 줄일 수만 있을 뿐, 결국은 상대가 포기하거나, 누군가가 구하러 오기를 기다리는 수밖에 없다고……."

"거기까지는 방패의 정령과 아트라가 전에 가르쳐 줬었는데…… 세계를 잡아먹는 자라고 불렀었어."

파도를 일으켜서 세계를 먹이로 삼아 멸망시키는 존재라고 들었다.

"저도 거기까지는 들었어요. 하지만 그건 어디까지나 가칭이었을 뿐, 그게 어떤 존재인지, 자세한 것까지는 모르고 있었어요. 지금부터 말씀드릴 내용이 아마 그 해답에 해당될 거예요."

이츠키의 표정은 확신에 차 보이는군.

"나오후미 씨, 나오후미 씨는 온라인게임에 대한 지식이 해박한 것 같으니까 아마 짐작 가는 게 있을 것 같은데, 뭔지 아시겠어요?"

"응? 뭘 말이지?"

"뭔데?"

"쿄를 비롯해서, 타쿠토, 미야지, 세이야 등 파도의 첨병이라 불리는 존재들의 특성을 생각해 보시고, 그들의 입장이 돼서 상상해 보세요."

"그 녀석들 입장에서? 말도 안 되는 소리."

언어만 같은 언어를 사용할 뿐, 인간 이하의 악성 생명체로만 보인다고.

"제 표현에 문제가 있었던 것 같네요. 우리 용사들은 무기에 의해 이세계에서 소환돼 왔어요. 그게 올바른 과정이에요. 그럼 세계를 잡아먹는 자…… 신을 참칭하는 존재는 용사들을 방해하면서, 한편으로는 파도의 첨병들에게 힘을 부여해 주고 있죠. 뭔가 떠오르는 것 없나요? 녀석들의 경력과 능력을 생각해 보세요."

"설마……."

딱 하나 맞춰지지 않았던 퍼즐 조각이 탁 하고 들어맞은 것처럼, 불길한 기분이 뇌리를 스쳤다.

나는 포박해 두고 있던 파도의 첨병 쪽으로 눈길을 돌렸다.

17세 전후의 소년이군.

얼굴에는 아직 앳된 면모가 남아 있고, 경력을 조사해 보니, 역시 한 가지 특출한 재주를 가졌으며, 모험가로 활동하고 있었다고 했다.

"라프짱, 잠깐."

"라프?"

나는 라프짱을 어깨에 얹고 라프타리아 쪽을 쳐다보았다.

혼의 형태가 다르다고 중얼거리던 실디나의 이야기를 그냥 흘려들은 게 잘못이었다.

"혹시 혼을 끄집어내는 무기나 공격 같은 건 없어?"

"으음…… 있어요. 소울 이터 소재를 통해 얻은 무기를 쓰면 할 수 있어요."

"해 봐. 고문에 해당하는 짓이 되더라도 꼭 확인해 봐야겠어."

"뭘 하시려는 거죠?"

글래스가 미간을 찌푸리고 물었다.

"이러면 파도의 첨병이 어떤 존재인지, 그 정체를 알 수 있어. 잔말 말고 지켜보기나 해."

"뭐, 뭐라고요……?"

"이, 이 새끼 뭐야?! 나한테 무슨 짓을 하려는 거냐!"

라프타리아가 말없이 무기를 소울 이터 소재에서 나온 도로 바꾸고, 파도의 첨병을 찔러서 혼을 끄집어냈다.

『크어어억?! 끄아아아아아아아아아아아아아아아아?!』

전조는 쿄 사건 때부터 있었다.

고의적으로 생각하기를 피했던 건 아니지만, 확신이 없었다.

하긴 그렇단 말이지. 용사 소환이 있다면, 그것도 있다 해도 이상할 건 없다.

그렇다……. 몸 밖으로 끌려 나온 파도의 첨병의 혼은, 몸과는 전혀 다른 음침한 인상의 30대 일본인 남성으로 보였다.

"라프타리아, 그만 됐어. 데려가서 처분해."

"아, 네."

라프타리아가 도를 뽑자, 파도의 첨병의 혼은 원래 몸으로 돌아가려 했다. 마룡이 그 혼을 붙잡아다 먹어치우기 시작했다.

"그럼 내가 받기로 하지. 이것도 진미니까."

『하, 하지 마아아아! 아, 아파! 내가 대체 뭘 잘못했다는 건데! 용사라고 건방지게―― 끄아아아아아! 하지 마! 살려 줘어어어!』

라프짱을 살짝 내려놓고 그 광경을 시야에서 가려 주었다.

썩 보기 좋은 광경은 아니었지만, 녀석은 파도의 첨병이었다. 적을 상대하면서 주저가 있어서는 안 된다.

사람은 사람이다. 지금까지 나는 많은 사람의 죽음을 지켜보았다. 굳이 신경 쓸 것 없다.

냉정하게 분석하자.

"파도의 첨병이 어떤 놈들인지 알아냈어."

"뭐, 뭔데?"

키즈나가 내게 물었다.

"뭐, 키즈나가 이 세계에 온 사례나 성별, 연령을 생각해 보면, 키즈나로서는 짐작하기 힘들지도 모르지."

어쨌거나 키즈나는 여자잖아?

아무리 게임을 좋아하는 애라고 해도 그쪽 방면에 대한 조예가 없는 경우도 있는 법이다.

"파도의 첨병은 신을 참칭하는 자의 가호를 받아서 이 세계에 오게 돼 있어."

"웅? 미야지 같은 예 말이야?"

"쿄도 그렇고, 아까 싸웠던 녀석들도 그렇고, 다 그럴 거야. 틀림없어."

만약에 신을 참칭하는 존재가 그 자들을 선정해서 데려온 거라면, 비슷한 성격을 가진 녀석들이 나타나는 건 당연한 일이다.

다루기 쉬운 녀석을 선택할 테니까.

어쩌면 아예 양산해 내고 있는 건지도 모른다.

키즈나를 비롯해서, 이츠키를 제외한 모든 이들이 고개를 갸웃거리고 있었다.

사실 우리도 비슷한 성격이니까 알 수 있다.

다만 우리는 세계가 원해서 끌려온 용사이고, 파도의 첨병들은 세계의 적······. 서로를 이해할 수 없는 게 당연했다.

이세계에 오기 전에는 이세계 모험 활극을 즐겼다는 걸 생각하면 기분이 참 묘하군.

"예전에 제가 나오후미 씨한테 따졌던 적이 있었죠. 어디서 신을 만나서 사기급 능력을 얻었느냐고."

하긴, 이런 것까지 할 수 있는 녀석이라면 신을 참칭하는 자라 불리는 이유도 납득이 간다.

전생이나 전이 등의 이야기에서 다시 태어날 때 만나게 되는 존재—— 그것은…….

"파도의 첨병이라는 건 신을 참칭하는 존재가 발굴해 낸 전생자나 전이자야. 성무기나 권속기를 빼앗는 능력을 비롯한 여러 힘을 받아 세계에 쳐들어와서, 멋대로 활개 치고 다녔던 거지."

"전생——? 쿄처럼 예비용 몸에 깃드는 걸 말하는 건가요?"

"그게 아니라는 건 말 안 해도 알잖아? 그 녀석들은 일본에서 혼만 이쪽 세계로 넘어와서는, 이 세계 사람으로 다시 태어나는 거야. 기억을 온전하게 가진 채로."

예를 들어 불행한 사고로 죽은 자…… 렌이나 이츠키, 모토야스도 거기에 해당되겠지.

그런 녀석을 『네가 죽은 건 사고였다. 대신 네가 원하는 세계에 전생하게 해 주지.』라는 식으로 꼬드긴다.

어차피 죽은 자가 그런 제안을 거절할 리가 없다.

만에 하나 거절하더라도 『마음에 들었어! 사기급 능력을 주마.』라는 식의 억지라도 써서 수긍하게 만든다.

혹은 일방적으로 전생시키는 경우도 있을 수 있겠지.

그런 소설을 몇 번인가 읽어 본 적이 있었다.

이세계 소환이 실제로 존재했으니 전생이나 전이의 가능성도 고려해 봤어야 했다.

만약에 이 신이 선택한 자가 타쿠토 같은 녀석이었다면 어떨까?

자신의 말이 되어 뜻대로 움직여 주는 전생자를 이용해서, 파도 입장에서 불리해질 수 있는 상황을 줄여 나가면 된다.

여왕이나 변환무쌍류 할망구가 이야기하지 않았던가.

천재는 번영과 쇠퇴의 상징이다, 라고.

변환무쌍류……. 이 유파가 온 세계에 알려진다면 어떻게 될까?

파도 입장에서 위협이 될 것이 자명하다.

그렇기에 전생자를 보내서 전승을 단절시킨다.

이런 짓을 되풀이하는 자가 없으리라는 보장이 어디 있단 말인가?

실제로, 세계 곳곳에 존재하는 파도 관련 기록이 의도적으로 말소되고 있는 것이 그 증거다.

이쪽 세계에서도 그런 정보가 제거돼 있거나, 가짜 정보가 더해져 있는 경우도 있었다.

신을 참칭하는 존재가 다수의 세계에서 암약하고 있다는 건 의심의 여지가 없는 사실이었다.

"쿠텐로에 있던 혼의 침투를 막는 결계는 전생자, 즉 파도의 첨병 발생을 막기 위한 장치였다고 생각하면 아귀가 들어맞아."

"하, 하긴 그렇네요! 그렇게 된 거였어요!"

라프타리아가 내 말을 이해한 듯 고개를 끄덕이며 말했다.

하지만 전생에 대한 이야기는 실감이 나지 않는 모양이었다.

"흐음, 그 추측이 진실일지도 모르겠군……. 마물들 중에도 있다. 육체와 혼이 각기 다른, 제거해야 할 존재가. 드래곤의 감시하에서는 있을 수 없는 일이지만. 조각을 소실한 상태라 그런 존재가 나타나는 원인까지는 몰랐었는데, 이제야 알 것 같군."

다만 마룡만은 대충 이해한 것 같았다.

용의 생태 시스템은, 어떤 의미에서는 전생과 비슷한 것 같기도 하다.

마룡을 부활시킬 때 우리가 무의식적으로 했던 일이기도 하다.

라프타리아도 그 점에 생각이 닿았는지, 마룡을 가리키며 나를 쳐다보았다.

"비슷한 느낌이야. 각기 다른 세계에서 다시 태어난다는 점에서는 말이지."

마룡이 우리 세계에서 새끼 가엘리온의 몸을 강탈했던 것도, 어쩌면 전생과 비슷한 것이었는지도 모른다.

"그러고 보니 예전에 라르크와 글래스가, 이상한 신을 숭배했다는 어떤 나라 이야기를 했었지?"

"아아, 그랬었죠. 나오후미 쪽 세계도 그렇겠지만, 사성용사는 지금까지 수도 없이 세계를 구했기 때문에 숭배의 대상이 된 거예요. 그런데 그 신앙은 그것과는 다른 신앙이었죠."

이쪽 세계에서도 비슷한 문화 계통이 있나 보군.

그런 신흥종교가 존재하는 건지도 모른다.

지금까지 세력을 확대시키지 못했던 건 사성무기나 권속기에 의해 저지당해 왔기 때문이리라.

그나저나, 세계를 멸망시키는 데 왜 전생자 같은 존재를 알선해야만 하는 거지?

아마 용사 시스템이 원활하게 돌아가고 있는 세계를 멸망시키는 건 어려운 것이리라.

하지만, 전생자라는 놈들은 세계를 위해 싸워야겠다는 생각 따위는 없는 건가?

아니…… 애초에 그런 녀석들만 골라서 전생시키고 있는 거라고 생각하면 어떨까?

신이라는 존재의 능력에 따라 달라지긴 하겠지만, 어느 시대, 장소, 세계에나 머리가 이상한 놈들이 한둘쯤은 꼭 있는 법이다.

나도 스스로가 양식 있는 인간이라고 생각하진 않지만, 상식이라는 걸 모르는 정신 나간 놈들을 수도 없이 봐 왔다.

그런 자들을 모아서 전생시키면 세계는 심각한 혼란에 빠지기 마련이다.

그 밖에, 모종의 수단을 통해 세뇌했을 가능성도 고려해 볼 수 있을 것이다.

파도 따위로는 세계를 멸망시킬 수 없다는 생각에 이런 짓을 저지르는 건지도 모른다.

파도 같은 건 시시한 것에 불과하다고 생각할 수도 있다.

그리고 보니 떠오르는 경험이 있었다.

언제였던가, 렌을 비롯한 다른 용사들이 패배해도 죽지 않는 이벤트 전투 운운하는 소리를 지껄인 적이 있었다.

그런 식의 사고방식이었던 것인지도 모르겠다.

어째선지 전생자들은 타인에 대해 적대적이었고, 타인이 리더가 되는 것을 받아들이지 못하는 타입이 많았다.

쿄나 타쿠토는 사사건건 최강 타령을 해 댔었고 말이지.

"쿄나 타쿠토, 미야지, 세이야, 이 녀석들은 다들 성격이 비슷비슷한데, 신을 참칭하는 존재가 그런 녀석들을 골라서 보낸 거라고 생각해 보면 어떨까? 이상한 신을 숭배하는 종교가 생겨난다고 해도 이상할 게 없지 않겠어?"

"그게 사실이라면…… 세상에 널리 알려지지는 말았으면 좋겠네요. 갓 태어난 아이를 두려워하는 시대가 시작될 테니까요."

"그렇겠지. 게다가 교묘하게 장치하는 경우도 있으니까."

파도와의 싸움이 수십 년 규모로 연장되기라도 하면…… 아이가 태어날 때마다 그 아이들 중에 파도의 첨병이 섞여 있을지도 모른다는 공포가 따라붙게 된다.

스피릿들은 간파할 수 있을지도 모르지만, 그렇다고 함부로 혼을 공격할 수도 없다.

갓난아이에게 그런 짓을 했다가는 죽을 테니까.

어찌 됐건 신을 참칭하는 자는 전생에 관한 기록들까지 지우고 있는 거겠지.

애초에 파도의 첨병…… 전생자가 가져다주는 기술 발전은 더없이 달콤한 이익을 창출하는 것처럼 보인다.

그것이 독이 든 열매라는 걸 다들 인정하기 싫은 거겠지.

라르크 패거리의 말에 따르면 그 때문에 타국과의 교섭이 난항을 겪고 있다고 했다.

세인은 이 사실을 알고 있는 건가 싶어서 쳐다보았으나, 그녀는 고개를 가로저었다.

거기까지는 몰랐던 건가.

"그래, 아귀가 들어맞는 것 같아."

"하지만, 그렇다면 수십 년 전부터 파도를 일으킬 준비를 하고 있었다는 뜻이 되잖아요?"

그건 확실할 것이다.

영귀나 봉황에 관련된 기록을 삭제하기도 하고, 변환무쌍류의 계보를 끊어 버리기도 하고, 파도의 첨병을 보내기도 하는 등, 수십 년…… 어쩌면 수백 년에 걸쳐서 세계를 갉아먹고 있었다는 뜻이 된다.

이렇게 엄청난 짓을 해 온 녀석이라면, 고문서를 적은 녀석이 신이라는 단어를 선택한 것도 이해가 간다.

"어찌 됐건, 그 해독은 틀리지 않았을 가능성이 높아. 다른 가능성도 일단은 염두에 두고, 계속 해독에 힘써 줘. 파도를 해결할 단서가 있을지도 모르니까."

"아, 알았어요."

지금 우리는 해결할 단서가 보이지 않는 싸움을 앞둔 처지다.

그건 이미 각오하고 있었지만…… 그 해결 방법을 찾을 수만 있다면, 고문서 해독 작업을 계속한다는 계획은 틀리지 않을 것이다.

"일이 엄청 성가신 방향으로 흘러가네."

"그러게 말이야. 당장은 파도의 첨병, 즉 전생자 놈들을 제거하는 방향으로 진행하도록 하지."

이렇게 해서 이번 소동은 일단 종식을 고했다.

얼마 후에 돌아온 라르크 등이 싸움에 참전하지 못한 것에 대해 울분에 찬 표정을 지었다가, 적의 정체가 판명됐다는 이야기를 듣고는 경악을 숨기지 못하는 모습이 인상적이었다.

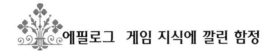

에필로그 게임 지식에 깔린 함정

그날 밤.

오늘 저녁은 성의 안뜰에 있는 테라스의 횃불과 마법 조명 밑에서 다 함께 뷔페 형식으로 식사를 하기로 했다.

"아~! 그거 필로 거~!"

"흥, 식사는 전투다! 그렇게 독점하고 싶거든 이름이라도 써 뒀어야지. 어차피 나는 이름이 적혀 있어도 먹었겠지만 말이다."

"뿌~! 역시 드래곤 싫어~!"

필로와 마룡이 쌓인 음식들을 다투듯이 먹어치우고 있었다.

말은 저렇게 해도 어쩐지 사이가 좋아 보이는 게 신기하군.

마룡도 이번에는 제법 큰 활약을 하긴 했는데…… 문제는 틈만 나면 나에게 미인계를 쓰려 든다는 점이었다.

내가 보고 있다는 걸 알아챌 때면 윙크를 날려대곤 하지만 못 본 척 하고 있다.

다들 저마다의 방식으로 저녁 식사를 먹고 있는 가운데, 우연히 나와 이츠키, 그리고 키즈나라는 성무기의 용사들만 같이 있게 되는 상황이 생겼다.

"전생자라— 서로 이해할 수는 없을까?"

키즈나가 그런 소리를 꺼냈다.

"우리의 적인, 신을 참칭하는 녀석이 발굴해 낸 귀찮은 놈들이라고. 그놈이 교섭이 통할 법한 녀석을 보낼 것 같아?"

"상대도 인간은 인간이니까, 가능할 수도 있지 않아?"

"그렇게 굴다가 함정에 빠져 놓고 또 그 소리냐?"

"아, 그런 소리 하기야?"

"뭐, 대화해 보겠다는 생각이 나쁘다는 건 아니지만 말이지."

그게 바로 키즈나의 장점일 것이다.

대화도 하지 않은 채 다짜고짜 제거하려고 드는 건 인간적이지 못하다는 생각이리라.

하지만, 상대는 그런 태평한 방식으로 상대할 수 있을 만큼 만만한 놈들이 아니다.

"혹시 제가 알고 있던 게임 지식에도 신을 참칭하는 자가 얽혀 있는 거라면…… 어떨까요?"

키즈나가 조용히 말했다.

그럴 가능성도 충분히 있단 말이지.

소환 자체는 올바른 과정을 거쳤다 해도, 사전 지식 같은 게 있으면 그 후의 행동에 차이가 생겨나기 마련이다.

"지금은 죽은 나 이외의 사성용사들도, 이야기를 들어 보니 다들 게임 속에 들어온 것 같은 감각으로 행동하고 있었던 것 같으니까……."

게임 자체가 신을 참칭하는 자의 함정이었을 가능성이 높아

보였다.

렌과 모토야스, 이츠키도 게임 지식 때문에 스스로의 힘에 한계선을 그어 놓은 셈이었다.

"그러고 보니⋯⋯."

"왜 그래?"

"왜 그러세요?"

나는 이츠키와 키즈나를 번갈아 쳐다보았다.

"이츠키는 소환돼 온 세계가 콘솔 게임인 디멘션 웨이브라는 게임 속 세계일 거라고 생각했다고 했지?"

"네."

"어라? 내가 알던 게임이랑 제목이 똑같네?"

키즈나의 대답에, 이츠키가 키즈나를 쳐다보았다.

"그럼 서로 같은 게임을 했다는 건가요?"

"아마 아닐 거야. 이츠키의 세계에는 이능력이 있었다고 했잖아? 내 세계에는 그런 건 없었어."

"하지만 키즈나 씨는 이 세계의 게임 지식이 없는 것 맞죠?"

"응. 내가 플레이하려던 게임은 세컨드라이프 프로젝트·디멘션 웨이브라는, 처음 해 보는 VR게임이었어. 마침 포트에 들어갔을 때 여기로 소환돼서, 엄청 리얼한 게임이라고 생각했었다니까."

타이밍상으로 제일 혼동하기 쉬운 시추에이션이군.

"거기에도 신을 참칭하는 자의 개입이 있었을 것 같아?"

"그건 판단하기 어렵네요. 혹시 그랬다고 해도, 강화 방법에 대한 선입견은 없었잖아요?"

"처음 해 보는 게임과 한참 했던 게임은 경우가 다를 테니까."

그렇겠지. 그런 의미에서 보면 키즈나는 운이 좋았던 셈이다.

"아, 방패의 정령 말로는, 소환에 실패는 절대 없다는 모양이지만 말이지."

장소를 좀 고려하라고 몇 번을 생각했던지.

"지금 생각해 보면…… 두 분이 부럽네요. 지식을 줘서 오히려 실수를 유발시킬 줄은 생각도 못 했어요."

"그렇겠지. 혹시 그게 적의 책략이었다면 엄청 성가시겠는데."

"그렇게 말이에요. 그나저나 키즈나 씨가 플레이하려던 건 VR이라고 하셨는데…… 그건 렌 씨가 플레이하던 게임과도 다른 걸까요?"

"지금까지 들은 이야기를 생각해 보면 아마 다른 게임일 거야. 렌은 헬멧 타입의 장비를 쓰고 플레이하는 게임이랬어. 키즈나는 액체가 가득 찬, 회사가 마련해 주는 장비를 쓴다고 했고."

"참 다양한 일본이 있나 보네요."

최소한 5개 이상의 일본이 있다는 뜻이 된다.

내 입장에서는 내가 살던 일본이 평범한 일본으로 느껴지지만, 다른 녀석들이 보기에는 전혀 평범하지 않은 건지도 모른다.

"지식이 바로 적이 파 놓은 함정이라니…… 참 귀찮네요."

"이 세계에서는 그 함정에 영락없이 걸려든 용사 셋이 죽어 버렸으니까."

"안 좋은 기억을 헤집어 놓네……. 아, 내일도 파도가 있다나 봐."

키즈나가 그렇게 볼멘소리를 하니 내 기분도 찜찜해졌다.

아무리 세계를 위한 일이라고 해도, 빈도가 너무 잦단 말이지.

파도의 빈도를 좀 줄일 수 있는 방법이 없을까?

그 순간 머릿속에 아이디어가 번뜩여서, 나는 훗날 고문서 해독을 통해 올바른 방법으로 밝혀지게 되는 잔꾀를 제안했다.

"0의 수렵구로 파도의 균열을 공격하면 어떻게 될까? 부정한 힘을 절단할 수 있는 능력이 있으니까, 효과가 있을지도 몰라."

"아, 그거 재미있긴 하겠네. 이런 건 아이디어와 시도, 그리고 실패의 반복이 제일이니까."

"괜찮은 방법인 것 같아요."

"그럼…… 앞으로도 여러모로 바빠질 테니까, 너희도 밥 든든히 먹고 싸움에 대비해."

"말 안 해도 알아."

"네, 맛있는 음식과 명확한 목표, 그리고 함께 힘을 모아 싸운다는 협조 정신이 있으면…… 우리는 그 어떤 역경을 만나더라도 이겨낼 수 있어요."

"아무리 그게 신을 자처하는 녀석이라 해도 말이야."

"그래."

적의 규모가 생각보다 훨씬 더 커졌다.

어쨌건 이번에 밝혀진 진실은 빨리 원래 세계 녀석들에게도 알려야겠다.

그런 생각을 가슴에 품은 채, 저마다 다른 일본에서 온 우리는 휴식을 취했다.

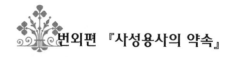# 번외편 『사성용사의 약속』

위기에 처한 라프타리아와 키즈나 일행을 구하러 가기 전날의 일이었다.

사성용사 중에 나와 이츠키가 가기로 정해지고, 회의는 해산되었다.

내일에 대비해서 휴식을 취하려 했을 때…….

"나오후미, 내일 바로 출발이잖아? 일본인들끼리 이야기 좀 하고 싶은데."

"응? 알았어."

그때 렌이 모토야스와 이츠키를 데려와서 말을 걸었다.

나, 렌, 모토야스, 이츠키가 마을 식당의 의자에 앉았다.

어째 서먹서먹한 분위기가 감도는군.

"어쩐지 분위기가 침울합니다! 이럴 때는 술이라도 한 잔 걸치면서 와자지껄 떠들어야 제맛이지 말입니다!"

모토야스가 그렇게 말하면서, 사디나가 가져다가 식당 한쪽 구석에 놓아 두었던 술을 집어 들고 컵에 따르기 시작했다.

"렌이랑 이츠키는 아직 미성년자잖아! 그리고 술판을 벌이면 범고래 자매가 냄새를 맡고 쫓아올 거라고!"

모토야스가 권하는 술을 향해 머뭇머뭇 손을 뻗으려 하던 렌과 이츠키에게 주의를 주면서, 모토야스를 꾸짖었다.

이놈의 필로 마니아 놈, 내일부터 바빠질 마당에 분위기 파악 못 하고 무슨 짓거리를 하는 건지…….

"렌, 이츠키, 카르밀라 섬에 갔을 때도 생각했었는데, 너희는 일본인이고 미성년자니까, 술을 마시는 건 간과 못 해."

"그래, 우리는 아직 마실 때가 안 되긴 했지…….'

"네."

렌은 친근한 눈매로, 이츠키는 담담한 표정으로 내 지적을 받아들였다.

어쩐지 재수 없는 반응이군.

이윽고 렌과 이츠키는 시커멓게 어두워진 창밖으로 시선을 돌렸다.

"우리도 참 많이 달라졌다니까. 그 카르밀라 섬에 갔을 때쯤의 우리였다면 방금 나오후미 말을 듣고 건방지다면서 불쾌해했을 텐데."

"그러게 말이에요. 저도 아마 이세계에 왔으니 그런 건 신경쓸 것 없다고 대꾸했을 거예요."

하긴, 예전의 렌과 이츠키였다면 건방지게 지적하지 말라는 투로 나를 쏘아보았겠지.

"그럼 지금은?"

그 말에서는 이제 예전과 달라졌다는 뉘앙스가 느껴졌다.

그러자 렌은 쓴웃음을 짓고, 이츠키는 가만히 고개를 끄덕였다.

"싫지는 않아. 어차피 나오후미는 취하지도 않으니까, 우리도 마시지 말고 맨 정신으로 이야기하지."

"네……. 그렇게 생각하면 취할 수 없는 체질인 나오후미 씨는 어쩌면 불쌍한 건지도 모르겠네요."

"이츠키, 너 말이야……."

독설가라고나 할까, 쓸데없이 한마디 더 하는 이츠키의 성격은 그대로인 것 같군.

"그리고 하나 더 말씀드리자면, 술에는 안 취하더라도 뭔가 다른 것에는 취할 가능성도 아주 없지는 않아요. 그런 이야기를 읽은 적이 있어요."

"그래. 나오후미를 취하게 만들 수 있는 음식을 찾아서, 나중에 우리가 술을 마실 수 있는 나이가 되거든 다 같이 한잔하지."

이건…… 한동안 용사들이 한곳에 모일 수 없다는 것을 알아챈 렌의 불안감이 나타난 것일지도 모르겠군.

"나는 마시겠습니다—!"

그리고 분위기 파악 못 하는 모토야스가 벌컥벌컥 술을 들이켜기 시작했다.

진짜 분위기 맞출 줄 모르는 녀석이네!

"아아, 일본에 살던 시절에 대학 친구들과 같이 마시던 술자리가 떠오르는군요! 어째선지 다들 갈수록 안 불러 주지 뭡니까!"

그렇게 지껄이면서 마셔 대던 모토야스는, 점점 술에 떡이 되어 갔다.

범고래 자매의 술이니까 말이지……. 알코올 도수가 엄청 높을 것이다.

"으에…… 헤헤…… 필로땅이 무지 많지 말입니다—."

이윽고 모토야스는 고꾸라지고 말았다.

""".......""""

그런 모토야스를 보고, 우리의 마음과 결속력은 하나로 뭉쳐졌다.

그래, 이런 추태를 부리느니 그냥 안 취하는 게 낫지.

이렇게 해서 우리는 모토야스를 무시한 채 소소한 잡담을 나누었고, 그렇게 밤은 깊어 갔다.

(계속)

방패 용사 성공담 18

2018년 04월 10일 제1판 인쇄
2018년 04월 19일 제1판 발행

지음 아네코 유사기 | **일러스트** 미나미 세이라 | **옮김** 박용국

펴낸이 임광순 | **제작 디자인팀장** 오태철
편집부 황건수 · 신채윤 · 이병건 · 이홍재 · 김호민
디자인팀 박진아 · 박창조 · 한혜빈
국제팀 노석진 · 엄태진

펴낸곳 영상출판미디어(주)
등록번호 제 2002-000003호
주소 21311 인천광역시 부평구 평천로 132 (청천동)
전화 032-505-2973(代) | **FAX** 032-505-2982

ISBN 979-11-319-7776-7
ISBN 979-11-319-0033-8 (세트)

TATE NO YUSHA NO NARIAGARI Vol. 18
ⓒAneko Yusagi 2017
First published in Japan in 2017 by KADOKAWA CORPORATION, Tokyo.
Korean translation rights arranged with KADOKAWA CORPORATION, Tokyo.

영상출판미디어(주)

아네코 유사기
작품리스트

◆

**영상출판
미디어(주)**

트랜드를 이끄는 고품격 장르소설

창 용사의 새출발
1

이세계에 창의 용사로 소환된 키타무라 모토야스는
필로리알 말고는 눈에 차지도 않는 이상한 남자.
그런데 정신을 차리고 보니 처음 소환됐을 때와 장소에 있었다?!

창에 깃든 「시간 역행」의 능력으로 과거로 돌아온 모토야스는
사랑하는 필로의 행복을 지키기 위해 싸움에 나선다!

**강해진 몸으로 2주차 플레이?!
이세계 리스타트 판타지, 마침내 개막!!**

ⓒ Aneko Yusagi 2017
Illustration : Minami Seira
KADOKAWA CORPORATION

아네코 유사기 지음 / 미나미 세이라 일러스트

영상출판
미디어㈜

나만 집에 가는 학급전이
1~2

하네바시 유키나리(고2)는 같은 반 아이들과 함께 이세계로 소환된다.

반 아이들이 능력을 각성해 가는 가운데, 유키나리가 얻은 능력은 물체를 이동시키는 『전이』.

그러나 비전투계 능력인 탓에 학급 내에서 밑바닥 취급을 받아

전투계 능력자들에게 지배당하는 하루하루가 이어지는데…….

그 와중에 유키나리는 자신이 얻은 능력의 특이성을 깨닫게 된다.

물체 말고도 움직일 수 있는 게 하나 있다는 것을.

자기 자신만, 집으로 돌아갈 수 있다는 사실을──!

© Aneko Yusagi 2016
Illustration : Yukyu ponzu

아네코 유사기 지음 /유큐폰즈 일러스트

영상출판
미디어㈜

열 살 최강 마도사 1

열 살 소녀 페리스는 마석 광산에서 일하는 노예.
나날이 주어지는 일은 가혹하고 몸도 반약하지만 결코 미소를 잃지 않았다.
그러던 어느 날, 마석 광산이 정체불명의 마술사들에게 파괴되고 페리스 혼자만 살아 도망친다.
도망친 곳에서 만난 사람은 앨리시아라는 아름다운 아가씨.
페리스는 수상한 인물들에게 유괴될 위험에 처한 앨리시아를 엉겁결에 구출하고,
그 보답으로 앨리시아의 저택으로 초대된 페리스는 거기서 마법의 재능을 발견하는데……

아마노 세이주 지음 / 후카히레 일러스트

영상출판
미디어(주)

제1회 카쿠요무 Web소설 콘테스트 판타지 부문 대상

누구나 할 수 있는 몰래 돕는 마왕토벌 1

이것이 시련이라면 신은 지독한 새디스트일 것이다.
하이 프리스트인 아레스가 성용사를 영웅으로 이끌기까지의 이야기

마왕을 쓰러뜨리기 위해 이계에서 소환된 성용사(聖勇士) 토도 나오츠구.

그를 보조하라는 명령을 받은 승려 아레스는 파티 멤버를 보고 경악을 금치 못한다.

화염 계통 술법만 사용할 수 있는 마도사 리미스. 얼마 전에 유파를 바꾼 검사 아리아.

그리고 문제의 성용사는 여성들만을 곁에 둔 채 무모한 행동만 골라한다——.

무슨 수로 마왕을 쓰러뜨리라는 거야. 이런 잡동사니들로.

결국 아레스는 자신의 레벨을 숨긴 채 몰래 보조하기로 하는데…….

츠키카게 지음 / bob 일러스트

영상출판
미디어㈜

슬라임을 잡으면서 300년,
모르는 사이에 레벨MAX가 되었습니다
1~2

원래 세계에서 과로사한 것을 반성하고 불로불사의 마녀가 되어
느긋하게 300년을 살았더니——레벨99 = 세계 최강이 되어 있었습니다.
생활비를 벌려고 틈틈이 잡았던 슬라임의 경험치가 너무 많이 쌓였나?
소문은 금방 퍼지고, 호기심에 몰려드는 모험가, 결투하자고 덤비는 드래곤,
급기야 나를 엄마라고 부르는 몬스터 딸까지 찾아오는데 말이죠——.

모험을 떠난 적도 없는데도 최강?
어? 그럼 내 빈둥빈둥 생활은 어떡하라고?
슬라임만 잡는 이색 이세계 최강&슬로 라이프, 개막!

모리타 키세츠 지음 / 베니오 일러스트

영상출판
미디어㈜